밤은 짧아 걸어 아가씨야

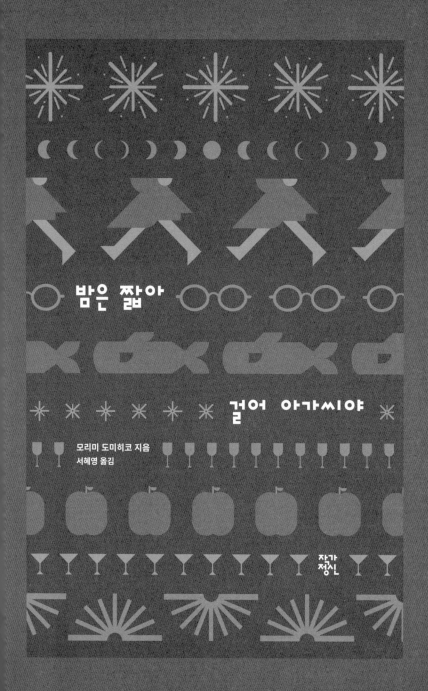

밤은 짧아

걸어 아가씨야

모리미 도미히코 지음
서혜영 옮김

작가
정신

차례

밤은 짧아
걸어 아가씨야
✳
007

심해어들
✳
093

편리주의자
가라사대
✳
183

나쁜 감기
사랑 감기
✳
289

역자 후기
✳
393

밤은 짧아 걸어 아가씨야

이것은 내 이야기가 아니라 그녀의 이야기다.

배우들로 가득 찬 이 세상, 모두들 주역을 못 맡아서 안달하는데 그녀는 전혀 의도하지 않는 사이에 그 밤의 주역이 되었다. 정작 본인은 그 사실을 몰랐고, 아직도 모를 것이다.

이 글은 그녀가 알코올에 잠긴 밤의 여로를 위풍당당 끝까지 걸어간 기록이자 주역은커녕 길가의 돌멩이로 만족해야 했던 나의 쓰디쓴 기록이기도 하다. 독자 제현은 그녀의 사랑스러운 모습과 나의 얼간이 짓을 둘 다 숙독 음미하여 안닌 두부(살구 씨를 주재료로 만든 달고 쌉싸래한 맛의 두부—옮긴이)의 맛과도 비슷한 인생의 묘미를 만끽하기를.

그리고 바라건대 그녀에게 성원을.

))) ● (((

'친구펀치'라고 아시는지.

예를 들어 누군가의 뺨에 어쩔 수 없이 철권을 날려야 할 사정이 되어 주먹을 굳게 쥔 사람이 있다고 하자. 그 주먹을 잘 보길 바란다. 엄지손가락이 주먹을 밖에서 휘감아 싸는 데 그건 다른 네 손가락을 무쇠로 잠그는 것과 같다. 그 엄지손가락이야말로 우리의 철권을 철권이게 하여 상대의 뺨과 긍지를 무자비하게 뭉개버리는 것이다. 폭력이 더한 폭력을 부르는 것은 역사가 가르치는 필연이니 엄지손가락에서 생겨난 증오심은 요원의 불길처럼 세계로 퍼져나가 드디어 다가올 혼란과 비참 속에서 우리는 아름다운 것들을 남김없이 변기에 흘려보내게 되리라.

그러나 여기서 일단 그 주먹을 풀고 다른 네 손가락으로 엄지손가락을 휘감듯이 쥐어보자. 이렇게 하면 남자 주먹 같던 울퉁불퉁한 주먹이 분위기를 싹 바꾸어 자신 없어 보이는, 마치 마네키네코(한쪽 앞발로 사람을 부르는 시늉을 한 고양이 장식물—옮긴이)의 손같이 앙증맞아진다. 이런 우스꽝스러운 주먹에는 온몸의 증오를 담을 수 없다. 이리하여 폭력의 연쇄는 미연에 방지되고 세계가 조화로워지는바, 우리에게 아직 약간은 아름다운 것이 남아 있는 것도 그 때문이다.

"엄지손가락을 남몰래 안으로 숨기면 굳게 쥐려고 해도 쥐어지지 않아요. 그 살짝 숨긴 엄지손가락이야말로 사랑이에요."

그녀는 그렇게 말했다.

어린 시절 그녀는 언니에게서 친구펀치를 전수받았다. 언니는 다음과 같이 말했다.

"알겠니. 여자란 시도 때도 없이 철권을 휘둘러서는 안 돼. 하지만 이 넓은 세상에서 성인군자는 그야말로 한 줌, 남은 건 썩은 못된 놈이든가 멍청이든가, 아니면 썩은 못된 놈이면서 멍청이야. 그러니까 때로는 그러기 싫어도 어쩔 수 없이 철권을 휘두르게 되지. 그럴 때는 내가 가르쳐준 친구펀치를 써. 굳게 쥔 주먹에는 사랑이 없지만 친구펀치에는 사랑이 있어. 사랑이 가득 찬 친구펀치를 구사하며 우아하게 살아갈 때 아름답고 조화로운 인생이 열린단다."

아름답고 조화로운 인생. 그 말이 그녀의 마음을 아프게

쳤다.

그리하여 그녀는 친구펀치라는 비장의 무기를 지니게 되었다.

))) ● (((

신록이 한창 때를 지난 5월의 끝 무렵.

대학 클럽의 OB였던 아카가와 선배의 결혼을 축하하는 술자리가 열렸다. 나는 그 선배와 이야기를 나눈 적이 거의 없지만 족보상 나의 스승 격에 해당되는지라 얼굴을 내밀기로 했다. 나 말고도 클럽에서 몇몇이 참가했는데 그중에 그녀도 있었다. 아카가와 선배는 다른 계통으로는 그녀에게도 스승 격이었다.

시조기야마치의 교차로에서 다카세 강을 따라 내려간 어두운 거리에 고풍스러운 3층짜리 목조건물 서양요리점이 강변의 가로수 위로 따뜻한 불빛을 비췄다.

바깥 풍경도 따스해 보였지만 안은 더욱 따스했다. 오히려 더웠다.

검은 머리 파뿌리 되도록 함께할 것을 맹세한 신랑신부는

안하무인이라는 말이 딱 어울렸다. 신랑이 신부를 들어 올려 꼭 끌어안고 입을 맞출 때 사진기를 갖다 대었지만 둘은 아랑곳하지 않았다. 신도 두려워하지 않는 그 열기는 순식간에 참석자들을 새카맣게 탄 누룽지로 만들었다.

신랑은 가라츠마오이케 지점에 근무하는 은행원이고, 신부는 후시미에 있는 양조회사의 연구원이다. 둘 다 부모의 의향 따위는 전혀 개의치 않는 호걸들이라 양쪽 부모는 아직 얼굴도 마주한 적이 없다고 한다. 두 사람의 교제가 시작된 것은 대학 1학년 때, 여러 차례의 파란을 극복하며 들판을 지나고 산을 넘고 계곡을 건너, 지금 이렇게 차마 눈뜨고 볼 수 없는 장면을 연출하고 있는 것이다, 운운.

원래 재미가 없을 자리인 데다 애당초 신랑신부 양쪽에다 일면식도 없었으니 재미있어하는 게 오히려 이상할 일이었다. 나는 접시에 올라온 요리를 헤집으며 테이블 구석에 붙어 있는 그녀를 바라보는 것으로 시간을 죽였다.

그녀는 커다란 접시 한 귀퉁이에서 뒹구는 자그마한 달팽이 껍질을 흥미진진하다는 듯이 뚫어져라 살폈다. 그녀가 달팽이의 잔해에서 어떤 재밋거리를 찾아냈는지는 분명치 않았지만 적어도 그 모습을 바라보는 나는 재미가 쏠쏠했다.

클럽 후배인 그녀에게 나는 말하자면 첫눈에 반했는데 아직껏 친근하게 말 한 번 주고받지 못했다. 오늘 밤이 호기였지만 그녀 곁에 앉지 못한 전략적 실수 탓에 내 의도는 수포로 돌아갈 기색이 농후했다.

그때 갑자기 사회자가 일어섰다.

"그러면 신랑신부, 아카가와 야스오 군과 도도 나오코 양의 인사가 있겠습니다. 자아, 두 분, 잘 부탁합니다."

신부의 이름이 도도 나오코였구나. 그때 처음 알았다.

술자리가 끝나고 참가자들이 뿔뿔이 길 위로 쏟아져 나왔다.

화기애애하게 2차로 흘러가려는 사람들 속에 끼어서, 나는 그녀와 나를 묶는 빨간 실, 천생연분 인연의 실이 혹시 길 위에 떨어져 있지나 않은지 찾아보기 위해 안광을 번득였다.

그런데 실망스럽게도 그녀는 다른 사람들에게 인사를 하고 일행에서 떨어져 나가는 것이 아닌가. 그녀가 집에 가는 거라면 나 역시 호락호락 2차에 합류할 이유가 없었다. 나는

2차로 향하는 흐름에서 빠져나와 앞서가는 그녀 뒤를 쫓았다. '아가씨, 그렇게 곧장 집으로 갈 게 아니라 어때요? 오늘 밤은 소인과 한잔?' 그런 대사는 나오지 않았다. 그보다 더 좋은 명대사는 없을까 하고 생각하며 그냥 걸어갔다.

시조기야마치에 있는 한큐가와라마치 역의 지상 출구에 이르자 기타를 치는 젊은이를 넋을 잃고 쳐다보는 사람들, 길 가는 여자를 꾀려 바삐 움직이는 검은 양복의 남자들, 얼굴이 벌겋게 물든 채 다음 머물 곳을 찾아 왁자지껄 오가는 남녀노소들이 북적거렸다.

시조 대교 쪽으로 꺾어지는 듯싶었던 그녀는 조금 생각에 잠긴 얼굴을 하고 계속 북쪽을 향해 걸어갔다. 다카세 강을 따라 가는 길은 나무들이 울창하여 어두웠다. 그 안에서 오래된 커피점 '뮤즈'가 오렌지색 불빛을 반짝였다. 그녀는 '뮤즈' 앞에서 마음을 정한 듯 살짝 두 발 보행 로봇 같은 발걸음을 해 보인 뒤에 가슴을 좍 펴고 골목으로 꺾어 들어갔다.

거기서 나는 그녀를 놓치고 말았다.

눈앞에는 잡거빌딩에 둘러싸인 수상쩍은 골목과 핑크빛으로 빛나는 가게뿐. 그녀의 모습은 어디에도 없었다. 나는 핑크빛 가게의 남자들이 들어오라 끌어대는 바람에 어쩔 수

없이 골목에서 물러섰다. 붙잡은 줄로만 알았던 기회는 눈 깜짝할 사이에 이슬처럼 사라졌다.

이리하여 나는 일찌감치 무대에서 퇴장하고 그녀는 홀로 밤의 여로를 더듬어 갔다.

여기서부터는 그녀의 이야기다.

))) ● (((

이것은 내가 처음으로 기야마치에서 시작하여 본토초 일대의 밤길을 순례한 하루 동안의 이야기입니다.

밤길 순례에 나서게 된 것은 기야마치의 서양요리점에서 열린 결혼피로연에서 접시 귀퉁이에 뒹굴던 달팽이 껍질 때문이었습니다. 나는 뚫어져라 그 소용돌이 모양을 살펴보다가 갑자기 미치도록 '술이 마시고 싶어'졌습니다. 애석하게도, 그 억제하기 어려운 욕구와 달팽이 사이의 인과관계는 분명치 않습니다.

그러나 그 자리에서는 주위에 온통 선배님들만 있어서 마음껏 술을 마실 수 없었습니다. 축하해야 할 결혼피로연 자리에서 만에 하나라도 실수를 하여 스승 같은 선배의 얼굴에 먹칠을 할 수는 없으니까요. 그래서 나는 술에 대한 욕구를 지그시 누르고 있다가 2차로 가는 자리에서 살짝 빠져나왔습니다.

그날 밤 나는 매혹적인 어른의 세계에 홀로 나서보자고 작심했습니다. 요컨대 선배들 사이에 끼어 조심할 것 없이 내 식대로 술을 마시고 싶었던 거예요.

지나쳐 갔던 시조기야마치 일대는 밤놀이에 심취한 선남선녀들로 꽉 찼습니다. 그 매력적인 어른스러움! 이 일대에서라면 틀림없이 '술'과 눈부신 어른의 세계를 만날 수 있을 거야, 하고 나는 흥분으로 가슴이 뛰어 오래된 커피점 '뮤즈' 앞에서 두 발 보행 로봇의 스텝을 밟았습니다.

나는 아는 사람이 가르쳐준 기야마치의 '월면보행'이라는 바를 선택했습니다. 그곳은 세상의 모든 칵테일이 단돈 삼백 엔, 나처럼 지갑에 대한 신뢰에 일말의 그림자가 드리운 사람을 위해 신이 마련해준 술집이었습니다.

))) ● (((

나는 '태평양 물이 모두 럼주라면 좋겠는데' 하고 생각할 만큼 럼주를 사랑합니다.

물론 럼주 한 병을 아침에 우유 마시듯이 허리에 손을 올려놓고 그대로 다 마셔도 좋지만 조심성 있는 아가씨라면 그런 자그마한 꿈은 마음의 보석 상자에 담아놓아야겠지요. 아름답고 조화로운 인생을 살아가려면 그러한 사소해 보이는 일에도 조심을 해야 한답니다.

그 대신 나는 칵테일을 즐겨요. 이런저런 칵테일을 고를 때는 마치 예쁜 보석을 하나씩 고르는 것 같아 기분이 매우 호사스러워집니다. 아카풀코나 튜바리버나 피나콜라다. 나는 물론 럼 이외의 칵테일에도 흥미가 많아서 그것들과도 적극적으로 음주의 정을 나눕니다. 나온 김에 더 말하자면 칵테일만이 아니라 모든 술하고 적극적으로 소통하자는 마음입니다.

이리하여 나는 '월면보행'에서 내 식대로 술을 즐기는 중이었는데, 카운터 구석에 앉아 있던 처음 보는 중년 아저씨가 불쑥 말을 걸어왔습니다.

"저기, 아가씨, 무슨 고민이라도 있는 거야? 그렇지?"

나는 바로 대답하지 못했습니다. 왜냐하면 고민이 없었으니까요.

내가 잠자코 있자, 아저씨는 "고민이 있으면 미—한테 말해봐"라고 했습니다. 어라, 농담을 무척 잘하는 분이네.

그 사람은 도도 씨라고 했습니다. 체구는 호리호리했고, 긴 얼굴에 자란 수염을 깎지 않아서 오이 꽁지에 솻가루를 묻힌 것 같았습니다. 그가 내 쪽으로 다가올 때 처음에는 신사용 향수 냄새가 나더니, 이어서 있는 그대로의 도도 씨가 발산하는 야성적인 냄새가 섞이면서 악몽과도 같은 심오한 냄새가 맹렬히 코를 찔렀습니다. 나는 생각했습니다. 어쩌면 이 다량의 심오한 냄새가 바로 '어른 남자의 향기'일지도 몰라. 이 사람이 바로 항간에 빈번히 소문이 나도는 그 나이스 미들(멋진 중년—옮긴이)인가.

도도 씨는 쭈글쭈글 갱지를 뭉친 듯한 얼굴을 하고 웃었습니다.

"내가 한잔 사지."

"아뇨, 아뇨."

"사양 안 해도 돼."

나는 거듭 사양했지만, 도도 씨가 모처럼 베푸는 친절을 계속 거절하는 것도 도리가 아니고, 이 자본주의 사회에서 공짜보다 싼 건 없다는 생각에 그냥 받기로 했습니다.

도도 씨는 흥미진진한 표정으로 술을 마시는 나를 바라보았습니다. 나를 바라보느니 차라리 전기밥솥을 바라보는 편이 즐겁고 충실한 시간을 보내는 데 도움이 될 텐데요. 나는 딩동 소리를 내는 전기밥솥보다도 풍류를 모르는 사람이거든요. 혹시 내 얼굴에 뭐 우스운 거라도? 나는 살그머니 얼굴을 문질렀습니다.

"아가씨, 혼자야? 동행은?"

"혼자예요." 나는 말했습니다.

))) ● (((

도도 씨는 비단잉어를 키워 팔았답니다.

"버블 때는 돈다발이 헤엄을 치는 것 같았어."

도도 씨는 그렇게 말하며 먼 곳을 바라보았습니다. "하지만 지금 생각해보면 그냥 꿈에 취했던 거야."

도도 씨는 카운터 너머 화사한 색깔의 술병이 놓인 곳을 바라보았습니다. 눈부시게 아름다운 비단잉어들이 차례차례 양식 연못에서 잽싸게 몸을 날려 돈다발로 바뀌던 그 영광의 나날을 떠올리고 있는지도 모릅니다. 그는 위스키를 홀짝홀짝 핥았습니다.

게이한전철 추쇼지마 역에서 우지 선으로 갈아타고 가면 로쿠지조라는 곳이 있는데 바로 그곳에 그가 천금을 투자하여 만든 도도 비단잉어센터가 있습니다. 광란의 버블 경제의 막이 가차 없이 내린 이후로 밀려왔다가는 빠져나가는 호황과 불황의 파도를 도도 씨는 비단잉어들과 함께 타고 넘었지만 올해 들어 연속해서 액운이 닥쳤습니다. 대규모 비단잉어 절도단이 들어 비축해두었던 투자 자금을 훑어 갔고, 가장 사랑하는 잉어들이 수수께끼의 전염병에 걸려 입이 묘하게 부풀어 올라 시종일관 뾰루퉁한 우주생물같이 되었습니다.

"무슨 일이죠? 그런 재앙이 연속적으로 일어나다니."

"그게 끝이 아니었어. 이제 더 나빠지려고 해도 더 나빠질 게 없다고 생각했는데 그 일이 일어났어. 그 일 때문에 장사를 완전히 망쳐버렸는데, 거참, 그 일을 당해서는 나도 그만 웃고 말았지."

며칠 전 저녁 무렵 우지 시에서 회오리바람이 발생했다는 거예요.

그건 후시미 모모야마 성 부근에서 시작되어 기세를 누그러뜨리지 않고 로쿠지조로 향했는데, 재수 없게도 도도 씨의 비단잉어센터를 덮쳤답니다.

연락을 받은 도도 씨가 교토신용금고에서 허둥지둥 돌아와 보니 하늘을 찌르는 시커먼 막대 같은 것이 비단잉어센터의 울타리를 짓밟고 안으로 들어오는 것이 아닙니까. 도도 씨는 말리는 아르바이트 청년의 팔을 뿌리치고 회오리바람에 정면으로 맞섰습니다.

오두막이 날아가고 저수지의 물이 윙윙 소리를 내며 휘돌았습니다.

때마침 서쪽 하늘에서 강렬한 석양이 주위를 비추는 가운데, 도도 씨가 가장 사랑하는 비단잉어들이 비늘을 찬란히 빛내며, 마치 '멋진 용이 되어 돌아올게요' 하는 것처럼 저녁 하늘로 날아 올라갔습니다.

그는 거센 바람에 휘청거리는 몸을 두 발로 버티고 "내 유코 내놔" "내 지로키치 내놔" 하며 한 마리 한 마리 비단잉어의 이름을 외쳤지만 회오리바람은 그런 애절한 외침을 완전히 무시하고 사랑스러운 잉어들을 남김없이 빨아 올렸습니다.

도도 씨는 그 재앙으로 결국 빚더미에 올라앉은 채 이렇게 밤거리를 방황하며 인생의 다음 한 수를 암중모색하는 처지가 되었답니다.

"내 유코 내놔, 내 지로기치 내놔."

도도 씨는 초겨울의 찬 바람소리같이 애처로운 목소리로 그렇게 되풀이하여 외쳤습니다. 그 목소리가 너무나도 애절해서 나까지 슬퍼졌습니다.

"착한 아가씨군."

그는 내 얼굴을 보며 말했습니다.

"난 오랫동안 살면서 여러 사람을 보아왔어. 아가씨한테는 근사하지도 않고 재미도 없는 아저씨로 보일지 모르지만 이래 봬도 사람 보는 눈만큼은 있어. 아가씨의 부모님은 행복할 거야. 정말이야."

"과분한 말씀이세요."

그리고 우리는 건배를 했습니다.

"그건 그렇고 아가씬 참 잘 마시는군. 그런 페이스로 마셔도 괜찮아?"

"느릿느릿 마시면 술이 깨버려요."

"그래? 그럼 내가 더 맛있는 술을 마실 수 있는 집을 가르쳐주지."

도도 씨가 일어섰습니다.

"가보자구."

))) ● (((

도도 씨와 둘이서 다카세 강 길을 따라 북쪽으로 걸었습니다. 도도 씨는 연둣빛 보자기 꾸러미를 마치 보물이나 되는 양 꼭 끌어안았습니다. 대학생, 일을 마치고 집으로 돌아가는 직장인들, 정체불명의 사람들이 거리를 화려하게 수놓으며 지나갔습니다.

도도 씨는 주변을 둘러보며 비밀의 술에 대해서 들려주었습니다.

그 술은 '가짜 전기부랑'이라고 합니다. 정말 괴상망측한 이름이지요.

"애초에 전기부랑은 다이쇼시대에 도쿄 아사쿠사의 오래된 술도가에서 나온 유서 깊은 칵테일이야. 신쿄고쿠 부근에도 그 술을 내놓는 가게가 있어."

"가짜 전기부랑이란 건 전기부랑하고는 다른 건가요?"

"전기부랑의 제조법은 외부로 공개가 안 돼 있는 건데, 교토중앙전화국의 직원이 그 맛을 재현해보려고 시도했지. 시행착오 끝에, 막다른 골목의 막바지에 기적처럼 만들어진 것이 가짜 전기부랑이야. 우연히 만들어진 거라 맛도 향도 전기부랑하고는 전혀 달라."

"전기를 사용해서 만드나요?"

"그럴지도 모르지. 전기부랑이라는 이름이 붙은 걸 보면."

그렇게 말하며 도도 씨는 킥킥 웃었습니다.

"지금도 어딘가에서 은밀히 제조되어 밤거리로 나오는 중일 거야."

나는 메이지시대를 생각나게 하는 기와지붕의 작은 공장을 상상해보았습니다. 그 안에는 전선이 이리저리 늘어져 있고 여기저기서 황금색 불꽃이 튑니다. 양조장이라기보다는 화학 실험실과 변전소를 뒤섞어놓은 것 같은 곳입니다. 깐깐한 얼굴의 직공들이 절대로 외부로 누출해서는 안 되는 문외불출의 레시피에 따라 신중하게 전압을 조절합니다. 전압이 조금만 달라져도 가짜 전기부랑의 맛이 나오지 않으므로 그들의 표정은 깐깐해질 수밖에 없습니다. 드디어 신비한 향을 주위에 퍼뜨리는 액체가 투명한 플라스크에 차례차례 따라집니다. 전기로 술을 만들다니 도대체 누가 그런 재미있는 발상을 한 걸까요.

나는 온몸이 호기심으로 가득 차 기야마치 길 위에서 톡 하고 터져버릴 것 같았습니다.

"아, 마셔보고 싶어요."

도도 씨는 이백이라는 노인에게서 가짜 전기부랑의 맛을 배웠답니다. 비단잉어센터 유지를 위해 돈을 빌리면서 알게 된 사람이라고 합니다.

그 사람은 기야마치와 본토초 일대에서는 유명한 인물인데, 도도 씨 말로는 밑 빠진 독에 물 붓듯이 술을 마시고 자가용전차를 타고 다니는 부자래요. 그는 사람들에게 가짜 전기부랑을 나눠주면서 한도 끝도 없이 마시고 논다고 합니다.

밤의 거리란 정말 신기한 세계라는 생각이 들었습니다.

))) ● (((

도도 씨는 나를 기야마치 거리의 동쪽에 솟아오른 오래된 잡거빌딩의 스카이라운지로 데려갔습니다. 건물에 들어가는데 잡동사니가 여기저기 구르는 게 마치 폐허에 발을 들여놓는 것 같았습니다.

도도 씨가 두꺼운 문을 열자 흐릿한 불빛이 보였고 사람들이 속삭이는 소리도 들렸습니다. 더러운 카운터, 주워다 놓은 것 같은 때 묻은 소파와 의자, 손으로 쓴 메뉴가 철퍼덕철퍼덕 붙은 벽. 벽에 놓인 책꽂이에 하나 가득 들어찬 꾀죄죄한 낡은 잡지들. 손님들은 모두들 의자나 소파를 제멋대로 차지하고 수다를 떨고 있었습니다.

나는 도도 씨가 권해주는 대로 소주를 마셨습니다.

"너의 행복에 건배하자. 건배."

도도 씨는 소주를 홀짝이며 딸 이야기를 해주었습니다. 나이는 나보다 조금 위이며 오 년 전에 부인과 이혼한 이후로 몇 번 못 만났다고 합니다. 딸은 도도 씨를 별로 만나고 싶어 하지 않는답니다. 참 슬픈 이야기지요. 도도 씨는 한두 마디씩 이야기를 하다가 딱 한 번 눈가를 손등으로 꾹 찍었습니다.

"부모가 자식에게 바라는 건 그저 행복했으면 하는 것뿐이야. 네 부모님도 분명 그렇게 생각할 거야. 나도 부모니까 알아."

"하지만 행복해지는 건 마음대로 되는 게 아니잖아요."

"물론 그렇지. 부모도 해줄 수는 없는 일이지. 스스로 행복을 찾는 수밖에. 하지만 딸의 행복을 위해서라면 난 뭐든 아낌없이 해주고 싶어."

정말 멋진 분이구나, 심성이 맑기도 해라, 하고 나는 생각했습니다.

"젊은이는 행복이란 무엇인가, 늘 그걸 물으며 살아야 해. 그렇게 살 때 비로소 인생이 의미를 갖게 되지."

도도 씨는 그렇게 단언했습니다.

"도도 씨에게는 뭐가 행복인데요?"

그는 내 손을 잡았습니다.

"이렇게 지나쳐 가는 사람과 친구가 되어 그 사람과 즐거운 시간을 함께 보내는 것. 이것이 내 행복일지도 몰라."

그는 보자기 꾸러미에서 빨간 칠을 한 작은 나뭇조각을 꺼내 내 손바닥에 놓았습니다.

"너에게 부적을 주지."

그건 작은 세공품이었습니다. 비스듬하게 위를 향해 선 대포같이 생긴 신기한 물건이었습니다. 손바닥에서 굴리며 자세히 바라보니 미끈미끈한 심해 생물 같기도 했습니다. 잉어를 재미있고도 괴상하게 과장한 물건일까, 하고 생각했습니다.

"소중히 간직해둬."

))) ● (((

"잉어란 폭포를 거슬러 올라 용이 된다니까, 요컨대 입신 출세의 상징이야. 종이잉어(단오 때 장대에 높이 단다―옮긴이) 도 그런 의미인 거야. 잉어는 예로부터 경사스러운 물고기 야. 기온마츠리(교토의 여름 축제―옮긴이)에 끌고 다니는 칼과 창으로 장식한 수레에도 왜 그 '잉어산'이라고, 용문(잉어가 이곳을 뛰어오르면 용이 된다는 전설이 있는 중국 황하 중류의 여울― 옮긴이)의 폭포를 오르는 커다란 잉어를 장식해놓잖아. 등용 문이라는 말은 알지? 그건……."

그러한 온갖 지식을 늘어놓는 틈틈이 도도 씨는 내 손을 유심히 바라보고는 "좋은 손이야" "귀여운 손이야" 하며 한 숨을 쉬듯이 말했습니다. 내 손이 어디가 예쁘다고 그럴까 요. 폴빵 쪽이 단연코 더 귀엽습니다.

"아, 취한다. 너도 잘 마시는군."

"괜찮겠어요? 과음하면 고생할 텐데요?"

"무슨. 즐겁게 마시면 괜찮아. 지금 난 행복해."

도도 씨는 그렇게 말하며 내 몸을 안듯이 팔을 둘렀습니다. 그러고는 흔들흔들 흔들며 "힘을 내!" 하는 겁니다. "네. 전 괜찮아요!" 하고 내가 대답했습니다.

그러는 사이에 도도 씨의 손이 내 가슴 부근으로 미끄러져 들어왔습니다. 그는 나를 흔들며 내 젖무덤도 흔들었습니다. 도도 씨는 심성이 깨끗한 사람이니까 사람들이 보는 앞에서 파렴치한 행동을 할 리가 없습니다. 아마도 나를 격려하려고 팔을 두른 참에 취기도 오르고 하여 그만 방향이 어긋난 거겠지요. 하지만 나는 아무래도 간지러워서 견딜 수가 없었습니다.

"저기요, 도도 씨 손이."

"응? 손이 뭐?"

"손이 여기 닿았어요."

"아, 미안. 실례."

그렇게 말하며 도도 씨는 일단 손을 떼었지만 잠시 후 다시 손을 뻗어서 내 가슴을 만졌습니다. 나는 너무 간지러워서 결국 도도 씨를 밀쳐버릴 수밖에 없었습니다. 그렇게 서로 밀치락달치락하는데, 아니 정확히는 일방적으로 내가 당한 거지요, 어쨌든 몸싸움을 벌이는데 갑자기 "이봐, 도도"

하고 뒤에서 여자 목소리가 들려왔습니다.

돌아보니 키가 크고 늠름하고 눈썹이 다부진 여성이 다가와 있었습니다.

"이 변태 아저씨가, 또 이런 짓을."

"엥, 너 여기 있었어?"

도도 씨가 갑자기 위엄을 잃고 처량한 얼굴을 했습니다.

그녀는 가슴을 쫙 펴고 도도 씨에게 다그쳤습니다. "그렇게 가슴을 만지고 싶으면 내 가슴을 만지게 해주지. 자, 만져봐."

"아니, 그런 얌전치 않은 물건은 만지고 싶지 않아."

"이 자식, 당장 꺼지지 못해."

도도 씨가 허둥지둥 일어나서 보자기 꾸러미를 손에 쥐려는데 그 순간 매듭이 풀리더니 내용물이 바닥으로 쏟아졌습니다. 오래된 그림들이 잔뜩이었습니다. 남녀가 지혜의 원처럼 서로 엉켜 붙었고 그 국부에는 뭔지 모를 괴수 같은 것이 걸쳐져 있는 거예요. 도도 씨를 도와 그림을 주워 모으며 '이건 뭘까?' 하고 유심히 들여다보자니까 도도 씨가 허겁지겁 내 손에서 그림을 뺏었습니다.

"춘화야."

도도 씨는 무뚝뚝하게 말했습니다. "오늘은 이걸 팔아치울 거야."

그 모습이 너무나 쓸쓸해 보여 나도 모르게 불러 세우려 했지만, 춘화를 보자기에 싼 도도 씨는 말 붙일 틈도 없이 바람처럼 밖으로 사라졌습니다.

나는 그가 건네준 부적을 다시 보았습니다. 그건 대포도 아니고 비단잉어도 아닌, 틀림없이 좀 전의 그림에도 그려져 있던 괴수, 그러니까 말씀드리기 거북하지만 소위 남성의 물건이었던 것입니다.

나는 한숨을 쉬었습니다.

도도 씨를 내쫓은 여성이 내 옆에 앉았습니다. "괜찮아?" 하고 상냥하게 말을 걸어주는 그 얼굴을 말끄러미 바라보니 정말로 눈썹도 야무진 씩씩한 얼굴이었습니다. 넋을 잃고 바라보는 나를 아랑곳 않고, 그녀는 위세 등등한 목소리로 "여기 보리술 좀 줘" 하고 주문했습니다. 그리고 뒤를 돌아보더니 "히구치 군도 이쪽으로 와"라고 한마디 했습니다. 색 바랜 유카타를 입은 남성이 느릿느릿 일어섰습니다.

"여어, 안녕하시오."

카운터로 다가온 남성은 귀엽게 씨익 웃었습니다.

"밤거리에서 만난 수상쩍은 사람에게는 결코 방심해선 안 돼. 물론 우리 같은 사람에게도 빈틈을 보여서는 안 되지."

이렇게 나는 하누키 씨와 히구치 씨라는 두 사람을 알게 됐습니다.

))) ● (((

하누키 씨는 보리 맥주를 물처럼 마셨습니다.

고래술이라는 말도 있지만, 정말 미인의 배 속에 고래 한 마리라 할 만했습니다. 나는 그녀가 맥주를 꿀꺽꿀꺽 마셔 대는 모습을 세련된 무예를 감상하듯이 바라보았습니다. 그녀의 짝궁인 히구치 씨는 술은 그다지 좋아하지 않는 듯, 한 잔을 따라놓고 조심조심 흔들어가면서 하누키 씨가 맥주를 해치우는 모양을 재미있다는 표정으로 바라보았습니다.

하누키 씨는 치과 위생사 일을 한다는데, 히구치 씨는 무슨 일을 하는지 모르겠습니다.

"텐구(天狗. 얼굴이 붉고 코가 길며 대체로 잘난 척하기를 즐기는 날아다니는 요괴—옮긴이)를 하고 있어요" 하고 못 알아들을 소리를 했을 뿐입니다.

"뭐, 그것에 가깝지."

하누키 씨도 굳이 부정하지 않았습니다.

"그건 그렇고, 마침 우리가 있어서 다행이었어. 도도는 정말 허접한 인간이거든."

그녀는 도도 씨에 대해 나보다도 훨씬 더 화를 냈습니다.

하지만 나는 오히려 도도 씨가 너무나 불쌍했습니다. 재미있는 이야기와 훌륭한 인생론을 들려주었고, 무엇보다도 술을 사준 사람입니다. 더구나 그는 오늘 밤 일생의 사업이었던 비단잉어센터의 붕괴라는 위기에 봉착하여 암중모색 중이었습니다. 그의 처지를 고려해볼 때 겨우 나의 가슴 하나 둘쯤이야, 물론 두 개밖에 없는 거긴 해도, 어쨌든 그 정도쯤 아무렇지도 않게 받아넘길 배포가 왜 내겐 없는 걸까요.

"도도 씨는 분명 괴로우셨던 거예요. 저는 매몰찬 처사를 하고 말았어요."

"잘한 거야. 더 매몰차게 해줘!"

"하지만 도도 씨한테는 신세를 진걸요."

"방금 만난 사람 아니었어?"

"그래도 귀담아 들어야 할 인생론을 들려주셨어요. 분명 나쁜 분은 아닐 거예요."

"그래, 그래. 이제 좀 마음을 가라앉히라고. 우선 마셔. 내가 사줄게."

하누키 씨는 나를 위해 맥주를 주문했습니다.

"인생론 같은 건 나이 좀 먹은 아저씨라면 누구든 떠벌릴 수 있어."

그녀가 말했습니다. "히구치 군도 그 정도는 할 수 있지?"

"글쎄, 잘 모르겠는데. 할 생각도 없고."

히구치 씨는 애매하게 비켜 갔습니다.

내가 비단잉어센터의 붕괴에 대해 이야기하자, 하누키 씨는 얼굴을 조금 찌푸렸습니다.

"그거 참 안됐군."

"강에 몸을 던졌을지도 몰라." 히구치 씨가 말했습니다.

"시끄러. 도도가 그렇게 여린 인간이야?"

"하지만 사업이 망했으니 보통 일은 아니잖아. 겉으로는 평상시처럼 쾌활한 척했어도 속으로는 오늘 밤 삶의 마지막 불꽃을 태우자고 작정했던 건지도 몰라."

"히구치 군, 어째서 그렇게 재수 없는 소리만 하는 거야."

하누키 씨는 남은 맥주를 다 마셨습니다.

"에이, 기분 꿀꿀해. 어디 다른 데로 자리를 옮겨야겠어. 히구치 군, 돈 좀 있어?"

"돈 같은 거 없는데, 요 몇 년 동안."

"어디 그럼 무전출입이나 해볼까?"

"분부대로 장소를 옮기지."

"지금부터 우리는 딴 데로 갈 건데, 어때, 같이 가볼 생각 있어?"

하누키 씨가 내 얼굴을 들여다보며 말했습니다. "함께 가는 게 낫겠지?"

"허락해주신다면, 함께 가고 싶어요."

"우리를 너무 믿으면 안 돼. 우린 정체를 알 수 없는 사람들이야."

히구치 씨가 진지한 얼굴로 충고했습니다.

"'우리'라는 말 함부로 쓰지 마."

하누키 씨가 머리카락을 시원스레 휘날리며 일어섰습니다.

))) ● (((

작은 철문을 지나 빌딩 뒤편에 달라붙은 비상계단 쪽으로 나오자 눈앞에 낯설고 복잡한 광경이 펼쳐졌습니다.

키 작은 잡거빌딩이 울퉁불퉁 그림자를 그리며 남북으로

길게 이어진 가운데 군데군데 네온과 가로등 불빛이 비쳤습니다. 불고기집의 커다란 전광판이 빌딩 옥상에서 번쩍였고 전선이 마치 그물을 걸어놓은 것처럼 집들을 뒤덮었습니다. 환락가인가 싶다가도 그 사이로 민가의 빨래건조대가 작은 외딴 섬처럼 불쑥 나타나기도 하는 것이 마치 비밀기지 같아 보였습니다. 엎어지면 코 닿을 곳에 가로로 길쭉하니 희미하게 밝은 빛을 내는 곳은 남북으로 뻗은 본토초의 번화가이겠지요. 그리고 바로 아래 있는 작은 거리들은 기야마치와 본토초 사이에 비집고 들어선 미로였습니다.

비상계단을 내려가니 비좁은 터가 나왔고 거기에는 엄청난 수의 자전거 잔해가 높이 쌓여 있었습니다.

"어? 뭐지, 이건?"

히구치 씨가 자전거 옆에 꿇어앉아 다시마같이 흐물거리는 물건을 집어 올리더니 하늘하늘 어둠 속에서 흔들어 보였습니다.

"바지잖아."

"어찌하여 이런 게 여기에?"

"누가 벗어놨나 보지. 무슨 사정이 있었겠지. 내버려둬."

하누키 씨는 자전거를 아무렇지도 않게 털컥털컥 쌓아올

리더니 그 위를 기어 올라가기 시작했습니다. 히구치 씨가 내 옆을 빠져나가 유유히 그 뒤를 따라갔습니다. 자전거의 산을 기어오르는 히구치 씨의 유카타 옷깃이 크게 젖혀지는 순간, 아뿔싸 이건 외설이야, 했는데 다행히도 히구치 씨는 어느새 좀 전에 주운 바지를 입고 있었습니다.

"도대체 어디로 가는 건가요?"

"쉬잇."

하누키 씨가 손가락을 입에 갖다 댔습니다. "이 담을 넘을 거야."

담 너머는 아담한 등롱이 정원수들을 비추는, 요정의 정원처럼 고요한 곳이었습니다. 견고한 콘크리트 빌딩숲 속에 이렇게 예쁜 장소가 있었다니.

"술 도둑이라도 하실 생각인가요?"

"어허, 남이 듣겠다! 히구치 군하고 한데 엮지 마."

"나는 유실물을 주운 것뿐이야."

히구치 씨는 태연히 반론했습니다. "파출소에 가져다줄 건데 손에 들고 가기는 성가시니까 입고 가는 거야."

"아니, 히구치 군, 아까 그 바지를 입었다고? 제발 그런 짓 좀 하지 마."

))) ● (((

독자 제현, 안녕하신가. 오래간만에 나타나 이야기를 해 보는군.

내가 이렇게 당돌하게 끼어든 것은 지금쯤 여러분이 기야 마치에 외로이 서 있던 나를 완전히 잊어버렸을 것 같아서 다. 내게도 좀 관심을 보내달라.

그녀가 저 죽일 놈의 도도와 주무르거니 주물리거니 하는 수난을 겪고 있을 때 내가 감연히 일어서서 그녀를 구했어 야 했다는 건 나도 안다. 하지만 그럴 수가 없었다. 그때 나 는 기야마치에서 본토초로 통하는 골목의 어둠 속에서 아 랫도리를 홀랑 벗은 채 추위와 분노에 떠는 중이었기 때문 이다. "이 변태 녀석" 하고 입을 모아 큰 소리로 욕할 독자의 심정, 나 또한 크게 공감하지 않는 바 아니나, 그 전에 내 말 도 좀 들어주길 바란다.

그녀와 도도가 함께 다카세 강변을 걸어 기야마치에 면한 빌딩에 들어가는 것을 본 나는 조금 사이를 두고 따라 들어 가 동정을 살피려 했다. 둘이 어떤 관계인지 몰랐지만 그녀 가 만약 낯선 남자로 인해 곤란한 처지에 몰린 거라면 구출

해내야 한다고 생각했기 때문이다. 실로 훌륭한 기사도 아 닌가.

그런데 갑자기 웬 정체 모를 괴한의 습격으로 골목에 끌 려 들어가서는, 이게 무슨 있을 법한 일이냔 말인가, 바지와 빤스를 강탈당하고 말았다. 밤의 거리는 위험으로 가득하다. 어둠 속에서 순식간에 일어난 범행이라 그 치사빤스스러운 범인의 얼굴도 못 보았다. 다만 매우 달콤한 꽃향기 같은 것 이 났다는 사실은 기억난다. 꽃향기에 싸인 괴한에게 멀쩡 한 남자가 벌거벗겨졌다는 건 정말로 기기괴괴한 일이다. 분명 아무도 믿어주지 않을 것이다.

나는 맹렬히 저항했지만 역부족, 내 아랫도리를 만천하에 공개할 수밖에 없게 되었다. 아니 가능하다면 공개하지 않 기 위해 골목 구석에 숨어 옆에 있던 맥주 상자를 끌어안고 잠복했다. 이 밤의 패권을 쥐고 그녀와의 로맨틱한 조우를 즐기려던 내가 어두운 뒷골목에서 맥주 상자에 운명을 맡기 는 지경이 될 줄이야. 오늘 밤의 주역이 되기는커녕 이런 모 습을 경찰에게 들켰다간 덮어놓고 파렴치한이라는 낙인이 찍힐 것이요, 소중히 품어온 청운의 꿈도 기야마치의 길 위 에서 거품이 되어 사라질 터였다.

젠장 할. 그녀가 유쾌하게 밤을 보내는 것을 멀리서 바라보며 결국 길가의 돌멩이로 끝날 팔자였던 거다.

))) ● (((

그 넓은 연회장에는 젊은 남녀가 뒤섞여 파티의 절정을 향해 달려가고 있었습니다.

그들은 대학의 문화 서클인 '궤변론부' 분들이었습니다. 영국으로 유학 가는 한 OB를 위한 송별연이라는데 영광스러운 출발을 상징하듯 값비싼 샴페인을 돌리는 중이었습니다.

"샴페인은 입에 닿는 느낌이 좋아서 자기도 모르게 과음을 하게 되는데, 너는 걱정이 없겠군."

히구치 씨가 말했습니다.

"자아, 어디의 누군지는 모르지만 영국에 간다는 사람의 빛나는 미래에 건배."

우리가 그렇게 공짜 술을 만끽할 수 있었던 것은 하누키 씨 덕분이었습니다. 하누키 씨는 저쪽에서 사람들과 어울려 마치 백년지기나 되는 것처럼 대소란을 벌이는 중입니다. 그녀는 도망치는 사람들을 하나씩 붙잡아 남녀를 불문하고 얼굴을 핥으려 들었습니다. 그건 그녀가 취했을 때 하는 버릇이랍니다.

"하나도 이상하지 않다니까. 좀 더 가까이 와봐."

"우엑, 하지 마. 히익."

"이쪽 아가씨는 뭐야?"

"꺄아악, 귀는 안 돼. 귀는 안 돼."

그렇게 이상야릇 난폭한 행패를 부리는 하누키 씨를 바라보면서 나는 감탄에 감탄을 거듭했습니다. 기야마치를 배회하는 술고래 미인, 일단 주머니가 허전해지면 과감하게 떨치고 일어나 생면부지 타인의 연회석에 숨어 들어가 손쉽게 공짜 술을 위장 속에 부어 넣고 사람들의 얼굴을 핥으며 놀다니, 이 무슨 통쾌무비한 일일까요.

그녀는 복도에서 잠복하다가 화장실에서 돌아오는 술 취한 대학생을 하나 찍어서 취한 척 끌어안고 반쯤은 강제적으로 의기투합하여 크게 떠들며 연회석으로 돌아왔습니다. 이때 머뭇거려서는 안 됩니다. 모르는 사람들의 연회석에 끼어 들어가는 것은 베느냐 베이느냐 하는 진검승부, 한 순간만 망설여도 생명이 날아갑니다. 단숨에 연회석 깊숙이 파고 들어가 불문곡직하고 그 자리의 흥을 돋우어 '이 사람이 누구야?' 하는 당연한 의문을 산산조각 가루로 만들어야 합니다.

우리는 하누키라는 여걸이 열어준 길을 조용히 걸어간 데 지나지 않았습니다.

"이렇게 밤의 거리를 방황하고 있자니 생각나는데."

히구치 씨가 샴페인으로 뺨을 붉게 물들이며 갑자기 쿡쿡 웃었습니다.

"이백이라는 별난 할아버지가 있어. 최근에는 못 만났는데 예전에는 그 사람을 따라다니며 밥도 먹고 술도 마시고 했지. 이백이란 건 별명인데 어쨌건 좀 남다른 사람이야. 낮에는 엄청 구두쇤데 밤만 되면 호탕한 부자야. 덕분에 나도 한동안 잘 먹고 잘살 수 있었지."

히구치 씨는 아주 신이 나서 말했습니다.

"이백 옹에게는 두 가지 취미가 있었어. 하나는 술친구들을 거느리고 다니다가 밤길을 걷는 남자를 습격해서 속옷을 빼앗는 거고, 다른 하나는 가짜 전기부랑으로 술 마시기 대회를 하는 거야."

"아, 가짜 전기부랑. 소문은 진작부터 들었어요. 마셔보고 싶어요."

"그건 웬만해선 힘들어. 가짜 전기부랑은 그냥 칵테일이 아니기 때문에 이 주변 술집엔 없어. 나도 자세히는 모르지만 아마도 그건 밀주일 거야. 이백 옹은 돈도 많고 가짜 전기부랑도 많이 갖고 있지."

히구치 씨는 유카타 주머니에서 엽궐련을 꺼내 입에 물었습니다.

"이백 씨는 왜 그렇게 부자인가요?"

"그는 고리대금업자야."

그렇게 말하고 히구치 씨는 진한 연기를 훅 불어냈습니다.

"나도 빚이 조금 있어. 그래서 최근에는 이백 옹을 피해 다니는 중이지."

))) ● (((

하누키 씨가 통치하던 무법지대에서 한 남자가 빠져나와 우리 쪽으로 기어왔습니다.

"그런데 당신은 누구죠?" 그 사람이 물었습니다.

"나도 당신이 누군지 모르겠는데." 히구치 씨가 대답했습니다.

두 사람은 한동안 멍하니 서로를 마주 보았습니다.

드디어 그 남자가 "뭐, 누구든 상관없어" 하고 대인다운 면모를 과시했습니다. 이미 곤드레만드레였거든요. 그런데 그가 "저으기, 있지이" 하고 제대로 돌아가지 않는 혀로 말문을 열더니, "자기가 반한 남자와 결혼하는 것하고 반하지 않은 남자랑 결혼하는 것하고, 둘 중에서 고르라면 반하지 않은 남자랑 결혼하는 게 좋겠지?" 하고 뜬금없는 소리를 하는 거예요.

"참신한 설이군요."

"왜냐하면 말이지, 반하면 이성을 잃어 정확한 판단을 할 수 없게 돼. 따라서 반한 남자를 선택하기보다 반하지 않은 남자를 선택하는 게 이성적인 선택인 셈이지. 긴 인생을 함께할 거니까 판단은 신중에 신중을 기해 합리적으로 내려야 해. 연애 감정이란 합리적으로 설명할 수 없는 거야. 따라서 연애는 결혼하고는 애초부터 안 맞아. 또 반한 남자와 결혼했을 경우에는 차차 정열이 식어가는 슬픔을 맛봐야 하지만 반하지 않은 남자와 결혼하면 식을 게 없어. 처음부터 정열이란 게 없었거든. 게다가 또 이점이 있지. 반하지 않은 남자와 결혼하면 그의 바람기에 괴로워할 필요가 없어. 왜냐, 질투하지 않기 때문이야. 그런 무익한 번민에서 자유로울 수 있어. 논리적으로 생각하면 알 수 있을 거야. 모름지기 여성은 반하지 않은 남자와 결혼해야 해. 그런데 왜 반한 남자와 결혼하냐구. 왜 모두들 현실을 제대로 보지 못하는 거야!"

그렇게 말하며 그 남성은 질질 침을 흘렸습니다. 나는 물수건으로 그의 침을 닦아주었습니다. 그가 나오코라는 여성의 이름을 연달아 불러댔습니다.

"난 지금 송별회에 있을 때가 아니야. 나오코의 결혼피로연이 열리고 있어. 그 자리에 있어야 하는 건데."

"그럼 어서 그쪽으로 가지그래."

"그건 안 돼. 이건 내 송별회인걸."

"뭐야, 영국에 유학 간다는 게 당신이었어?"

"이제 와서 나오코 씨와 얼굴을 마주해봤자 무슨 말을 할 수 있겠어. 이봐, 자기가 반한 남자랑 결혼하는 그런 비이성적인 여자한테는 무슨 말을 해봤자 소용없잖아, 안 그래?"

붙잡고 늘어지는 그 사람을 히구치 씨가 발로 뻥 차버리자 그는 연회장 구석으로 데굴데굴 굴러가서 "흐규" 하고 신음하더니 몸을 가만히 쪼그렸습니다. 그건 마치 바다사자가 토라져서 애처롭게 누운 모습이었습니다. 사랑 고백에 궤변은 통하지 않았나 봅니다.

"그러엄, 이제 스을스을 다카사카 선배를 격려하는 궤변 춤을 춥시다아."

간사인 듯한 여성이 일어서서 말했습니다.

"다카사카 선배는 어디 있어?"

"저런! 저기 쪼그리고 잠들었네. 우리만 춤추라는 건가."

"그건 그렇고, 도대체 어떤 바보가 이런 춤을 생각해낸 거야. 이건 후대에까지 창피야."

"일단은 선배를 일으켜."

"우와, 선배, 꼭 소처럼 침을 흘리네요."

꼼짝 않던 다카사카 씨가 갑자기 침을 흘리며 사자처럼 울부짖었습니다.

"크허, 나오코 씨이."

다카사카 씨를 둘러쌌던 부원들이 와앗 하고 떨어져 나갔습니다.

"나오코 씨는 없어요. 이젠 유부녀예요."

"자아, 궤변춤을 추면서 깨끗이 잊어버리고 외국으로 가세요."

그렇게 부원들이 달래며 끌어안아 일으켜 세우자, 다카사카 씨는 다다미 위에 서서 흔들흔들했습니다. 그건 격려가 아니라 들볶는 거였습니다.

"선배, 훌륭한 사람이 되세요."

"고마워, 여러분. 여러분 같은 사람들이 송별회를 해줘서 난 기뻐."

"훌륭해지세요. 그리고 다시는 이곳으로 돌아오지 말아요."

"선배가 없어도 우린 충분히 잘할 수 있어요. 안심하세요."

"다시 만날 날은 오지 않을 거야. 기뻐 죽겠어. 안녕히."

기쁨의 소리가 울리는 가운데 다카사카 선배는 침을 흘리며 비틀비틀 후배들 사이를 비집고 앞으로 나아갔습니다. 드디어 사람들이 양손을 들어 올려 머리 위에서 손바닥을 치더니 손을 마주 잡고 허리를 빙글빙글 돌리며 연회장 안을 걷기 시작했습니다. 이것이 궤변춤이었습니다. 정말로 즐거워 보였기 때문에 나와 히구치 씨도 신이 나서 그 행렬에 끼어들었습니다. 다카사카 씨의 영광스런 출발을 몸과 마음을 다해 축하하기 위해 허리를 비비 꼬며 미친 듯이 춤을 추고 있는데 하누키 씨가 나타나서 우리를 복도로 끌어냈습니다.

연회가 끝나기 전의 혼란을 틈타 조용히 빠져나가는 것이 그녀의 공짜 음주 기술의 마무리였습니다.

))) ● (((

요정을 뒤로하고 본토초로 나온 우리는 북쪽을 향해 돌이 깔린 보도를 걸어갔습니다.

올려다보니 좌우 양쪽으로 육박하듯 늘어선 처마 사이로 좁게 밤하늘이 보였고 그것을 가로질러 수많은 전선이 뻗어 있었습니다. 요정 2층에는 발이 늘어졌고 그 틈새로 술좌석의 불빛이 새어 나왔습니다.

좁은 길 양쪽으로 붉은 초롱, 전광판, 처마의 등, 자판기와 장식창에서 나오는 불빛이 마치 야시장 골목길처럼 끝없이 이어졌습니다. 그 사이를 사람들이 삼삼오오 무리지어 와자지껄하며 빠져나갔습니다.

당당한 풍채의 나리님들이 만리장성만큼 문턱이 높아 보이는 요정 안으로 유유히 들어가는 모습도 보였습니다. 저것이 바로 본토초의 격조란 거겠지요. 문을 들어서서 돌을 깔아 만든 좁은 통로를 걸어 뜰 안으로 가면 나 같은 풋내기는 상상도 못 할, 갖은 멋을 다 부린, 어른들에 의한, 어른들을 위한, 어른들의 놀이가 펼쳐지고 있을 테지요. 정말 호기심이 동합니다.

"자아, 어떻게 할까나." 하누키 씨가 중얼거렸습니다.

"어디 더 갈 만한 곳이 없는 거야?"

"그렇진 않지만. 저기 어디쯤에서 여기를 벗어나 기야마치로 갈까."

고양이가 발밑을 스쳐 지나갔습니다.

재빠르게 달려가는 고양이에 끌려 돌아보니 돌이 깔린 길 끝에 마이코(술자리에서 흥을 돋우기 위해 춤추는 소녀—옮긴이)가 보였습니다. 소녀는 늘어뜨린 커다란 등롱의 불빛을 가로질러 서쪽으로 뻗은 골목으로 살그머니 미끄러져 들어갔습니다.

소녀가 사라지는 것을 보고 다시 앞으로 돌아섰는데 하누키 씨와 히구치 씨의 모습이 보이지 않았습니다.

골목으로 꺾어 들어갔나 싶어 들여다보았지만 보이지 않았습니다. 그 두 사람 말고는 이 본토초에서 의지할 사람이 없는데 이 남은 밤의 여로를 어떻게 하지. 난감한 일이었습니다.

"이봐, 너, 혼자야?"

술 취한 남성이 말을 걸어왔지만, "밤거리에서 만난 수상쩍은 사람에게는 결코 방심해선 안 돼" 했던 히구치 씨의 충고가 떠올라 머리를 숙이고 지나쳤습니다.

그때 갑자기 커다란 사과가 내 앞에 떨어져 굴렀습니다.

무의식중에 주변을 둘러보며 사과나무를 찾았지만 본토초에 사과나무가 있을 리 없습니다. 실제로 그건 사과가 아니라 달마오뚝이(좌선하는 달마대사의 상을 본뜬 오뚝이—옮긴이)였습니다. 나는 그 뚱하니 불룩한 달마오뚝이와 서로 뚫어져라 노려보면서 누가 먼저 웃나 '눈싸움'을 했습니다.

))) ● (((

자, 독자 제현. 오래간만이다. 어슴푸레한 골목에서 하반신의 예사롭지 않은 개방감에 허둥대던 나다. 또 끼어들어 미안하다.

외설물 진열죄의 고비에 놓인 나를 구한 것은 가게를 박차고 나온 도도였다.

그는 비틀비틀 골목길을 걸어오다 도움을 청하는 나를 보더니 "잠깐만 기다려"란 말을 남기고 사라졌다가 잠시 뒤에 낡고 추레한 바지를 가지고 왔다. 본토초와 기야마치 거리

사이에 있는 아는 헌책방에서 빌려왔다고 했다.

도도는 암담한 표정인 게 당장 목이라도 맬 것 같은 기색이었다. 그는 나에게, 이제 뭐가 어떻게 되든 상관없다, 여기서 만난 것도 인연이다, 근사하게 한턱낼 테니 따라오라고 했다. 자포자기의 섬뜩함이 느껴져서 조금 무서웠다. 하지만 그 기세에 밀려 그녀의 젖무덤을 주무른, 증오해야 마땅할 그 사나이와 술자리를 함께하게 됐는데, 물론 그때는 그런 사실을 몰랐다.

골목을 빠져나와 가모가와에 면한 본토초의 바로 들어갔다. 작은 빌딩 2층, 카운터만 있는 동굴 같은 가게인데 어찌된 일인지 고양이와 달마오뚝이가 우글우글했다.

도도는 술과 나를 앞에 두고 느닷없이 쓰러져 울며 "젠장, 망했어, 망했어" 하고 한탄했다. "아아, 이제 어쩌냐"라고 중얼거리다가는 바로 "할 수 없지 뭐" 하고 혼자 대답을 하기도 했다.

그리고 도도는 그녀에게 주저리주저리 털어놓았던 신상 이야기를 눈물을 섞어가며 나에게도 반복했다. 노여움을 누르기 힘들었는지 그는 계속해서 이백이라는 노인의 욕을 해댔다. 그 노인이 빌린 돈을 빨리 갚으라고 독촉한다는 것이었다. 도도는 "그 개뼈다귀 같은 놈" 하고 소리를 지르고는 누가 듣지나 않는지 등 뒤를 살폈다.

그녀와 해후하는 건 꿈속에서도 또 꿈이려나, 지금의 나는 낯선 아저씨와 단둘이구나. 나까지 울고 싶어졌다. 우리는 각자 자기 나름의 이유로 눈물에 젖어 '술과 눈물과 남자와 남자'라는 참상을 연출했다. 도도는 취기가 깊어지자 "뭘 사양하고 그래" "마시라구" 하며 계속 거칠게 시비를 걸어왔고 나는 못 마시는 술을 마시고 잔뜩 취했다.

술집 전체가 가모가와 강물 위에 떠 있는 것처럼 흔들렸다.

여기에 그 헌책방 주인이 등장하여 낯선 아저씨가 배로 늘어났다.

"이거 늦어서 미안. 우리 집 보일러가 고장이 나서 목욕탕에 갔다 왔어."

그는 하우스 맥주가 입에 당기는지 한 잔을 단숨에 비우더니 몸을 내밀었다. "그래, 정말 팔 생각인가?"

도도는 고개를 끄덕이더니 보자기에 싼 꾸러미를 풀어 춘화를 늘어놓았다. 그는 그 애장품들을 오늘 밤 '규방조사단'의 경매에서 팔아치우기로 결정했다고 했다. 막다른 골목에 몰려 어쩔 수 없이 선택한 고육지책이었으니, 이것으로 작은 돈을 만들어 이백 옹에게서 도망칠 수밖에 없다고.

"규방조사단이라니, 그게 뭡니까?" 내가 물었다.

"규방조사단은 남녀상열지사에 관련된 물품을 수집하는 사람들의 클럽이야. 섹스토이나 골동품, 포르노 필름, 이 작자가 수집한 것 같은 춘화, 그런 걸 가지고 모이지." 헌책방이 설명했다.

"뭐가 조사단이야…… 요컨대 변태들의 모임이잖아." 내가 중얼거렸다.

"뭐라고, 이놈 봐라. 이런 걸 두고 문화유산이라고 하는 거야."

"내가 사는 보람이기도 하지." 도도가 말했다.

정말 아무래도 좋았다.

나는 술을 깨기 위해 바람이라도 쐬야겠다 싶어 휘청휘청 일어서서 거리 쪽의 창문을 열고 본토초의 돌이 깔린 보도를 내려다보았다.

차가운 창틀에 턱을 올려놓고 후우후우 하다가 어디서 본 듯한 자그마한 아가씨가 타박타박 저 아래 보도를 걸어가는데, 보니까 그녀였다. 불러 세우려 했으나 어찌 된 일인지 목소리가 나오지 않았다. 부랴부랴 카운터 구석에 놓인 달마오뚝이를 집어 들고는, 가게 주인의 "뭐 하는 거야" 하는 소리도 무시한 채 창에서 몸을 내밀고 아래로 내던졌다.

그녀가 멈춰 섰다. 그러더니 눈앞에 떨어진 달마오뚝이를 집어 들고 찬찬히 살피는 것이었다.

나는 획 하고 몸을 돌려 그녀 곁으로 달려가려고 했으나, 어찌하랴, 만취 상태라 뜻대로 안 되는 걸. 울렁울렁 바닥이 파도치더니 그에 맞춰 벼랑에서 떨어지는 것처럼 속이 메슥거렸다. "그런데 요놈은 누구야?" 하고 헌책방이 옆에서 나를 가리키며 말했다.

이까짓 취기쯤이야, 그녀가 지금 저기 있어, 여기서 또 놓치면 도로아미타불이야. 나는 끙끙거리면서 마치 고양이가 도망치려고 어지러이 흩어지며 갈팡질팡하는 것 같은 모양새를 만들며 지저분한 바닥에 쓰러졌다.

이렇게 해서 나는 다시금 퇴장할 처지가 된다.

))) ● (((

달마오뚝이를 배에 끌어안고 축 늘어져 걷자니 기야마치

로 통하는 골목에서 어디서 나타났는지 히구치 씨가 얼굴을 내밀었습니다. "헤이, 여기야, 여기" 하며 히구치 씨가 손짓했습니다. 나는 기뻐서 달려갔습니다.

"아아, 살았다. 놓친 줄 알았어요."

"그건 뭐야?"

"주웠어요."

"달마오뚝이로군. 굿good."

나는 그 좁은 골목을 히구치 씨가 이끄는 대로 걸어갔는데, 발밑에는 사방등같이 생긴 전등이 점점이 박혀 빛을 냈습니다.

판자울타리 앞에 놓인 커다란 화분에는 단풍이 자랐고 그 푸른 잎으로 그늘진 곳에는 고양이 두 마리가 숨듯이 웅크리고 있었습니다.

벽돌로 장식된 벽에 잠수함같이 둥근 유리창이 박혔는데 거기서 불빛이 새어 나왔습니다. 히구치 씨가 문을 열자 가게 안은 위스키 같은 호박색의 빛으로 가득 찼고 카운터 건너편에는 술병이 늘어서서 호화로운 샹들리에처럼 빛났습니다.

긴 카운터에 죽 늘어앉아 있던 신사숙녀들이 가게로 들어온 나를 노려보았습니다.

어머 무서워라 하고 주눅이 들어 카운터를 지나가니 안쪽으로 은신처 같은 침침한 공간이 있었고, 하누키 씨는 거기서 네 명의 나이스 미들 아저씨와 수다를 떠는 중이었습니다. 아저씨들은 붉은 천으로 싼 소파에 앉았는데 다들 빨간 넥타이를 맸습니다. 아무리 작은 기회라도 적시에 포착하여 술병으로 변화시키는 마력을 가진 하누키 씨는 일찌감치 그 빨간 넥타이의 아저씨들과 의기투합한 모양이었습니다.

"아드님이 결혼했다고요? 이거 참 축하합니다." 건배. "축하는 무슨, 젠장." "자아, 그러지 말고." 건배. "내가 키웠는데 저 혼자 큰 줄 알아." "부모가 없어도 애는 커." "난 있으나 없으나 마찬가지란 말인가." "그럴 리가요, 사장님." 건배.

나는 히구치 씨에게 작은 소리로 물었습니다.

"이분들은 왜 다 빨간 넥타이를 매신 거죠?"

"오늘 밤은 환갑 축하연이라나 봐."

아저씨들은 대학 시절의 친구인데 일부러 짬을 내 교토에 모였답니다.

가미교 구에서 병원을 하는 의사선생님 우치다 씨가 "잔뜩 있으니까 사양 말고 마셔" 하며 적옥포트와인(일본의 양조회사 산토리에서 1907년에 내놓은 첫 제품—옮긴이)을 따라주었습니다.

"고맙습니다. 적옥포트와인은 정말 좋아요."

"환갑이기도 해서 이 와인을 주문한 건데 술이 남아 주체를 못 하던 참이었어."

))) ● (((

"그래도 참, 인생이란 허망하군." "그만둬. 분위기 식잖아." "이 녀석은 옛날부터 정치적이라기보다는 철학적이었어. 이제 와서 그런 애송이 같은 소리 해봤자야. 유아퇴행인가." "어쨌든 환갑이잖나." "그랬나, 환갑이란 게 그런 거였군." "그러니까 우린 다시 청춘 시절을 반복한단 거야." "영겁회귀야." "젊음은 없고 고민뿐이라니. 지옥이 아닌가." "밤이라서 그래." "뭐가 말인가." "밤이니까 그런 생각을 한다고." "난 밤이 아니라도 그런 생각을 하는데." "그건 정말 안 좋아. 위험한 징조야." "자식들이 훌륭하게 자라지 않았나. 그것으로 됐다고 쳐야지." "그놈들 인생은 그놈들 것이고, 나하고는 상관없어." "당치않은 부모군." "어이없어하지 마." "환갑이 돼도 잘 모르겠어. 인생이란 뭐냐고." "인생의 목적이란 뭐냐."

"나 하나 번식하라야." "바보 같아." "이제 와서 인생을 논해서 무슨 도움이 되겠어. 논하다가 죽어버릴걸." "죽는 건 무섭지." "나이를 먹으면 죽는 게 무섭지 않을 줄 알았는데, 갈수록 더 무서워져, 나는." "글쎄. 나는 그렇지도 않아." "자넨 옛날부터 그런 사람이었어." "생각하면 신기하지 않나. 이 세상에 나오기 전에 우리는 먼지였어. 죽어서 다시 먼지로 돌아가. 사람이라기보다는 먼지인 쪽이 훨씬 길어. 그렇다면 죽어 있는 것이 보통이고 살아 있는 것은 아주 작은 예외에 지나지 않는 거야. 그러니 죽음을 무서워할 이유는 전혀 없는 거라고."

))) ● (((

술집 한쪽이 조용해지자 마치 타이타닉호가 물속으로 가라앉는 것 같은 분위기가 되었습니다. "자아, 마셔." 우치다 씨가 말했습니다. 아저씨들은 제각각 상념에 잠겨 적옥포트 와인을 홀짝였습니다.

꾸벅꾸벅 졸던 하누키 씨가 눈을 뜨고 침묵을 깨는 말을 던졌습니다.

"뭔지는 몰라도 짜증스러운 이야기뿐이군. 이봐, 히구치 군, 기예나 한판 보여줘."

히구치 씨가 소파에서 일어나 떡 버티고 서더니 유카타 속에서 엽궐련을 꺼내 물고 얼굴을 잔뜩 찌푸리면서 연기를 자욱이 뿜어냈습니다.

순식간에 템스 강의 안개 같은 짙은 보라색 연기가 피어 올라 호박색 불빛이 비치는 카운터까지 미끄러져 나갔습니다. 카운터에서 술을 마시던 사람들이 놀란 얼굴로 이쪽을 돌아다보았습니다.

"자자, 볼일이나 서둘 일이 없는 분들은 천천히 구경하시게. 이 몸이야 술자리 한구석에서 미숙한 세상살이를 하는 처지이긴 하지만 동냥으로 던져주는 돈은 받지 않소. 하지만 나의 기예에 감탄하신 분들이 공짜 술 공짜 밥을 낸다고 한다면야 호의를 거절할 까닭이 없지요. 자아 구경하시오."

자욱이 소용돌이치던 구름 속에서 히구치 씨는 보이지 않는 공기 펌프를 양손으로 부지런히 누르는 시늉을 했습니다. 자기 발밑에 있는 풍선을 부풀리는 모양이었습니다.

갑자기 아저씨들이 소파에서 벌떡 일어섰습니다.

히구치 씨의 몸이 둥실둥실 떠올라 30센티미터쯤 되는 곳에서 흔들렸습니다. 아무리 보아도 정말로 떠 있다고밖에는 달리 생각할 수 없었습니다.

우리가 바보 같은 얼굴로 올려다보는 가운데 히구치 씨는 벽을 차고 천장까지 떠올랐습니다. 내가 달마오뚝이를 집어 던지자 히구치 씨는 그걸 끌어안고 둥글게 몸을 말더니 천장의 커다란 전등 옆에서 뱅글뱅글 돌았습니다. 그리고 전등을 향해 담배 연기를 뿜어냈습니다.

히구치 씨는 느긋하게 누운 불상 같은 자태로 카운터 쪽으로 슉슉 흘러갔습니다. 조용히 술을 마시던 다른 손님들도 어리둥절하여 자신들의 머리 위를 떠다니는 유카타 입은 남자를 올려다보았습니다.

하누키 씨가 짝짝짝 박수를 치자 우리도 박수를 치기 시작했고 이윽고 만장이 떠나갈 것 같은 박수갈채로 이어졌습니다.

히구치 씨는 반대편 벽에서 빙그르르 수영 선수처럼 능숙하게 몸을 돌리더니 다시 이쪽으로 돌아와 내려선 뒤에 정중히 절을 했습니다.

"거참, 굉장하군, 자네."

아들이 방금 결혼했다는 염색회사 사장님 아카가와 씨가

중얼거렸습니다.

"이런 건 처음 봤어. 자네 도대체 뭘 하는 사람인가. 요술
쟁인가?"

"텐구입니다."

"뭐, 텐구? 그거 굉장하군."

사장님은 껄껄껄 웃었습니다. "이번에는 꼭 우리 연회에
서 해주게나."

"자아, 한 잔 마시고."

우치다 씨가 적옥포트와인 병을 들어 올렸는데 이미 바닥
이 났습니다. 그는 옆 병에 손을 뻗었지만 그것도 역시 비었
습니다. 나는 뺨이 불타오르는 것을 느꼈지만 그건 취기 때
문이 아니라 부끄러움 때문이었습니다. 아주 작은 부끄러움.

"이거 네가 전부 마신 거니?" 우치다 씨가 어이없어했습
니다. "그러고도 괜찮니?"

"야아, 이쪽에도 텐구가 한 마리 있었군."

그러고는 다시 연회석은 명랑해졌고 드디어 기분이 풍선
같이 들뜬 사장님과 우치다 씨가 양손을 머리 위로 올려 손
바닥을 마주하고 흔들흔들 춤을 췄습니다. 그건 바로 그 '궤
변춤'이었습니다.

그분들이야말로 예전 궤변론부원이었으며 궤변춤을 고안한 사람들이었습니다.

빈둥빈둥 궤변을 가지고 놀며 타인을 담배 연기로 말던 그리운 청춘의 나날들, 그들에게 던져진 갖은 악담 중에 '이 장어 녀석'이라는 말이 있었는데, 그들은 그 말이 마음에 들어 "우리는 장어처럼 미끈미끈 궤변을 가지고 논다" 하고 만천하에 선언했습니다. 연회 때마다 장어를 흉내 낸 궤변춤을 출 것을 궤변론부의 회칙에 집어넣어 싫다는 후배들에게도 억지로 추게 했습니다. 그것이 삼십 년이 지난 지금까지 이어져서 신입부원들로 하여금 "도대체 어떤 바보야, 이런 춤을 생각해낸 건" 하고 한탄하게 만든 것입니다.

삼십 년 전에도 외국으로 유학을 가게 된 동지를 배웅하러 공항에 나가서 궤변춤으로 떠나보냈던 적이 있었답니다.

"그 녀석은 유학 간 곳에서 죽었지만."

사장님이 말했습니다. "보고 싶군!"

))) ● (((

완전히 의기투합한 우리는 궤변춤을 추면서 그 술집에서

나와 야간 습격을 감행하듯 본토초로 건너갔습니다.

사장님은 발이 넓은 사람이라 어느 쪽 방향으로 가든 모르는 사람이 없었습니다. 어디로 들어가든 다 아는 사람이 있고 바로 와하하하하 하고 함께 웃으며 맥주 거품을 날렸습니다. 지금은 심야를 지나 고요해진 본토초. 우리는 소란을 피우며 그 조용함의 틈새를 헤치고 다녔습니다.

내가 가짜 전기부랑을 마시고 싶다고 하자 사장님이 길게 이어진 술자리를 돌아다니며 "이백 씨는 어디 없나아 없나아" 하고 함 파는 사람처럼 반복해서 외쳤습니다.

고양이와 달마오뚝이가 우글우글한 바, 쌍둥이 형제가 운영하는 커피숍, 요염한 분위기의 재즈바, 지하 감옥 같은 술집…… 차례차례 나타나는 술 그리고 또 술, 문 그리고 또 문, 술 그리고 또 술.

어지러운 길이었지만 맛있는 술을 마실 수 있으니 나는 그곳이 불속이든 물속이든 상관없이 유쾌하기만 했습니다.

"넌 진짜 잘 마시는구나. 정말 밑 빠진 독이 따로 없군." 사장님이 말했습니다. "너 도대체 주량이 얼마니?"

나는 가슴을 쫙 폈습니다. "거기에 술이 있는 한."

"호, 훌륭한 기상이야. 좋아, 너 이백 씨랑 술 마시기 대회를 해봐라. 그러면 가짜 전기부랑을 질릴 정도로 마실 수 있을 거야." 사장님이 말했습니다. "나라면 너한테 걸겠어."

사장님은 가는 곳마다 이백 씨가 있는 곳을 물었지만, 오늘 밤은 아무도 이백 씨를 보지 못했습니다. 자가용 전차에 들어앉아 고서를 탐독하고 있지 않겠느냐, 혹은 길 가는 취객의 바지를 벗기며 놀고 있지 않겠느냐는 게 대부분의 사람들의 추측이었습니다.

"술 마시기 대회를 할라구? 아카가와 씨는 질리지도 않는군. 그 사람한테는 이길 수 없을 텐데."

"아니, 도전하는 건 이 아이야. 백 년에 한 번 나올까 말까 한 귀재야."

"어이어이, 말도 안 되는 소릴."

"사람을 겉만 보고 판단하면 안 돼."

이백 씨는 좀처럼 만날 수 없었지만 그 와중에 현역 궤변론부원들과 마주친 건 반가운 일이었습니다. 지하 감옥 같은 술집 구석에서 수상쩍은 궤변춤을 추고 있었으니 틀림없지요. 삼십 년이란 세월을 건너뛰어 만난 선후배는 서로 감개무량, 미친 듯이 궤변춤을 추며 의기투합하여 어깨를 걸고 엉터리 〈궤변의 노래〉를 불렀습니다.

영국행을 앞둔 다카사카 씨는 붉은 넥타이의 아저씨들에게 "일본 남아로서 자부심을 가져라" "공부해라" "사당오락이다" "죽지 마라" 등등 격려의 집중포화를 맞고는 눈을 희번덕거리면서 "열심히 하겠습니다" 했습니다. 다카사카 씨는 아직도 포기를 못 했는지 틈만 나면 "나오코 씨, 나오코 씨" 하고 중얼거렸습니다. 궤변론부원들도 우리와 합류하여 같이 다니게 되었습니다.

하누키 씨가 취기에 몸을 맡긴 채 히구치 씨의 등에 업혀 조용히 있자 사람들은 그녀를 '잠든 사자'라고 불렀습니다. 그 하누키 씨가 갑자기 눈을 뜨더니 다른 사람의 맥주를 "네 것도 내 것"이라며 마구 마셔대고, "본토초 최고"라고 외치며 내 뺨을 핥았습니다. 눈을 뜬 사자는 아무도 말릴 수가 없었습니다.

한편 히구치 씨는 가는 곳마다 입에서 종이잉어를 뱉어내어 창문을 통해 밤하늘로 날려 보내고, 귓구멍에서 저속한 황금색의 마네키네코를 꺼내 보이는 등, 초절정의 텐구스러운 기교를 보여주었습니다.

종이잉어는 그대로 본토초의 거리를 떠돌아 다녔으니 밤놀이에 심취한 사람들이 보고 놀랐겠지요. 황금색 마네키네코에서는 마트료시카(몸체 속에 작은 인형이 몇 개씩 들어간 러시아의 나무 인형―옮긴이)처럼 차례차례 작은 마네키네코가 튀어나와 술집을 크고 작은 다양한 마네키네코로 가득 채웠습니다. 가게 주인이 그것을 보고 화를 버럭 내자 히구치 씨는 공중으로 떠올라 천장 구석 아무도 손이 닿지 않는 곳으로 도망가서 낄낄거렸습니다.

그는 텐구답다기보다 이미 텐구 그 자체였습니다.

나는 이 즐거운 연회의 구석 자리에서 오로지 술만 퍼마시며 이백 씨와 가짜 전기부랑아, 어서 나타나라 하며 기원했습니다.

우리는 이상야릇한 서커스 행렬처럼 술집에서 술집으로 떠들썩하게 흥을 나르며 계속해서 밤거리를 돌아다녔습니다.

))) ● (((

본토초 가부렌조가 보이는 북쪽 끝에 거의 다다랐을 때쯤 문을 닫는 커피숍에서 사람들이 줄줄이 나왔습니다.

그것은 오늘 밤 열린 결혼피로연 패거리, 흐르고 흘러 몇 차까지 왔는지 모를 사람들이었습니다. 서로의 몸을 딱 붙이고 있는 건 신도 두려워하지 않는 열애로 우리들을 위압했던 신랑신부였습니다. 시끌벅적한 사람들의 무리가 다가오자 그들은 무슨 일인가 하고 방어 자세를 취했습니다.

"나오코 씨" 하고 다카사카 씨가 외쳤습니다. 궤변론부원들이 그 주변에서 시끄럽게 떠들어댔습니다.

"거기 있는 건 야스오니?" 하고 사장님이 콧소리를 냈습니다. 그 소리에 전 궤변론부원들이 동요했습니다.

밤거리에서 마주친, 이제 곧 바다를 건너갈 학생과 그 학생이 반한 지금은 유부녀가 된 사람, 그리고 환갑을 맞이한 아버지와 이제 막 결혼을 한 아들. 일종의 괴이한 장엄함이 공기를 눌렀습니다. 자아, 이 묘한 침묵을 어떻게 깰 것인가 하고 누구나가 고주망태가 된 머리를 짜내고 있을 그때, 하늘에서 낡은 종잇조각들이 너울너울 날아 내려왔습니다.

하누키 씨가 집어 올리더니, "오오, 이건" 하고 신음했습니다. 환갑의 아저씨들과 궤변론부원들도 종잇조각을 집어 들고는 흥미진진하게 살핍니다. 나도 한 장 주워 보았는데 그건 남녀가 기괴하기 이를 데 없는 자세로 서로 엉켜 붙은, 눈에 익은 춘화의 한 부분이었습니다. 그때 위쪽에서 통절하게 외치는 소리가 들려왔습니다.

"이제 다 끝났어."

우리는 위를 바라보았습니다.

서쪽은 커피숍, 동쪽은 훌륭한 요정이었습니다.

도도 씨가 그 요정의 3층 난간에 다리를 걸고 마치 가부키 배우처럼 거리로 몸을 내밀었습니다. 그는 유다른 제스처를 취하는 이시카와 고에몽(만화 『루팡 3세』에 등장하는 16세기 말의 도적—옮긴이)처럼 심야의 본토초를 곁눈으로 노려보며 비장의 춘화를 찢어서 마치 악귀를 쫓듯이 뿌려댔습니다.

그는 공중에서 손을 펼 때마다 "젠장" 하고 애처롭게 외쳤습니다. 처마 모양을 따라 잘린 좁은 밤하늘로 가지가지 남녀의 자태가 날아오르다 차례차례 돌이 깔린 보도 위로 내려왔습니다. 그것들은 좁은 골목 안에서 춤을 추다가 이내 어디론지 모르게 흩어져 날아갔습니다.

도도 씨는 마치 혼을 갈래갈래 찢어 바람에 날리는 사람 같았습니다.

"이게 웬 절경인가" 하고 히구치 씨가 놀라 중얼거렸습니다.

요정의 3층에도 사람들이 있는 모양이었습니다. 도도 씨의 광기를 달래는 소리가 들려왔는데, 그는 "다가오면 머리부터 떨어질 거야" "죽어버릴 테야" 하고 외쳤습니다.

도도 씨는 울었습니다.

"도도 씨" 하고 내가 외쳤고, 뒤이어 "아버지" 하고 중얼거린 건 신부였습니다.

))) ● (((

독자 제현. 잘 있었는가.

새벽 2시가 지났을 무렵 나는 교토요리점 '치토세야'의 대연회석 구석에서 지나치게 오래 구운 떡처럼 부풀어 있었다. 그녀는 못 만났다. 도도가 불러낸 헌책방 주인이 저질의 술꾼이라 참담한 꼴을 당할 뿐이었지만, 이제 와서 빠져나갈 수도 없어 그들과 운명을 함께하는 중이었다.

우리는 몇 군데 살벌한 술자리를 빠져나와 규방조사단의 임시 경매 장소로 쓰이는 한 요정으로 들어갔다. 규방조사단의 일원인 요정의 젊은 주인은 도도가 떼를 쓰자 이미 한밤중이 지났는데도 경매를 열기로 했다. 호사가들이란.

도도는 눈앞에 늘어놓은 가지가지의 춘화를 들여다보며 입을 꾹 다물고 있었다.

칸막이를 모두 치워버린 널찍한 연회석은 텅 비었다. 보라색 만주 같은 방석이 줄지어 있는 사이로 군데군데 차를 마실 수 있게 주전자와 다기를 올려놓은 쟁반이 놓였다. 가모가와에 면한 유리창으로 내다보니 어두운 가모가와와 교한산조 역 일대에서 불빛이 반짝였다.

드디어 상점 주인, 은행원 등등 다양한 남녀 단원들이 졸린 얼굴로 연회석에 들어오는데, 그중에는 교토 대학교 부근에서 자전거를 타고 달려온 이발사도 있었다. 그들은 삼삼오오 방석에 앉아 담배를 피우거나 차를 홀짝일 뿐 잡담도 별로 하지 않았다.

헌책방 주인이 규방조사단 개회를 선언하고, 드디어 도도의 야밤 컬렉션이 군침을 삼키는 호사가들의 주머니로 흔적없이 사라지려던 그때, 갑자기 사람들의 휴대전화가 울리기 시작했다. 그리고 하나의 소문이 흥분한 목소리에 실려 울려 퍼졌다.

"어이, 이백 옹이 술 마시기 대회를 연대." 이발사가 소리쳤다.

소문에 의하면 이백 옹에게 일생일대의 대승부라며 도전하려는 괴인물이 이 일대를 돌아다니고 있다고. 그 인물은 '잠든 사자'라고 불리는 키가 2미터에 달하는 거구에 낡아빠진 유카타를 입은 파계승이며 입에서 수없이 많은 종이잉어를 뱉어내는 걸물, 저 멀리 오슈에서 이백 옹을 쓰러뜨리기 위해 상경했다고 한다. 걸물이라기보다는 요괴가 아닌가.

회원들은 입에서 입으로 떠들기 시작했다.

"이백 씨의 술 마시기 대회는 꽤 오래간만이잖아."

"하지만 오늘 밤에는 이백 씨가 안 보이던데."

"어디서 한다는 거지?"

"가보고 싶군."

사람들은 도도 컬렉션은 까맣게 잊은 채 너도나도 시끄럽게 떠들어댔다.

빌어먹을. 이런 놈들에게 아끼는 나의 애장품을 호락호락 내줘야 하다니, 하고 고민스러운 마음을 누르며 꼼짝 않고 앉아 있던 도도 씨가 결국은 툭 하고 자제의 끈을 끊었다. 처자와는 이별하고 이백 씨에게는 빚을 지고 비단잉어는 사라지고, 거기에 이제 곧 뿔뿔이 흩어질 컬렉션. 이런 생각이 한꺼번에 도도 씨를 덮치자 그는 모든 게 지겨워졌다. 이제 어떻게 되든 상관없다. 애장품의 가격이 터무니없이 깎이는 굴욕을 맛보기보다는 차라리 모든 것을 내 손으로 처리하고 뒤이어 나 자신도 처리해버리리라.

춘화를 끌어안은 도도는 거리에 면한 창으로 달려가 난간에 다리를 걸고 몸을 내밀었다.

"아무한테도 안 팔아."

그는 그렇게 외치며 춘화를 찢기 시작했다.

자리에 있던 모든 사람이 경악했다.

이런 새벽에 사람을 불러 모아놓고, 도대체 이게 무슨 짓이란 말인가.

규방조사단 단원들은 도도를 붙잡으려고 일어섰지만, "다가오면 머리부터 떨어질 거야. 죽어버릴 테야" 하는 말을 듣고는 손을 거뒀다. 귀중한 문화유산이 어이없이 휴지 조각이 되는 걸 아무도 제지할 수가 없었다.

나는 누운 채 유유히 차를 홀짝이며 이 소동을 구경했는데 춘화가 흩날리는 본토초의 길 위에서 돌연 그녀의 목소리가 들리지 않는가. 나는 튀어 일어났다.

"도도 씨!" 하고 그녀가 외쳤다.

))) ● (((

"도도 씨는 인생의 다음 한 수를 암중모색하고 있지 않았나요?"

나는 난간을 올려다보며 외쳤습니다. "포기하면 안 돼요."

"그거 진심으로 하는 말인가?"

도도 씨가 눈알을 번득이며 내 쪽을 내려다보았습니다.

"춘화나 흔들고 다니면서 네 젖을 주무른 남자야."

"하지만 훌륭한 인생론을 들려주셨어요."

"인생을 논한 건 그저 심심풀이였어."

도도 씨는 이를 악물고 춘화를 뭉쳐서 찢었습니다. "인생을 논한다고 이 막다른 골목을 벗어날 수 있겠나?"

"여기 따님이 있어요." 나는 기가 죽어 있는 신부를 확 밀었습니다.

"따님의 행복을 위해서라면 뭐든 다 할 수 있다고 하셨잖아요."

"아버지, 진정하세요."

"엥? 너 이런 데서 뭐 하니?"

도도 씨는 딸이 와 있다는 걸 겨우 알아차렸지만, "제기랄 것, 제기랄 것" 하고 다시 씩씩거리며 춘화를 찢었습니다. "이 무슨 창피냐, 딸 앞에서."

"아버지, 나는 괜찮아요. 변태 아저씨든 뭐든 아무 상관없어요."

"안 돼. 이제 다 지긋지긋해."

이 섬세 미묘한 흥정이 펼쳐지는 걸 늘 그렇듯 방관자적 태도로 구경하던 히구치 씨가 불현듯 뒤를 돌아보더니 "야아, 이백 옹이 왔다" 하고 소리쳤습니다.

남쪽을 바라본 나는 숨을 삼켰습니다.

어둡고 좁은 본토초의 남쪽에서 꺽다리 전차 같은 것이 찬란한 빛을 뿜으며 이쪽을 향해 오는 거예요. 그것은 에이잔전차를 쌓아 올려놓은 것 같은 3층짜리 특이한 전차였는데, 지붕에는 대숲이 우거져 있었습니다.

진붉은색으로 칠한 차체는 번쩍번쩍 빛을 냈고 차체의 모서리에는 여기저기 램프가 매달렸습니다. 긴 장대에 매달려 색색가지 빛을 발하는 깃발들, 작은 종이잉어, 목욕탕의 커다란 노렌(가게 출입구에 가게 이름을 써넣어 드리운 천—옮긴이) 등이 차체 옆에서 만국기처럼 나부꼈습니다.

차창 안에서는 아늑한 거실 같은 불빛이 감돌고 작지만 호화로운 샹들리에가 열차의 진행 방향에 따라 흔들렸습니다. 1층 창으로는 책으로 꽉 찬 책꽂이와 천장에 매달아 펼쳐놓은 우키요에(에도시대에 발달한 민중적인 풍속화—옮긴이)가

보였습니다.

나는 한순간 도도 씨의 일이고 뭐고 다 잊고 어두운 밤을 밀어내듯이 다가오는 그 마법의 상자를 넋을 잃고 바라보았습니다.

인기척이 끊긴 어두워진 본토초지만 그 전차가 지나가는 부근만큼은 축제 때처럼 밝았습니다. 하지만 무서울 정도로 조용했습니다.

소리도 없이 서서히 다가오는 전차의 앞머리에는 법랑을 입힌 간판이 매달렸는데, 거기에는 커다란 요세문자(일본 고유의 대중예술 공연장인 요세에서 쓰던 글자체—옮긴이)로 '이백'이라고 쓰여 있었습니다.

길 위의 사람들이 "이백 씨야" "이백 씨가 왔어" 하고 중얼거리자, 가게 난간에 몸을 내밀고 있던 도도 씨는, "뭐라고, 이백?" 하고 외치며 목을 길게 뽑았습니다. 그 틈을 놓치지 않고 3층에 모여 있던 사람들이 그를 와락 덮쳐서 단단히 눌렀습니다.

도도 씨는 사람들 손에서 벗어나려고 몸부림치면서 남은 춘화를 모두 공중으로 날렸습니다.

"그놈에게 돌려줄 돈은 없어. 이젠 다 틀렸어. 내 몸은 이백한테 갈기갈기 찢길 거야."

도도 씨가 외쳤습니다. "젠장, 여기서 죽게 내버려둬."

팔랑팔랑 흩날리며 난간에서 떨어지는 도도 씨의 행복, 그것을 나는 공중에서 움켜쥐었습니다. 머리 장식을 하나 가득 단 요염한 미녀의 흐트러진 모습 위로 3층짜리 전차의 램프가 주홍색 불빛을 던졌습니다. 오늘 밤 만난 것도 어떤 인연.

소리도 없이 다가오는 화려한 치장을 한 3층짜리 전차를 바라보며, 나는 그것을 되밀듯이 마주하고 서서 가슴을 쫙 펴고 도도 씨를 향해 힘차게 외쳤습니다.

"도도 씨, 지금부터 이백 씨와 술 마시기 시합을 할 거예요. 아저씨의 빚을 걸고."

나는 계속 외쳤습니다.

"반드시 이길 거예요."

))) ● (((

우리는 교토요리점 치토세야의 3층으로 올라갔습니다.

3층의 대연회석에서는 여러 사람이 합세하여 몸부림치는

도도 씨를 단단히 누르고 있었습니다.

그사이 이백 씨의 3층 전차가 조용히 치토세야 앞에 멈춰 섰습니다. 대연회석 난간 건너로 밝은 불빛이 비쳐 들었는데, 전차 옥상에 세워놓은 가로등이 번쩍이는 것이었습니다.

대연회석 안은 쥐 죽은 듯이 조용해졌습니다. 아무도 이백 씨의 전차에 타려고 하지 않았습니다.

하지만 나는 이백 씨를 만나야 했습니다. 내가 과감히 연회석의 난간을 넘어 이백 씨의 전차로 옮겨 타자 다른 사람들도 그제야 나를 따라 전차로 넘어왔습니다.

3층 전차의 옥상에서 자란 풀이 바람에 흔들렸습니다.

수초가 떠다니는 오래된 연못도 있었고 연못 기슭에는 대나무가 울창한 숲을 이루었습니다.

"아, 반딧불이" 하고 누군가 가리킨 쪽으로 눈길을 주니 수면 위로 늘어진 커다란 대나무 잎 그늘에서 정말 반딧불이가 작고 귀엽게 반짝이며 날아다녔습니다.

우리를 부르듯 대숲 속에 등롱이 걸렸는데, 그 뒤편으로는 벽돌로 만든 그슬린 굴뚝 하나가 서 있고 그 옆으로 나선 계단이 아래로 나 있었습니다.

그곳을 내려서니 좁은 현관입니다.

불투명 유리를 끼워놓은 미닫이문을 열자 뜨거운 김이 훅훅 퍼졌습니다. 미닫이문 건너편에는 성루 같은 목욕탕 카운터가 있었고 옆에 놋쇠 열쇠가 딸린 목제 사물함이 벽을 가리고 섰으며 대나무 발을 깐 마룻바닥에는 옷 담는 바구니가 늘어섰습니다.

"이 안은 목욕탕이야" 하고 히구치 씨가 가르쳐주었습니다. "아래층이 연회장이지."

쪼르르 줄을 지어 나선 계단을 다시 내려가니 길쭉한 방이 나왔습니다.

바닥에 깔린 부드러운 빨간 융단 위로 여기저기 검게 빛나는 원탁과 소파가 놓였습니다. 모든 원탁에는 이미 술과 안주와 술잔이 놓여 있는 게 벌써 만반의 준비가 갖춰졌다는 이야기입니다.

정면의 가장 안쪽에는 흔들거리는 커다란 벽시계의 은빛 추가 보였고 그 옆에 있는 축음기에서는 잡음 섞인 음악이 흘렀습니다.

창가에는 내가 들어가고도 남을 만큼 큰 청자 항아리가 있는가 하면, 조롱박을 끌어안은 너구리 모양의 장식품과 운동회 날 박 굴리기에 써도 될 정도로 커다란 지구의가 있었습니다. 판자를 댄 벽에는 반야般若 탈, 여우 탈, 까마귀 텐구의 탈, 폭포를 오르는 잉어를 그려 넣은 다색 판화, 섬뜩한 새우를 그린 유화 등이 제멋대로 북적댔습니다.

이 묘한 컬렉션을 비추는 샹들리에 바로 아래 복스러운 얼굴의 할아버지가 있었습니다. 할아버지는 마시멜로처럼 부드러워 보이는 일인용 소파에 파묻히듯 앉아서 싱글생글 웃는 얼굴로 물담배를 빠끔빠끔 소리 내며 피웠습니다.

"다들 잘 있었나." 이백 씨가 담뱃대에서 입을 떼고 명랑한 목소리로 말했습니다.

"나랑 승부를 겨루겠다는 건 거기 그 아가씬가?"

))) ● (((

결혼피로연과 공짜 술모임과 환송회와 환갑축하연이 합류한 술자리가 조용히 시작되는 가운데 나는 이백 씨와 술잔을 가운데 두고 마주 앉았습니다.

커다란 은색 술병과 은색 컵 두 개가 둥근 테이블 위에 놓였습니다.

승부는 아주 간단합니다. 나와 이백 씨가 한 잔씩 마시고 술잔이 비었다는 증거로 상대의 눈앞에서 잔을 거꾸로 듭니다. 그러면 다음 잔이 따라집니다. 한쪽이 더 이상 못 마시겠다고 선언할 경우, 혹은 취해서 컵을 못 드는 경우, 혹은 의사인 우치다 씨가 위험하다고 판단할 경우에 승부의 막이 내려집니다.

컵에 따라진 가짜 전기부랑은 맑은 물같이 투명, 아니 희미하게 주홍빛이 도는 것도 같았습니다. 손에 들고 살짝 향기를 맡아보니, 그 순간 마치 눈앞에 커다란 꽃이 핀 느낌이었습니다.

사장님과 도도 씨와 히구치 씨가 내 곁에 다가와 앉았습니다.

"그럼, 제군들의 빚을 합쳐서 승부하는 것으로 하면 되겠나. 만약 이 여성이 지면 빚은 두 배가 돼. 나는 얄짤없어."

이백 씨의 말에 세 사람이 엄숙하게 고개를 끄덕이는 순간, 연회장 맨 안쪽에 있던 커다란 시계가 오전 3시를 고했습니다.

"그럼, 시작하시죠."

입회인 역할을 맡은 우치다 씨가 말했습니다.

가짜 전기부랑을 처음으로 입에 댔을 때의 감동을 어떻게 표현해야 할까요. 가짜 전기부랑은 달지도 않고 독하지도 않았습니다. 혀 위에 번개가 달리는 것 같을 거라고 상상했었지만 아니었습니다. 그것은 그저 은은하고 좋은 향을 지닌 무미한 음료라고 해야 할 것입니다. 본래 맛과 향은 뿌리가 같은 게 아닐까 생각했는데 이 술로 말하자면 그렇지 않았습니다. 입에 머금을 때마다 꽃이 피는데 그것은 입 안에 아무 맛도 남기지 않고 그대로 배 속으로 미끄러져 들어가 작은 따스함으로 바뀌었습니다. 그것이 정말 깜찍해서 마치 배속이 꽃밭이 되어가는 기분이었습니다. 마시고 있는 동안 배속에서부터 행복해지는 거예요. 술 마시기 시합을 하는 나와 이백 씨가 계속 싱글벙글 웃었던 것은 그래서였습니다.

아아, 이렇게 좋을 수가. 마시다가 죽어도 좋겠어.

나는 가짜 전기부랑을 즐겁게 마셨습니다. 어느 시점이 지나자 주위의 소란스러움이 멀어지고 마치 조용한 방 안에서 나와 이백 씨만이 술을 주거니 받거니 하는 것 같은 기이한 느낌이 들었습니다. 과장되게 말하는 걸 용서해주신다면, 그때의 가짜 전기부랑은 마치 내 인생을 밑바닥부터 따스하게 만드는 맛이었다고 말하겠습니다.

한 잔. 또 한 잔. 또 한 잔.

시간이 흐르는 것도 잊고 술을 마시는 사이에 이백 씨가 마치 친할아버지인 것처럼 마음이 편안해졌습니다. 말을 주고받지는 않았지만 왠지 이백 씨가 계속해서 말을 걸어오는 것 같은 느낌이었습니다.

"그냥 살고 있는 것만으로도 좋지."

이백 씨가 그런 말을 한 것 같았습니다. "맛있게 술을 마시면 돼. 한 잔, 한 잔, 또 한 잔."

"이백 씨는 행복한가요?"

"물론."

"그건 정말 기쁜 일이에요."

이백 씨는 빙그레 웃고 작게 한마디 속삭였습니다.

"밤은 짧아, 걸어 아가씨야."

가짜 전기부랑을 배 속에 흘려 넣으면서 나는 한없이 신이 났습니다. 맛있었습니다. 얼마든지 마실 수 있었습니다.

그리고 나는 이 승부가 영원히 끝나지 않으면 좋겠다고 바랐지만, 정신을 차리고 보니 눈앞의 이백 씨가 술잔을 더이상 들지 않았습니다. 테이블 위에 놓인 컵에는 주름투성이 손등이 겹쳐져 있었습니다.

"나는 이제 못 마시겠어." 이백 씨가 말했습니다. "자, 이 정도로 하지."

갑자기 내 주변에서 현실의 소란스러움이 되살아났습니다.

술자리의 원이 작게 줄어들면서 나와 이백 씨를 둘러쌌습니다. 사장님이 내 어깨를 두드리고 히구치 씨가 팔짱을 끼고 웃었습니다. 무엇보다 중요한 도도 씨는 융단에 주저앉아 갱지를 구긴 것 같은 얼굴을 했습니다.

))) ● (((

이백 씨와의 술 마시기 시합이 끝난 뒤에도 그 신기한 술자리는 계속됐습니다.

가짜 전기부랑이 술자리에 돌았고 사람들에게서는 모두 좋은 냄새가 났습니다. 평온한 듯한, 그러면서도 조금 수줍은 듯한 분위기가 부드럽게 감돌았습니다.

소파에 앉은 도도 씨와 사장님이 물담배를 빠끔빠끔 피우는 사이에 붉은 넥타이 아저씨들과 다카사카 씨는 신랑신부에게 결혼 축하 인사를 했습니다.

벽에 걸린 그림과 괴상한 물건들 앞에는 사람들이 몰려들어 감정가가 얼마니 하며 따졌습니다. 어떤 사람들은 위층

목욕탕에 목욕을 하러 갔습니다.

하누키 씨는 소파에 몸을 던지고 이백 씨와 커피를 마셨고, 히구치 씨는 거대한 지구의를 빙글빙글 돌리며 가까이에 있는 사람을 붙잡아서는 소리 높여 연설했습니다.

"그러고 보니 오늘 밤 우리는 왜 모였지?" 하고 누군가가 말했습니다.

나는 태어나서 처음으로 내 다리가 비틀거리는 것이 재미있어서 장기인 두 발 보행 로봇의 걸음걸이로 연회장을 어슬렁어슬렁 돌아다녔습니다. 얼큰하게 취한 김에 옥상에도 가봐야지 하고 나선 계단을 비틀비틀 올라가는데 도도 씨가 달려와서 위험하다며 함께 가겠다고 했습니다. "옥상에서 반딧불이 구경이라도 할까." 도도 씨가 말했습니다.

우리는 나선 계단을 지나 옥상의 오래된 연못가로 나가 대숲 그늘에 있는 반딧불이를 찾아다녔습니다. 싸늘한 바람이 수면을 흔들며 불어오자, 내 머리를 둘러쌌던 가짜 전기부랑의 취기가 서늘한 바람을 타고 날아가는 듯했습니다.

"이런 이상야릇한 밤은 처음이야." 도도 씨가 말했습니다.

"정말로 무슨 일이 일어날지 모르겠어요."

"이제 그 잉어들이 돌아와주기만 한다면. 아니, 그건 그야말로 분에 넘치는 바람이지."

도도 씨는 사랑스러운 잉어의 이름을 한 마리 한 마리 차
례대로 불렀습니다.

"유코, 지로기치, 사다지로!"

그때였습니다.

도도 씨의 부름에 답하기라도 하듯 오래된 연못의 물이
철썩 하고 격렬하게 튀었습니다.

뭔가가 연못에 떨어진 것 같았습니다. 우리는 뒷걸음질
쳤습니다.

"운석인가?" 도도 씨가 말했습니다.

놀라는 우리와는 상관없이, 그 신기한 운석 같은 것이 차
례차례 떨어지면서 연못의 물을 사방으로 튀겼습니다. 어두
운 하늘 저 멀리서부터 떨어진 운석은 연못 가장자리의 가
로등 불빛을 받자 순간적으로 홍백과 검정과 금빛으로 아름
답게 반짝이며 물을 사방으로 흩어놓았습니다.

나와 도도 씨는 입을 딱 벌리고 하늘을 올려다보았습니다.

감청색 하늘에는 솜을 잘게 찢어놓은 것 같은 엷은 구름
이 떠 있었습니다. 거기에 흩어진 한 줌의 금가루. 처음에는
천공을 날아가는 새 떼인가 했는데 숨 쉴 틈도 없이 이쪽으

로 날아왔습니다.

그건 잉어의 무리였습니다.

팔딱팔딱 공중에서 몸을 뒤척이는 한 떼의 비단잉어가 가로등 불빛을 받아 금빛으로 빛났습니다. 한 마리 한 마리의 지느러미와 비늘까지 다 보이는 것 같았습니다.

도도 씨가 나를 감싸며 덮친 순간 비단잉어들이 일제히 오래된 연못으로 세찬 비처럼 쏟아졌습니다. 연못을 둘러싼 대숲이 스콜을 만난 것처럼 파드득파드득 소리를 냈습니다. 격렬한 물보라가 물안개처럼 주변을 덮었습니다. 비단잉어가 쏟아지는 동안은 이백 씨의 3층짜리 전차가 마치 선로를 달리는 것처럼 덜컹덜컹 흔들렸습니다.

물보라가 가라앉은 뒤에 도도 씨는 연못을 들여다보았습니다.

"우햐, 어찌 이런 일이. 어찌 이런 일이."

그는 화난 듯이 하늘을 향해 주먹을 휘둘렀습니다. "깔보지 마."

"무슨 일이에요?"

"이건 내 잉어야. 내 잉어가 하늘에서 내려왔어."

그리고 그는 나를 끌어안고 하필이면 입맞춤을 하려고 했습니다.

파렴치한.

나는 여기서 존경하는 언니의 말을 충실히 지켜야 한다고 생각했습니다.

그리하여 나는 사랑으로 가득 찬 친구펀치를 휘둘러 도도 씨를 오래된 연못으로 처넣었습니다.

))) ● (((

자, 미련이 남아 또 나왔다.

그녀를 따라 이백 옹의 전차에 올라탔으나, 무시무시한 일대일의 승부가 벌어지는 동안은 도저히 그녀에게 다가갈 수 없었다. 그러는 사이에 술버릇이 안 좋은 헌책방하고 또 다시 얽히게 되어 억지로 술을 마셨다. 그 불쾌한 만취 상태에서 내 바지를 벗긴 것이 이백 옹이라는 것, 더구나 그 바지를 뻔뻔스럽게 입고 다니는 것이 히구치라는 남자인 것을 알았지만 그걸 따질 기운도 없었다.

그녀의 승리를 지켜본 뒤에 다가가서 말을 걸려는 순간 취기에 속이 울렁거려 옥상으로 도망쳤다. 대숲 그늘에 숨어서 물가의 반딧불이를 바라보며 가슴에 걸린 모든 것을 다 토해내려 했다.

그때, 그녀와 도도가 맞은편 기슭으로 올라와서 반딧불이 구경을 시작했다.

도도는 그녀에게 날아가버린 비단잉어에 대한 사랑을 주구장창 이야기했는데, 비단잉어가 회오리바람을 타고 날아갔다니 누가 믿겠는가. 착한 그녀니까 눈물을 지으며 들어주는 거니 행여 혼자 우쭐하지 마라.

그녀가 눈앞에 있었다. 지금 말을 걸지 않는다면 더 이상 기회는 없을 것이다. 나는 연못의 물로 입을 헹구고 동경하는 그녀 곁으로 가자고 마음을 먹었다.

비틀거리는 발걸음으로 대숲에서 나와 크게 숨을 들이마시면서 잠시 어두운 밤하늘을 올려다보았다. 뭔가 묘한 것이 내려오는군, 하고 생각했을 때는 이미 늦었다. 가로등 불빛을 받은 그것이 반짝반짝 금가루를 뿌린 듯 아름다운 색깔을 하고 있다고 생각한 것을 마지막으로 나는 머리에 무거운 일격을 맞고 뒤로 넘어졌다.

빙글빙글 하늘과 땅이 돌았다. 그래도 굳건히 버티며 "고지가 바로 저긴데"라고 중얼거리며 대숲을 기어간 나를 누군가 칭찬해줘야 마땅하다.

빛나는 비단잉어 한 떼가 내려와 오래된 연못의 물을 사방으로 튀기며 불쌍한 나를 흠뻑 젖게 했으나 나는 그래도 포기하지 않았다.

그러다가 도도가 "내 잉어가 하늘에서 내려왔어" 하고 외치며 그녀를 끌어안는 것을 목도하는 순간 분노와 동시에 사명감에 몸을 떨었다.

보람 없던 오랜 여로 끝에 드디어 호기가 찾아왔다. 그녀를 도도의 마수로부터 구해내어 내 유용성을 입증하면, 드디어 그녀와 가까워지게 되는 것이다. 이야말로 천재일우의 호기다. 나도 모르게 행해온 평소의 선행이 드디어 약발을 받는구나, 하고 마음속으로 외치며 주먹을 불끈 쥐었는데, 아뿔싸 그 철권은 곧바로 무용지물이 되고 말았다.

그녀가 냉정하게 자신의 주먹으로 도도를 쳐서 오래된 연못으로 처넣었기 때문이다.

무정한 신을 원망하며 오래된 연못의 물가에 발라당 누워 하늘에 침을 뱉으려고 하는데, 갑자기 그녀가 내 얼굴을 들여다보았다. 짧게 가지런히 자른 검은 머리가 살짝 젖어 가로등 불빛에 반짝였다. 가짜 전기부랑 탓이겠지. 그녀는 조금 물기 어린 아름다운 눈동자로 뚫어져라 나를 살폈다.

"괜찮아요?" 그녀가 말했다. 나는 으음 하고 신음했다.

"아래에 의사선생님이 계시니까 불러올게요. 가만히 계세요."

그녀가 묘한 모양새로 주먹을 쥐고 있는 걸 보았다.

내가 그 주먹을 흉내 내 보이자, 그녀는 배시시 웃었다. 밤을 관장하는 신과 가짜 전기부랑이 부여한 진선미를 모두 갖춘 웃음이었다.

"이건 친구펀치예요."

그 작은 찹쌀떡 같은 주먹을 본 것을 마지막으로 나는 술기운에 무너졌다.

결국 주역의 자리를 차지하지 못하고 길가의 돌멩이에 머문 나의 고단한 기록은 이것으로 끝난다. 분한 눈물을 삼키며 안녕을 고한다. 안녕, 독자 제현.

))) ● (((

하늘에서 내려온 잉어를 당당히 머리로 받았다가 쓰러진 선배는 이백 씨의 서재로 옮겨져 우치다 씨한테서 진찰을 받았습니다.

같은 클럽이었는데도 그 선배의 이름을 몰랐던 건 내 부덕의 소치입니다. 오늘 밤은 이야기할 기회도 없었지만 다음에 만날 때는 이름도 알아두고 이 시끌벅적한 밤의 추억에 대해서도 이야기를 나눌 생각입니다.

선배가 무사한 것을 지켜본 뒤에 나는 살그머니 전차에서 내려 싸늘한 본토초의 보도에 섰습니다. 하늘은 아직 어두웠지만 희미하게 새벽이 다가오는 느낌이었습니다. 얌전한 아가씨답게 새벽이 오기 전에 침상으로 돌아가야 합니다.

이백 씨의 3층차는 어두운 본토초를 가로막고 마법의 상자처럼 빛났습니다.

다른 사람들은 술자리의 마지막을 시끌시끌하게 즐기고 있겠지요. 도도 씨도 옥상의 오래된 연못에서 사랑하는 잉어들에 둘러싸여 웃고 있을 겁니다.

고개를 돌리다가 전차 2층의 유리창에서 이백 씨가 이쪽을 바라보는 걸 알았습니다. 내가 가볍게 고개를 숙이자 그는 '건배'하듯이 은색 컵을 공중으로 들어 올렸습니다.

그걸 신호로 삼은 듯 3층짜리 전차는 소리 없이 달리기 시작했습니다.

화려한 불빛이 본토초의 남쪽으로 사라져갔습니다.

드디어 주변은 어두워졌고 나는 홀로 남았습니다.

>))) ● (((

나는 어두운 본토초의 돌이 깔린 보도를 걸었습니다.

애초에 내가 왜 이와 같은 밤의 여로에 나서게 됐는지, 그때의 나는 이미 알 수가 없었습니다. 그건 매우 신나고 배울게 많은 밤이었기 때문이겠지요. 뭔가를 배웠다는 것은 단지 나의 느낌일 뿐일까요? 그런 건 뭐 아무래도 좋습니다. 병아리 똥같이 작은 나는 어쨌든 아름답고 조화로운 인생을 목표로 앞을 향해 걸어갈 것입니다.

차고 맑은 하늘을 뽐내듯 올려보다가 술잔을 주고받을 때 이백 씨가 내게 한 말이 떠올랐습니다. 기분이 유쾌해졌습니다. 그 말이 내 몸을 지켜주는 주문처럼 느껴져 작게 소리 내어 말해보았습니다.

"밤은 짧아, 걸어 아가씨야."

심해어들

나는 헌책시장에 약하다.

헌책시장을 너무 오래 서성이다 보면 어김없이 편두통이 덮쳐와 비관적이 되고 자학적이 되고 가슴이 두근거리고 숨이 차 결국에는 자가중독 증상을 일으킨다. 하숙집으로 돌아와도 영롱한 미녀가 나를 수술대에 묶어놓고 헤이본샤(일본의 출판사—옮긴이) 세계대백과사전을 입에다 쑤셔 넣는 꿈을 꾼다.

그러므로 헌책시장이 열리는 계절이 되면 나는 어김없이 우울해진다. 그래서 올해는 절대로 안 간다고 결심했다.

그러나 막판에 아무래도 가야만 하는 처지에 몰렸다.

그녀가 간다는 것이다.

))) ● (((

그녀는 대학 클럽의 후배이며, 나는 남몰래 그녀를 사모하고 있다.

헌책시장이 열리기 전날 그 검은 머리의 아가씨가 "내일은 헌책시장에 갈 거예요" 했다는 사실. 신뢰할 만한 어느 소식통으로부터 들어온 정보였다. 그걸 듣는 순간 하늘의 계시라 할 만한 계획이 떠올랐다.

헌책시장을 방황하던 그녀가 한 권의 책을 발견하고 의욕적으로 손을 뻗는다. 그곳으로 뻗어 오는 또 하나의 손. 그녀가 얼굴을 들면 그곳에 내가 서 있다. 나는 신사적으로 그 책을 그녀에게 양보하는 데 주저함이 없다. 그녀는 예의바르게 감사 인사를 할 것이다. 틈을 주지 않고 나는 우아한 미소를 날리며 "어때요? 저기 매점에서 차게 식힌 라무네(일본에서 널리 사랑받는 탄산음료—옮긴이)라도 한 잔 마시지 않겠습니까?" 하고 말을 건넨다.

일제히 울어대는 매미 소리를 들으며 라무네를 멋지게 마시고, 헌책 수확을 놓고 함께 기뻐하는 가운데 두 사람 사이에는 어느새 신뢰가 싹튼다. 그 뒤는 하늘이 나에게 내려준 기지를 발휘하여 손쉽게 풀어나가면 된다. 만사가 결국 내 생각대로 풀리는 것이다. 그 끝에 있는 건 검은 머리의 아가씨와 함께 걸어가는 장밋빛 캠퍼스 라이프.

아무리 생각해도 나무랄 데 없이 깔끔한 계획이었다. 계획의 단계 단계가 실로 행운유수와도 같이 아주 자연스럽게 이어진다. 일이 성취되는 날에는 우리는 어김없이 이렇게 이야기할 것이다. "생각해보니 그때 그 책에 함께 손을 뻗은 것이 우리의 시작이었어"라고.

한없이 달려나가는 상상 속의 로맨틱 엔진을 멈출 수가 없어서 결국 나는 너무나도 부끄러운 나머지 코피를 내뿜었다.

부끄러운 줄 알아라, 이 화상아.

그러나 나는 이미 내면의 예절의 소리 따위가 귀에 들어오지 않았다.

왜냐하면 타락의 극에 달한 오늘날의 대학에서 만사에 부끄러움을 알고 앉으나 서나 예절을 지킨다 한들 돌아오는 보상이 있을 리 없기 때문이다.

교토, 시모가모 신사의 참배로.

나이 먹은 녹나무와 팽나무가 줄줄이 서 있는 다다즈 숲을 널찍한 참배로가 가로지르고 있다. 마침 오봉 휴가에 해당되는 때. 매미 소리가 줄기차게 쏟아졌다.

이 참배로의 서쪽에 있는 야부사메(말을 타고 달리면서 세 개의 과녁을 차례로 쏘는 경기—옮긴이)용 승마장은 괴이한 기운으로 가득 찼다. 사람들은 많은데 떠들썩함이 없었다. 주위를 의식하듯 속삭이며 말하는 사람들의 목소리가 흡사 요괴들의 집회에 온 느낌이었다. 신사 입구의 손 씻는 연못에서 흘러 내려오는 시냇물을 건너니 남북으로 길게 뻗은 승마장에 여러 개의 하얀 텐트가 늘어섰다. 사람들이 그 사이로 지나다녔다. 숲속이라고는 하나 찌는 더위는 마찬가지여서 타월로 땀을 닦으며 걷는 사람도 있었다. 그들은 불안한 안광을 번득이며 텐트에서 텐트로 옮겨 다녔다. 그러면서 나무상자에 가득 담긴 허접해 보이는 책들을 질리지도 않고 뒤적거렸다.

펄럭펄럭 나부끼는 짙은 남빛 깃발에는 '시모가모 납량

헌책축제'라고 쓰여 있었다.

))) ● (((

나는 점심때가 지나서 다다즈 숲으로 갔다.

헌책시장을 이리저리 어슬렁거리다가 일찌감치 지쳐 떨어졌다. 가도 가도 헌책뿐, 내가 찾는 아가씨의 모습은 보이지 않았다. 한여름의 오후 2시는 지독하게 무더웠다. 무료함을 물리치기 위해 그녀와 같은 책에 동시에 손을 뻗는 연습을 반복하다가 아무짝에도 쓸모없는 기술에 숙달되어갈 뿐인 자신에게 화가 끓어올랐다.

부아가 나서 달마오뚝이같이 볼떼기를 부풀렸건만 끝없이 이어지는 책의 바다는 미동도 하지 않았다. 책들은 말한다. "우리를 읽고 조금은 똑똑해지는 게 어때, 친구?" 하지만 나는 이제 책이라면 넌덜머리가 났다.

헌책시장의 신이여, 나에게 책 속의 지식이 아니라 현실의 윤택함부터 달라.

지식은 그런 뒤에 줘도 된다.

승마장 한가운데에 놓인 휴게용 평상 위에 양탄자가 깔려 있었다. 나는 거기 걸터앉아 땀을 닦았다. 헌책 냄새가 나지 않는 공기가 있나 콧구멍을 하늘 쪽으로 향하자 나무 끝 저 너머로 파란 여름 하늘이 보였다.

다시 턱을 내려 광장을 오가는 사람들을 멍하니 바라보자니 추레한 아저씨가 있는가 하면 고지식한 대학생도 있고, 미대생 분위기의 멋쟁이 여성이 있는가 하면 도인 같은 수염을 기른 할아버지도 있었다. 특히 저 땀으로 끈적거릴 손을 꽉 잡고 돌아다니는 젊은 남녀의 모습은 그렇지 않아도 더운 날씨를 더 덥게 만들었다.

그러다 나는 헉 하고 놀랐다.

한 헌책방 앞에서 손에 든 문고본을 찬찬히 읽고 있는 자그마한 여성의 뒷모습. 여름에 맞춰 짧게 자른 검은 머리가 반들반들 윤이 난다. 그녀가 클럽 후배가 된 이후로 자진해서 그녀의 뒤를 따르며 그 뒷모습을 바라보고 또 바라본 지 어언 몇 달, 이미 나는 그녀의 뒷모습에 관한 한 세계적 권위자라 할 만하다. 그런 내가 하는 말이니 틀림없다. 그녀다!

나는 자리를 박차고 일어섰다.

그리고 그녀를 향해 달리기 시작한 순간 마주 걸어오던 아이와 충돌했다.

아이는 뱅글뱅글 돌며 비틀거리다 땅에 엉덩방아를 찧었다. 나는 비틀거리는 와중에도 혀를 차면서 사랑의 길을 방해한 그 아이를 매정하게 노려보았다. 초등학교 고학년쯤 되어 보이는 남자아이였다. 아이는 소리를 지르지는 않았지만 눈 깜짝할 사이에 눈물이 고인 무섭도록 아름다운 커다란 눈으로 내 가슴께를 노려보았다. 내려다보니 소년이 먹던 소프트 아이스크림의 잔해가 내 셔츠에 찰싹 들러붙었지 않은가.

"이런, 빌어먹을, 어떻게 할 거야." 나는 으르렁댔다. "끈적끈적하잖아."

"불평하기 전에 먼저 나한테 사과하는 게 순서 아니겠는가?" 소년은 모래를 털며 느닷없이 어른처럼 잠긴 목소리로 말했다. "남의 즐거움을 엉망진창으로 망쳐놨으면 우선 사죄부터 해야지."

그러고는 오만한 표정을 지으며 내 옷에 달라붙은 소프트 아이스크림을 가리켰다. "변상해줘야겠어."

덮어놓고 몰아대는 박력에 나는 어안이 벙벙했다.

소년은 내 팔을 잡고 매점으로 끌고 가려고 했다.

"잠깐 기다려. 너 몇 살이야?"

"만 열 살. 그게 뭐?"

"알았어. 미안하다." 나는 사과했다. "변상은 꼭 할 테니까 잡아당기지 마."

그녀의 뒷모습과 함께 헌책시장에 강림했던 장밋빛 미래가 희석되는 중이었다.

그녀는 손에 든 문고본을 아주 열심히 읽고 있었다. 책 읽는 모습이 매력적인 건 그 책에 폭 빠져 있기 때문일 것이다. 사랑에 폭 빠진 아가씨는 아름답다고 하지 않는가. 그러나 지저분한 헌책 따위가 그녀를 홀려 도대체 어쩌자는 거냐. 휴지로도 못 쓸 종이 주제에, 하고 나는 씩씩거렸다.

그녀의 후두부를 녹여버릴 듯이 이글거리는 시선을 쏘아대며, 나는 마음속으로 호소했다.

그런 놈을 읽을 틈이 있으면 차라리 나를 읽어봐. 나한테도 재미있는 내용이 제법 있단 말이야.

〉 〉 〗 ● 〖 〖 〈

삼가 해설을 해드리자면 그때 내가 정신없이 읽던 책은 제럴드 더렐의 『새와 짐승과 친척들』이었습니다.

그날은 내가 헌책시장에 데뷔한 기념비적인 날.

시모가모 신사의 숲에 발을 내딛고 쏟아지는 매미 울음소리를 들으며 끝없이 밀려오는 헌책의 홍수를 대할 때의 감동을, 나는 잊을 수 없을 거예요. 헌책의 대해에서 멋진 책을 만날 수 있다고 생각하니 흥분으로 몸이 떨리면서 가슴이 쫙 펴졌습니다. 헌책시장 입구에서 나는 두 발 보행 로봇의 스텝을 밟음으로써 내 마음의 기쁨과 의욕을 표현했습니다.

남북으로 뻗은 승마장에 양쪽으로 수많은 헌책방이 늘어서서 저마다 사람들의 눈길을 잡아당겼습니다. 오른쪽 헌책방에서 "여기 재미있는 게 있어" 하고 부르면 왼쪽 헌책방에서 "여기 것이 더 재미있어" 하고 부릅니다. 처음엔 맛있는 물에 유혹당하는 비와호 수로의 반딧불이처럼 우물쭈물하다가 결국은 그래 내가 몽땅 다 봐주마, 하고 헌책시장에 빠져들었습니다.

그러다가 만난 것이 『새와 짐승과 친척들』이었습니다.

백 엔 균일가 문고본들이 꽂힌 책꽂이에서 그 한 권이 마치 살아서 몸을 내밀듯이 내 시선을 잡아끌었습니다. 나는 "아아항" 하고 스스로 생각해도 요염한 한숨을 내쉬면서 그것을 손에 쥐었어요. 한시도 잊은 적이 없는 책이었습니다.

중학생 때 『곤충과 짐승과 가족들』이라는 비길 데 없이 유쾌한 이야기를 통해 제럴드 더렐을 알게 되었고 그 속편이 있다는 소문을 귓결에 들은 지 어언 몇 년, 인생에서 처음으로 발을 들이민 헌책시장에서 이처럼 빨리 찾던 책을 만난 건 정말로 행운이라 할 수밖에 없습니다.

더구나 내가 중학생 때부터 갖고 싶었던 책이 백 엔짜리 동전 한 개라니! 지갑에 대한 신뢰에 일말의 그림자가 드리운 우리들에게는 감사하기 이를 데 없는 일입니다. 비바, '비기너스 럭'(초보자의 행운—옮긴이). 그게 아니라면 나는 헌책시장 순회에 천부적인 재능이 있는 걸까. 나는 계속해서 마음이 들떠갔습니다.

저절로 벙긋거리는 얼굴을 주체하지 못해 내가 보기에도 수상쩍은 엷은 웃음을 지으며 걷고 있는데 승마장 중앙의 평상에 앉아 있던 유카타 차림의 남자가 "어이" 하고 말을 걸어왔습니다. 그는 양탄자에 쌓아놓은 그날의 수확을 흡족한 눈빛으로 바라보며 손수건을 꺼내 목덜미의 땀을 유유히 닦았습니다. 그의 옆에서는 삼십 대 중반쯤 되어 보이는 기모노를 입은 여성이 양산을 쓴 채 『오다 사쿠노스케 전집』 중의 한 권을 묵묵히 읽고 있었습니다.

"히구치 씨, 오래간만이에요." 나는 머리를 숙였습니다.

히구치 씨는 싱글벙글했습니다.

"그날 밤 이후로 처음이군. 잘 지냈어? 여전히 잘 마시나?"

"덕분에 잘 지내고 있어요. 하지만 술 마실 기회는 별로 없었어요."

"그럼 이번에 한잔하러 가야겠네. 하누키도 보고 싶어 해."

"하누키 씨는 오늘 안 오셨나요?"

"그 사람은 헌책을 안 좋아해. 다 헐어빠진 물건을 왜 돈 내고 수집하느냐고."

히구치 씨와는 밤의 기야마치에서 알게 되었습니다. 그날 밤 나는 그와 하누키라는 여성의 안내로 참으로 재미있고도 요상한 하룻밤을 보냈지요. 밤거리의 신비를 만끽하는 법에 대해 그 두 사람으로부터 배운 건 이루 다 셀 수 없을 정도로 많습니다. 그런데 생각해보면 히구치 씨와는 함께 술을 마시고 이야기도 많이 했는데, 그가 어떠한 성격을 지닌 사람인지 아는 게 없습니다. 왜 늘 유카타 차림인지도 모르겠고요.

"메밀국수 사줄게."

히구치 씨가 일어섰습니다.

"아무리, 히구치 씨가 사주시다뇨……."

"그렇지? 내가 남한테 사주는 일은 사반세기에 한 번 있을까 말까 한 일이긴 하지만, 오늘은 괜찮아. 아무튼 수확이 있었으니까."

히구치 씨는 의기양양하게 책 몇 권을 보여주었습니다.

그건 할머니의 집 거실에나 어울릴 것같이 색이 바랜 책 네 권이었는데,『주스틴』『발타자르』등 수수께끼 같은 표제가 붙은 로렌스 더렐이라는 사람의『알렉산드리아 사중주』라는 소설이었습니다. 아아, 어쩐지 나하고는 관계가 먼 이 '문학'의 향기. 나는 히구치 씨를 한층 더 존경하게 되었습니다. 히구치 씨의 극도로 쓸모없어 보이는 삶의 방식과 흔들림 없이 은자隱者연하는 삶은 깊은 교양으로 뒷받침되어 있었던 거예요. 그렇고말고요.

그런데 이야기를 하다 보니 그게 아니라는 사실을 알게 되었습니다. 실망.

"아는 사람이 이 책을 갖고 싶다고 했거든. 그에게 비싼 값으로 팔아 치울 거야. 게다가 오늘은 달리 또 돈을 벌 건수가 있어. 그러니 마음 놓고 날 따라와."

히구치 씨는 책을 보자기에 싸서는 앞장서 걸었습니다.

"글쎄 말이야, 그냥 종이 다발에 잉크가 스민 것뿐인데 이렇게 비싼 돈을 내고 사겠다니." 그는 감탄한 듯 말했습니다. "정말로 책이란 고마운 물건이야."

어쨌든 우리는 승마장 남쪽에 있는 매점까지 걸어갔는데, 가는 도중 건너편에서 클럽 선배의 모습을 보았습니다. 그는 의기소침한 모습으로 북쪽으로 가는 중이었습니다. 옆에는 여자아이같이 생긴 귀여운 소년이 선배의 셔츠 옷자락을 꽉 잡고 소프트 아이스크림을 빨며 걷고 있었습니다.

동생인가 하고 생각하며 나는 메밀국수를 향해 걸어갔습니다.

))) ● (((

나는 뭐 내가 원해서 이 비위에 거슬리는 소년을 데리고 돌아다녔던 건 아니다.

"아이스크림 샀으니까 이제 된 거지? 아무 데나 너 가고 싶은 대로 가."

"싫어."

"어이, 셔츠 좀 잡아당기지 말라니까."

"무정한 소리 하지 말게나."

"말투가 그게 뭐냐. 그건 할배들이나 쓰는 말투야."

"내 정신연령이 엄청 높기 때문이지. 당신보다 높아."

"어른한테 하는 버르장머리 봐라. 이래서 꼬맹이는 싫다니까."

"그건 동족 혐오라는 거지."

나는 가던 길을 멈추고 사방을 둘러본 다음 가부키풍으로 노려보았지만 아이는 전혀 동요하지 않았다.

마른 몸으로 승마장에 버티고 서서 한 손은 반바지 주머니에 찔러 넣고 다른 한 손에는 소프트 아이스크림을 쥐고 메롱 하고 혀를 내밀고는 약 오르지 하듯이 아이스크림을 핥으며 나를 뚫어지게 올려다보았다. 부드러운 밤색 머리가 뜨거운 바람에 흔들렸다. 눈동자는 크고 아름다웠고 눈을 깜빡일 때마다 긴 속눈썹에서 바람이 일어날 것 같았다. 늙은이 냄새가 나는 얄미운 소리만 하지 않는다면 예쁜 여자 아이로 보일 것이다.

나는 다시 걷기 시작했다.

"뭐든 좋으니까 이젠 좀 따라오지 마. 난 바빠."

"바쁘다는 사람치고 정말 바쁜 사람 못 봤어. 한가한 게 미안하니까 괜히 바쁜 척하려는 거지. 정말로 바쁜 사람이라면 헌책시장이나 어슬렁거리겠어? 택도 없지."

"어린 건 어쩔 수 없다니까!"

나는 웃어젖혔다.

"망중한忙中閑이 있고, 한중망閑中忙이 있는 법이야. 너 같은 아이야 내가 그냥 어슬렁거리는 것으로 보일지 모르지만 내 두뇌는 지금 어지러울 정도로 바삐 움직이는 중이야. 너야 꼬맹이니까 단지 고요한 태풍의 눈만 보고 그러겠지만 이 형님의 정신은 사실 거대한 태풍처럼 휘몰아치고 있느니라."

"거짓말쟁이. 방금 생각해낸 말이지?"

"닥쳐. 내 예민한 정신은 바늘 하나가 땅에 떨어지는 기색도 놓치지 않아. 그 정도로 정신을 긴장하지 않으면 혼돈의 극에 달한 헌책시장에서 어찌 보물을 찾아낼 수 있겠냐. 소꿉놀이하는 기분으로 있다간 다쳐."

"당신이 찾는 건 책이 아니지."

소년은 낄낄낄 웃었다. "여자잖아."

"바보 같은 소리 하지 마!" 나는 질타했다. "게다가 어린 자식이 이모 같은 사람을 여자라고 부르다니, 적어도 누나라고는 해야지."

"검은 머리를 짧게 자른 자그마한 사람이지? 피부는 하얗고."

나는 돌아서서 소년의 어깨를 잡았다. 가냘픈 몸이 휙 하고 꼭두각시 인형처럼 흔들렸는데 눈동자만은 아무런 흔들림이 없었다. 무서운 아이다! 나는 소리를 죽였다. "어이, 어떻게 그걸 알지?"

"나랑 부딪혔을 때 가게 앞에 있던 여자를 부끄러운 줄도 모르고 열렬히 쳐다보고 있었잖아. 그걸 보고도 모른다면 바보지."

나는 소년의 어깨에서 손을 떼고 옷의 주름을 펴주었다.

"굉장한 녀석이군." 내가 말했다. "칭찬해주는 거니 고맙게 생각해라."

"뭐, 별로 고맙지 않아."

소년은 그렇게 말하고 나서 소리 내어 콘을 한입 깨물었다.

커다란 날개의 새 그림자가 승마장을 북쪽에서 남쪽으로 미끄러져 갔다.

))) ● (((

　문득 커다란 그림자가 머리 위를 스쳐 지나갔습니다. 새일지도 모릅니다.

　나는 히구치 씨와 메밀국수를 먹으며 책과 우연에 대해 생각했습니다.

　예를 들어 내가 오랫동안 찾던 책과 만나는 일. 혹은 길을 걸으며 생각했던 책이 때마침 눈앞에 나타나는 일. 내용도 보지 않고 사 온 서로 다른 책들 속에 같은 사건이나 인물이 나오는 일. 또는 옛날에 내가 샀던 책이 헌책방을 돌고 돌아 다시 내게로 돌아오는 일.

　이만큼 많은 책들이 사고 팔리면서 세상을 돌아다니니 그런 우연이 생기지 말란 법도 없습니다. 아니, 우리는 우연이라고 생각하지만, 실은 그건 복잡하게 얽힌 인과의 끈을 못 봐서 하는 말일지도 모릅니다. 책을 둘러싼 우연에 마주쳤을 때 실로 나는 운명 같은 뭔가를 느낍니다. 그리고 나는 그걸 믿고 싶은 사람입니다.

　메밀국수를 먹고 배가 통통해진 나는 『새와 짐승과 친척들』을 쓰다듬으며 히구치 씨에게 그런 이야기를 했습니다.

"그런 신기한 일들은 모두 신이 관장하는 거야."

히구치 씨가 아무렇지도 않게 말했습니다. "헌책시장의 신이 뭔지 아니?"

"아뇨, 아뇨, 처음 듣는데요."

"헌책시장의 신은 헌책의 세계에서 일어나는 온갖 신기한 일들을 관장하는 신이야. 갖고 싶었던 책과 우연히 만나거나 헌책을 매개로 남녀의 사이가 맺어지거나 헌책방이 거액의 매매를 드라마틱하게 성사시키거나 하는 일들 말이지. 확고한 신념을 가진 헌책 수집가들은 모두 자기 집의 신단에 이 신을 모시고 밤낮으로 빼먹지 않고 기도를 드린다니까. 매달 첫날밤에는 특별히 신에게 축문을 올리고 독서회를 겸한 대연회를 열어서 밤새도록 헌책을 읽고 먹고 마시고 해. 헌책 수집가는 아무리 바빠도 이 행사를 소홀히 하지 않지. 헌책시장의 신은 책과 수집가의 만남을 이루어지게 하기도 하지만 맘에 안 들면 무시무시한 벌도 내리거든."

"도대체 어떤 벌을……."

나는 등골이 오싹해졌습니다.

"신을 우습게 여긴 수집가의 서고에 쌓인 책들이 어느 날 홀연히 사라지는 거지. 헌책시장의 신이 서고의 책을 몽땅 가져가는 거야."

"어머, 무서워라!"

히구치 씨는 빙긋이 신비로운 미소를 지었습니다.

"헌책시장의 신은 여러 가지 모습으로 나타나기 때문에 진짜 모습을 아는 사람은 아무도 없어. 어느 때는 네모난 얼굴에 안경을 낀 남자로, 어느 때는 노학자로, 어느 때는 아름답고 세련된 기모노의 미인으로, 어느 때는 홍안의 미소년으로, 어느 때는 빛바랜 유카타를 입은 나이를 알 수 없는 남자로, 또 어느 때는 검은 머리의 아가씨로……. 신은 그런 모습을 하고 헌책시장에 강림하지. 그러고는 헌책을 좋아하는 사람들 사이에 섞여 가게들을 돌다가 못된 수집가에게서 빼앗은 귀중한 헌책을 슬그머니 책꽂이에 끼워놓고 사라져. 신이 하는 일이니 그 헌책방 주인도 새로운 책이 늘어난 걸 몰라."

나는 우리 집에 남몰래 모아놓은 책을 생각했습니다. 나는 헌책시장의 신에게 기도를 한 적이 없습니다. 나는 허둥지둥 합장을 하고 "나무나무!"라고 기도했습니다. 이것은 내가 독자적으로 개발한 만능 기도인데, 그림책을 읽던 어린 시절부터 애용해왔습니다.

"맞아. 엄청 많이 기도해야 해. 나무나무!"

"나무나무!"

"출판된 책은 누군가에게 팔림으로써 한 생을 마감했다가 그의 손을 떠나 다음 사람 손으로 건너갈 때 다시 살아나는 거야. 책은 그런 식으로 몇 번이고 다시 소생하면서 사람과 사람을 이어가지. 신은 나쁜 수집가의 손에 갇혀 있던 헌책을 세상에 풀어줌으로써 다시 생명을 갖게 해주는 거야. 그러니 마음씨 나쁜 수집가들은 마땅히 헌책시장의 신을 두려워해야 해!"

히구치 씨는 마치 양탄자 위에 강림한 신처럼 여름 하늘을 향해 걸걸걸 크게 웃었습니다.

그러고서 하늘을 올려다보며 "조금 흐려졌군" 하고 말했습니다.

))) ● (((

방금 전까지 끝없이 맑던 여름 하늘이 흐렸다 맑았다 했다.

짙은 회색 솜 같은 구름이 나뭇가지 끝으로 머리를 내밀면서 무더위가 한층 심해졌다. 소나기가 올지도 모른다는 생각에 나는 초조해졌다. 이대로 가다가는 그녀를 찾아내지도 못한 채 비와 눈물에 젖을 것이다.

그녀의 뒷모습에 관한 한 세계적 권위자임을 자부하는 내가 그 본령을 발휘할 수 없는 건 오로지 내 뒤에 딱 달라붙어 따라오는 소년 때문이다. 이건 세상 사람들에게 공평하게 주어진, 마음에 드는 검은 머리의 아가씨를 부득불 쫓아갈 수 있는 권리에 대한 명백한 침해였다.

내가 그녀에 대한 검색 능력을 발휘하려고 하면 소년은 그 비위에 거슬리는 말투로 "오, 마음속의 사람을 찾는구나" 하고 실없는 소리를 해댔다. 나는 화는 냈지만 '마음속의 사람'이란 표현이 그윽하니 마음에 쏙 들었다.

"마음속의 사람이 아니라면." 소년은 내 셔츠를 잡아당기며 말했다. "어떤 책을 찾는데?"

"성가시구나. 엄청나게 딱딱한 책이야. 꼬맹이들은 몰라."

"『일본 정치사상사 연구』나 『차라투스트라는 이렇게 말했다』나 『논리철학논고』 같은, 사람들이 지레 겁먹는 덕에 대접받는 책들 말이야?"

"차라, 투, 스트라 같은 말을 혀도 안 깨물고 잘도 말하는군." 나는 놀라서 말했다. "어떻게 아이가 그런 책을 다 알지?"

"글쎄, 난 모든 걸 다 안다니까."

귀엽다는 것밖에 내세울 것 없는 그 아이는 책에 관한 한 박람강기(널리 여러 가지 책을 많이 읽고 기억을 잘함—옮긴이)의 면모를 발휘하여 나를 위압했다. 소년은 내가 집어 드는 책 어느 것 하나 모르는 게 없었고 그때마다 내 자존심은 여름 하늘 아래 산산이 부서졌다.

남북으로 뻗은 승마장에는 전국 각지의 헌책방들이 제각 기 판매대를 설치하고는 그 주위를 책꽂이로 둘러싸듯이 세 워놓았다. 마치 헌책의 성채였다. 아카오쇼분도, 이노우에서 점, 린센서점, 산미츠도서점, 기쿠오서점, 료쿠우도서점, 하 기서방, 시요서원, 유난서방 등등. 승마장에 산재한 책꽂이 의 어디에서 어디까지가 어느 헌책방의 영역인지조차도 확 연하지 않았고, 그 때문에 오히려 더 어지럽고 무시무시한 인상을 주었다. 책꽂이 끝에 있는 나무 그늘이나 텐트 아래 에는 작은 책상과 의자가 놓였고 거기에 주인과 아르바이트 생들이 잔뜩 벼르며 손님을 기다렸다.

나는 몇 만 권은 되어 보이는 엄청난 양의 책등을 바라보 며 내 인생에 영광의 새 지평을 열어줄 하늘이 내린 책이 이

중 어딘가에 묻혀 있을 거라는 낯익은 망상에 시달렸다. 책들이 외치기 시작했다. "넌 나조차도 읽지 않았잖느냐. 부끄러운 줄 알아라, 이 엉터리꽈당아." "나같이 뼈대 있는 책을 읽어서 네 영혼을 좀 성장시켜봐." "나를 읽기만 하면 넌 모든 것을 손에 넣을 수 있을 거다. 지식, 재능, 근성, 기백, 품격, 카리스마, 체력, 건강, 윤기 있는 피부. 그리고 주지육림(호사스런 술잔치를 이르는 말―옮긴이)도 네가 바라는 대로 될 것이다. 뭐? 주지는 필요 없다고? 그런 건 아무래도 좋으니 우선 나를 읽어라."

"무리하지 않는 게 좋아, 형님."

소년이 문고가 꽂힌 책꽂이에 기대며 말했다. "사실 딱딱한 책은 못 읽어도 상관없어. 허세 부리지 말고 일기일회(일생 한 번의 인연―옮긴이)를 즐겨."

"너 따위한테 위로받을 일 없어."

"더 재미있어 보이는 책이 얼마든지 있잖아. 소년은 늙기 쉽고 학문은 이루기 어렵다, 라구."

"네가 할 말이 아니지."

"나니까 하는 말이야."

소년은 그렇게 말하며 엷은 미소를 지었다.

"지금까지 살아오면서 읽은 책을 모두 순서대로 책꽂이에 꽂아보고 싶다. 누군가가 그렇게 쓴 걸 읽은 적이 있어. 너는 그런 생각 한 적 없니?"

히구치 씨가 걸으며 말했습니다. "난 책을 잘 읽지 않으니까 꽂아봤자 뻔하고."

나는 지금까지 읽어온 여러 가지 책들을 떠올렸습니다. 최근 것으로는 오스카 와일드의『도리안 그레이의 초상』, 그리고 마거릿 미첼의『바람과 함께 사라지다』, 혹은 다니자키 준이치로의『세설』, 엔치 후미코의『마나미코 이야기』, 야마모토 슈고로의『소설 일본 부도기』. 하기오 모토, 오오시마 유미코, 가와하라 이즈미도 잊을 수 없습니다. 초등학교 시절에 읽었던 각양각색의 어린이책도 생각났습니다. 로알드 달의『마틸다』나 에리히 캐스트너의『에밀과 탐정들』과『하늘을 나는 교실』, C. S. 루이스의『나니아 연대기』, 루이스 캐럴의『이상한 나라의 앨리스』. 거기서 좀 더 거슬러 올라가면…….

나는 라타타탐^{Ra ta ta tam}이라는 말이 갑자기 떠올랐습니다.

그래, 라타타탐!

그 보석같이 아름다운 그림책과 만난 건 내가 아직 병아리 똥만큼 작았을 때, 아직 문명인으로서 철이 들지 못해 집 장롱에 1엔짜리 우표를 살짝 붙여본다든가 하며 장난삼매경에 날이 새고 저물던 시절의 일이었습니다. 어머, 지금은 장난꾸러기 아니에요.

『라타타탐—꼬마 기관차의 신기한 이야기』는 마티어스라는 남자아이가 만든 작고 새하얀 기관차가 여행을 나선 마티어스를 따라다니며 신기한 모험을 한다는 이야기입니다. 배경 그림이 무척 환상적이고 아름다워 나도 이런 장소에 가보았으면 하며 읽고 또 읽었습니다. 책을 펼치면 양면에 걸쳐 그려진 신기한 풍경이 나오고 볼 때마다 상상이 끊임없이 부풀어 올라 아무리 봐도 질리지 않았습니다.

나는 히구치 씨에게 그 이야기를 하면서 지금은 어디 가고 없는 그 그림책에 대한 그리움에 몸을 떨었습니다.

"어쩌다 잃어버린 걸까요!" 나는 신음했습니다.

그렇게 좋아해놓고는 그 뒤로 내 인생에서 만난 수많은 다른 책에 눈길을 빼앗겨 그만 잊어버리고 지낸 거예요. 이름까지 써놓았는데! 이 바람둥이! 파렴치한!

히구치 씨의 제안으로 우리는 승마장 북쪽에 있는 그림책 코너로 가기로 했습니다.

"○○서점" "○○서점, 본부까지 오십시오" 하는 확성기 소리가 나른한 헌책시장의 공기를 갈랐습니다.

))) ● (((

그 확성기 소리가 들렸을 때 나는 승마장의 서쪽에 줄지어 있는 헌책방들을 어슬렁거리는 중이었다.

나는 멍하니 있다가 걸어오던 양복 입은 노인에게 들이받혔다. 화가 나서 그를 쫓았는데, 그는 뛰다시피 하여 수상쩍은 한 헌책방 안으로 들어갔다. 가게 이름이 아무 데도 없었다. 텐트 주위를 거대한 책꽂이로 둘러싸놓아 안이 침침했다. 손님도 전혀 없었다.

내가 좁은 입구에서 안을 들여다보려는데, 소년이 "거긴 난 싫어"라고 했다.

"형님, 거긴 그만두는 게 좋아. 봐, 구텁텁한 냄새가 나잖아."

"그럼 넌 어디 딴 데로 가. 난 들어가야겠다."

"쳇, 이 심술쟁이."

소년은 역시 안으로 들어올 수 없는가 보았다. 나는 한동안 햇볕 속에 서 있다가 드디어 획 하고 그 안으로 몸을 돌렸다.

그 헌책방은 책꽂이 사이로 난 두 개의 통로가 안쪽으로 통하게 되어 있었다.

맨 안쪽에 계산대가 있고, 거기서 검은 테 안경을 낀 책방 주인과 백발을 늘어뜨린 노인이 서로 언성을 높였다. "조금만 더 기다려요." 검은 테 안경의 가게 주인은 턱을 괴고 차갑게 말했다.

"우선 물건을 좀 보여주게나." 노인의 말이 점점 격해졌다.

주인은 고개를 절레절레 흔들었다. 노인은 손에 든 작고 까만 수첩으로 주인을 때릴 것 같은 기세였다.

"아무리 그래도 소용없어요." 가게 주인이 태연하게 말했다.

무슨 이야기 중인지는 잘 모르겠지만, 분위기가 살벌하군, 하며 훔쳐보고 있자니 노인이 내 시선을 느꼈는지 '뭐야? 너 이 자식' 하는 듯이 날 노려보았다.

"좋아. 좀 더 기다리도록 하지."

노인은 그렇게 말하고 바람처럼 통로를 빠져나가 밖으로 나갔다.

단순히 두 개의 통로로 이루어졌나 했더니 계산대 오른쪽으로 뻗은 또 다른 통로가 있었다.

대부분의 헌책방은 그냥 텐트 주위에 책꽂이를 늘어놓는 게 고작인데 이 가게는 책꽂이로 건축물 같은 구조를 만들어놓았다. 계산대보다 더 안쪽, 책꽂이 사이로 난 통로 위로는 베니어판을 걸쳐서 천장을 만들었다. 책으로 가득 찬 그 통로는 늘어진 알전구의 불빛과 어울려 마치 신비로운 미궁의 입구 같은 분위기를 풍겼다. 통로는 더 안쪽으로 뻗어 나가다 왼쪽으로 꺾였는데 그 안쪽에 뭐가 있는지는 알 수 없었다. 어쩌면 그 안쪽으로 사람들 앞에 도저히 내놓을 수 없는 아찔한 외설 세계가 펼쳐져 있는 게 아닐까.

나는 이마의 끈적거리는 땀을 닦았다.

"당신, 거기서부터 더 안쪽은 더우니까 안 들어가는 게 좋을걸."

검은 테 안경의 주인이 밖을 바라보며 말했다. 얼굴을 돌리지 않고 말하는 것이 수상했다.

"열사병으로 죽고 싶진 않겠지."

그는 우스워 죽겠다는 듯이 킥킥거렸다.

))) ● (((

이미 오후 3시가 지난 시각입니다. 날이 조금 흐리고 무더 워졌습니다.

그림책 코너에서는 그리운 그림책들을 많이 찾았지만『라 타타탐』은 없었습니다. 그런 아름다운 그림책을 헌책방에 팔아버릴 사람이 있을 리 없지 하고 생각하니 그걸 잃어버 린 나 자신이 자꾸만 더 한심스러워졌습니다. 난 엉터리야, 하고 가슴속으로 말했습니다.

나와 히구치 씨가 열심히 그림책 책등을 살피고 있는 모 양이 재미있었나 봅니다. 귀여운 소년이 말을 걸어왔습니다. "누나, 뭘 찾아요?"

잘 보니 아까 선배의 옷자락을 잡고 걷던 아이였습니다. 가까이에서 보니까 정신이 아찔할 정도로 예뻤습니다. 주위 에 선배의 모습이 보이지 않는 걸로 봐서 아까 선배의 동생 이라고 생각한 건 내 착각이었나 봅니다.

"『라타타탐』이라는 기차 그림책이야."

"그 책 본 적 있어." 소년은 말했습니다. "쪼그만 마티어스 가 나오는 거지?"

나는 흥분해서 "맞아, 그거야!" 하고 외쳤습니다. "어디서 봤니?"

"옛날에 우리 집에 있었는데 이젠 없어. 지금은 없어. 나쁜 놈한테 빼앗겼거든. 하지만 여기에는 있을지도 모르니까 함께 찾아줄까?"

"그럼 좋고말고. 고마워."

그리하여 나는 소년과 함께 『라타타탐』을 찾았는데, 아무리 찾아도 역시 나타나지 않았습니다. 내가 풀죽어했더니 히구치 씨가 "아직 방법은 있어"라고 말했습니다.

"헌책방에 수색을 의뢰하면 돼. 가비서방의 주인한테 부탁해보자."

"찾을 수 있을까요?"

"분명 필사적으로 찾아줄 테니까 기대해봐."

히구치 씨는 가슴을 펴고 말했습니다. "그 늙은이는 검은 머리의 아가씨한테만은 약하지. 최악의 늙은이지만 이럴 때는 쓸 만해."

나는 함께 책을 찾느라 애쓴 소년에게 고맙다는 인사를 하려고 고개를 돌렸으나 소년은 어디론가 사라지고 없었습니다. 어쩐지 환상 속의 소년 같았습니다.

))) ● (((

　소년의 제안을 받아들여서가 아니라 고독한 고민 끝에 나는 헌책시장에 숨겨진 내 인생의 책 한 권을 찾아내려는 꿍꿍이를 포기하기로 했다. 그리고 그냥 이 책 저 책 구경하는 기분으로 걷기로 했다.

　조금 전보다는 편한 마음으로 책꽂이 사이를 걷는데 또 그 소년이 나타났다.

　"아이답게 그림책 코너도 돌고 왔어. 당신도 갔으면 좋았을걸. 당신이 그리는 사람이 거기 있었거든."

　"뭣?"

　"『라타타탐』이란 책을 찾던데."

　"아니, 그 수엔 안 넘어가." 내가 말했다. "뭐야, 괴상망측한 제목하고는. 그런 책이 어딨냐?"

　"하지만 정말인걸."

　"부탁이니까 어디 딴 데로 좀 가줘. 왜 나만 졸졸 따라다니는 거야."

　"당신이 내가 가려는 곳을 앞서갈 뿐이야. 너무 신경 쓰지 마."

나는 소년을 무시하고 책을 물색했다.

우선 베어링 굴드가 방대한 주석을 단『셜록 홈즈 전집』
을 발견했다. 그리고 쥘 베른의『아드리아 해의 복수』가 있
었다. 계속해서 한 질로 된 뒤마의『몬테크리스토 백작』에
눈길을 주고 다이쇼시대에 나온 구로이와 루이코의, 요란스
레 비닐에 싼『암굴왕』을 보고 "허참" 하고 혀를 찼고 야마
다 후타로의『전중파 암시장 일기』를 팔랑팔랑 넘겨보았고
요코미조 세이시의『창고 안·도깨비불』을 보며 '역시 표지
그림이 무섭군' 하고 생각했고 장미십자사에서 나온 와타나
베 온의『안드로규노스의 후예』가 정중하게 모셔져 있는 데
놀랐고 신서판『다니자키 준이치로 전집』의 낱권을 '골라잡
아 세 권에 오백 엔 코너'에서 발견하여 선 채로 읽었고 같
은 코너에서 신서판『아쿠타가와 류노스케 전집』의 낱권을
발견하여 이것도 서서 읽었고, 드디어 후쿠부서점의『신집
우치다 켄 전집』을 그냥 지나치지 못하고 발을 멈췄는데 그
래도 지갑을 열지는 않았고 미시마 유키오『작가론』을 바라
보았고 다자이 오사무의『옛날이야기』를 읽었다.

다자이를 읽다가 도호쿠 지방을 여행했을 때 사양관(다자
이 오사무의 생가—옮긴이)에서 사 온 색종이를 하숙방에 처박

아두었다는 사실이 생각났고, 그 색종이에 '반한 게 잘못인가'라고 써놓았던 것도 생각났다. 두 번 다시 생각해내고 싶지 않은 고등학교 시절의 부끄러움 범벅의 첫사랑도 생각났고, 그러다가 결국은 지금 여기서 내가 피곤에 지친 몸을 끌고 방황하는 근본적인 이유에까지 생각이 미치자, 추억에 대해서는 무척 맷집이 좋은 나도 결국은 뻗고 말았다.

나는 다시금 승마장 중앙에 있는 평상으로 가서 다리와 마음의 휴식을 청했다.

곁에는 소년이 앉았다. 그는 종잇조각 다발을 손에 하나 가득 들고 만지작거렸다. 하나하나에 가격과 서점 이름이 쓰여 있는 것을 보니 아무래도 헌책에 붙었던 가격표인 듯했다.

"어이, 무슨 짓이니. 헌책방 아저씨한테 혼나."

"신경 쓰지 말게나. 훗날 이게 도움이 될 테니."

소년은 종잇조각 다발을 손 안에서 공들여 분류하더니 이어 트럼프 놀이를 하듯이 순서를 뒤섞어버렸다.

나는 한숨을 쉰 후 소년이 그 하릴없는 짓에 골몰하는 틈을 타서 그녀의 모습을 추적했다.

그녀의 모습은 안 보였지만 몇몇 눈에 띄는 사람들이 있었다.

우선 신경이 쓰인 건 옆 평상에 앉은 기모노 차림의 아름다운 부인이었다. 기모노도 눈에 띄는데 양산을 받쳐 들고 단정히 앉아 『오다 사쿠노스케 전집』을 탐독하는 것이 수상쩍었다. 그 모습이 이곳 분위기와 잘 어울리는지 어떤지 판단하기가 쉽지 않았다.

그 여성의 옆에 앉은 건 긴 백발을 늘어뜨린 학같이 마른 노인. 코끝까지 갖다 댄 검정 수첩을 일심분란하게 살피는 중이다. 당장이라도 수첩을 우걱우걱 먹어버릴 것 같은 기백이 감도는 게 이 사람이야말로 소문으로 떠도는 헌책의 귀신이 아닐까 하는 생각이 들었다.

평상 곁에는 키가 작은 대학생이 홀로 서 있었다. 사각의 검은 테 안경을 낀 얼굴 역시 사각이며 발 옆에 둔 무거워 보이는 두랄루민 케이스도 사각이었다. 철두철미하게 사각을 만드는 것이 그의 신조인가 보았다. 기묘하게도 그는 오로지 전철 시각표를 읽는 데 몰두했다.

나는 머리가 멍해지면서 공상에 빠져들었다.

평화롭고 나른한 여름의 헌책시장. 그러나 수면 아래에서는 대규모 고서 절도단이 이제 막 절도 계획을 실행하려 한다. 저 단정하게 앉아 『오다 사쿠노스케 전집』을 읽는 부인이 그 수령, 암호로 쓰인 검정 수첩을 넘기며 계획을 최종 확인하는 데 여념이 없는 노인은 참모 격, 그리고 두랄루민 케이스에 일곱 가지 도구를 감춘 모난 남자는 자물쇠 부수기와 고서 위조 등의 특수 기술을 가진 테크니션(겸 철도마니아)이다. 모두는 한 사람을 위해 한 사람은 모두를 위해.

그리고 그들의 목적은 단 하나.

))) ● (((

"악랄한 수집가의 손에서 고서를 해방한다."

히구치 씨가 그렇게 선언하자 가비서방 주인은 "그럴듯하군" 하고 캐득캐득 웃었습니다.

주인은 육십이 넘어 보였고 머리는 머리털이 거의 없어 반짝거렸습니다. 그는 어깨에 걸친 하얀 타월로 끊임없이 머리를 닦았는데, 닦고 또 닦아도 주전자 같은 머리에 송송 땀방울이 솟아오르는 모양이 무척 신기했습니다.

주인이 문득 내 쪽을 보았습니다. 그의 두부頭部를 감상하던 나는 당황하여 시선을 돌렸습니다.

"아가씨, 이런 밑도 끝도 없는 소리를 진짜로 받아들여서는 안 돼."

주인이 말했습니다. "헌책시장의 신이라니, 쯧쯧."

"수집가 분들이 매월 초가 되면 헌책을 바치고 대연회를 연다고 하던데요?" 하고 말한 나.

"그게 사실이라면 흥미롭군."

주인은 눈살을 찌푸리며 웃었습니다. "어이 히구치 씨, 자네도 참, 적당히 하라고. 사람을 놀리면 안 되지."

"놀리는 게 아니야. 하늘에 걸고 진짜라니까."

"자네 입에서는 그저 나오느니 농담이군."

히구치 씨와 내가 승마장 북쪽 끝 부근에 있는 가비서방의 판매대로 왔을 때, 가비서방의 주인은 부인과 함께 안쪽에서 계산기를 두드리던 중이었습니다. 그는 우리를 보더니 아르바이트생에게 일을 맡기고 밖으로 나와 점포 뒤쪽에 있는 울창한 나무숲으로 우리를 안내했습니다. 작은 테이블과 의자가 있고 게다가 깡통에 넣어놓은 모기향도 있어서 오후의 차 모임을 갖기에 딱 좋은 '숲의 은닉처'였습니다.

나는 그림책 『라타타탐』의 수색을 의뢰했고 주인은 흔쾌히 승낙했습니다.

그러고 나서 셋이서 차를 마시며 수다를 떨다가 히구치 씨가 헌책시장의 신에 대한 이야기를 꺼내는 바람에 조금 전의 대화를 하게 된 것입니다.

주인은 재미있다는 듯이 웃으며 보온병에서 차를 따라 꿀 꺽 마셨습니다.

"수집가의 손에서 해방하다니, 수집가 입장에서 보자면 쓸데없는 참견 좀 작작해라, 그거지. 한 번 더 뜻밖의 행운을 잡을 수 있는 거니까 우리에게야 고마운 이야기지만…… 하 지만 오늘의 일괄 경매 모임에 신이 개입한다면 큰일인데."

"내가 신이라면 지금쯤이면 이백 씨에게 천벌을 내릴 때 가 됐어."

"농담하지 마."

주인은 히구치 씨를 노려보았습니다.

주인이 설명해준 바에 따르면 오늘 이 헌책시장의 한쪽 구석에서 개인적인 경매 모임이 열린답니다. 주최자는 이백 씨라는데, 나도 한 번 대작을 했던 분입니다. 겉보기에는 부 드러운 할아버지지만 엄청난 부자이며 또한 피도 눈물도 없 는 극악무도한 고리대금업자라고 합니다.

경매에 붙여지는 건 이백 씨가 돈을 꿔주며 받았던 담보

물들입니다. 글쎄 그 경매 모임에서는 금전을 주고받는 게 아니라 정말로 생명을 주고받는다고 할 만한, 피로 피를 씻는 사투가 벌어질 것이므로 웬만큼 깡다구 있는 사람이 아니면 원하는 책을 손에 넣을 수 없다는군요. 그 대신에 이백 씨가 보증하는 것이니만큼 품질은 대단할 거라고 했습니다.

주인은 소리를 죽였습니다.

"난 솔직히 고서는 잘 모르는데, 그쪽 방면에서도 굉장한 물건이 하나 나온다는 거야. 근대의 것으로는 기시다 류세이(서양화가. 1891~1929—옮긴이)가 오카자키에 살던 시절에 분실한 일기장이 있어. 이백 씨가 한 말이 아니라면 설마 그런 게 있으리라곤 나도 안 믿었을 거야."

"그 일기를 가져오면 되는 거지?"

"잘 부탁해. 자네라면 해낼 수 있을 거야."

헌책방 주인들은 그 비밀 모임에 참가할 수 없습니다. 그래서 히구치 씨가 가비서방의 밀명을 받아 대신 참가할 모양이었습니다. 히구치 씨가 말한 '돈 벌 건수'란 게 바로 이것이었습니다.

"그 비밀 모임에서는 어떤 걸 하는데요?"

주인은 한쪽 뺨을 일그러뜨리며 웃었습니다. 주위는 한층 더 그늘이 져 마치 저녁 어둠이 밀려오는 것 같았습니다. 나무 그늘 아래 의자에 앉은 주인의 웃는 얼굴에도 오싹한 기운이 감돌았습니다.

"무슨 일이 있을지는 아무도 몰라. 이백 씨가 내는 시험을 통과하는 사람은 원하는 책을 가질 수 있어. 하지만 손쉬운 시험은 아니야. 도전자들은 상상을 뛰어넘는 시험 앞에서 자존심이고 뭐고 다 잃고 납작 엎드리게 될 거야. 이백 씨는 그 광경을 안주 삼아 술을 마시는 거지."

그때 머리 위를 덮은 나뭇잎이 술렁술렁 소리를 내나 싶더니 샤아악 하는 소리로 바뀌며 승마장이 희뿌예졌습니다.

"아앗, 비다!"

주인은 의자에서 튀듯이 일어나 헌책들을 지키려고 뛰어갔습니다.

다행히 우리가 있던 곳은 커다란 녹나무 밑이어서 비를 피할 수 있었습니다. 나와 히구치 씨는 태평스레 앉아 차 모임을 계속했습니다.

히구치 씨가 담배에 불을 붙였습니다.

방금 전까지 주위를 메웠던 무더위가 쓰윽 누그러지더니 어쩐지 그리운 듯 달콤한 비 냄새가 가득 찼습니다. 이렇게

비가 오는 날에 고향집 툇마루에 앉아 그림책을 읽던 기억
이 떠올랐습니다.

〉〉〉●《《《

나는 달콤한 비 냄새를 맡으며 헌책방 텐트 아래 서 있었
다. 내 옆에는 그 소년이 서 있었고. 갑자기 내린 비로 주변
은 한바탕 큰 소동이 일었으나 지금은 그 소란도 일단락되
었다. 서쪽 하늘 구름 사이로 맑게 갠 틈이 보이는 걸로 봐
서 비는 곧 멈출 모양이었다.

텐트 아래 서서 주변을 둘러보자니 비 오는 걸 전혀 개의
치 않고 책을 고르는 사람들이 많았다. 특히 놀라운 것은 조
금 전까지 내가 멋대로 헌책 절도단이라고 상상했던 삼인조
였다. 다른 사람들은 모두 비를 피해 흩어지고 승마장 중앙
이 휑해졌는데, 그들만큼은 우산을 쓰고 열심히 자리를 지
켰다.

"저기, 형님."

소년이 갑자기 작은 소리로 말하며 가느다란 팔을 들어
보이지 않는 요요를 당겨 올렸다 놓았다 하는 듯한 몸짓을

했다.

"아버지가 옛날에 나한테 말했어. 이렇게 한 권의 책을 들어 올리면 헌책시장이 마치 커다란 성처럼 공중에 떠오를 거라고. 책은 모두 이어져 있기 때문이라는 거야."

"뭔 소리야."

"형님이 아까 본 책들도 그래. 연결시켜볼까?"

"해봐."

"처음에 형님은 『셜록 홈즈 전집』을 봤어. 저자인 코난 도일은 SF라 할 『잃어버린 세계』를 썼는데 그건 프랑스 작가 쥘 베른의 영향을 받은 거였어. 그 베른이 『아드리아 해의 복수』를 쓴 건 알렉산더 뒤마를 존경했기 때문이야. 그리고 뒤마의 『몬테크리스토 백작』을 일본에서 번안한 것이 《요로즈초호》(萬朝報. 근대의 진보적 일간지―옮긴이) 주간을 했던 구로이와 루이코인데, 그는 『메이지 바벨탑』이라는 소설에서 작중 인물로 등장해. 그 소설을 쓴 야마다 후타로가 『전중파 암시장 일기』 속에서 '우작愚作'이라는 단 한마디 말로 참수시킨 소설이 『귀화』인데 그걸 쓴 것이 요코미조 세이시. 그는 젊은 날 잡지 《신청년》의 편집장이었는데 그와 손을 잡고 《신청년》의 편집에 관여한 편집자가 『안드로규노스의 후예』를 쓴 와타나베 온. 그는 업무상 방문한 고베에서 타고 있던 자동차가 전철과 충돌하여 죽게 되지. 그 죽음을 「춘한春寒」이라는 글로 추도한 것이 와타나베에게서 원고를 의뢰받았던 다니자키 준이치로. 그 다니자키를 잡지에서 비판해 문학 논쟁을 전개한 것이 아쿠타가와 류노스케인데 아쿠타가와는 논쟁 몇 개월 후에 자살을 해. 그 자살 전후의 모습을 모티브로 우치다 켄이 『중산모자』를 썼고 그 우치다의 글을 칭찬한 것이 미시마 유키오. 미시마가 스물두 살 때 만나서 '나는 당신이 싫다' 하고 맞대놓고 말한 상대가 다자이 오사무. 다자이는 자살하기 일 년 전에 한 남자를 위해 추도문을 써서 '너는, 잘했다'라고 했어. 다자이에게서 추도사를 받은 남자는 결핵으로 죽은 오다 사쿠노스케야. 봐봐, 저기 그의 전집을 읽는 사람이 있어."

소년이 가리키는 곳에는 아까 말한 평상이 있고, 기모노를 입은 여성이 우산을 쓰고 읽는 건 분명 오다 전집 중의 한 권이었다.

"너 혹시 요괴 아니냐?"

내가 아연해져서 묻자, 소년은 "난 뭐든지 알아" 했다.

"아버지는 늘 나를 여기로 데리고 왔어. 그리고 책들이 서로 연결되어 있다는 걸 가르쳐줬어. 나는 여기 있으면 책들이 모두 평등하고 서로 자유자재로 연결되어 있다는 것을 느껴. 그 책들이 서로 연결되어서 만들어내는 책의 바다는 사실 그 자체로 한 권의 커다란 책이야. 그러니까 아버지는 죽은 후에 자신의 책을 이 바다에 돌려줄 생각이었어."

"아버지가 돌아가셨어?"

"응. 그래서 오늘 내가 여기 온 거야. 나한테는 아버지의 책을 이 바다에 돌려줄 사명이 있어."

소년은 비가 그쳐가는 하늘을 가리켰다.

"악랄한 수집가의 손에서 고서들을 해방한다. 나는 헌책 시장의 신이다."

))) ● (((

나는 비가 잦아들기 시작하자 다시 헌책시장 안을 돌아다녔다. 어딘가에서 비를 피하고 있을 그녀를 생각하니 점점 더 그녀의 매력이 그윽하게 느껴졌다.

"그렇게 혼자서 망상에 빠지는 건 머리에도 안 좋고 몸에도 안 좋아."

소년이 또 헌책 한 권에서 가격표를 떼며 중얼거렸다.

"아, 너 또 그런 나쁜 짓을!"

"놔둬."

"어떻게 놔두냐, 이 바보야."

그런 말을 주고받는데 콧수염을 기른 헌책방 주인이 우리가 하는 말을 듣고 달려왔다. 그는 소년의 손에 쥐어 있는 가격표를 보고 무서운 얼굴을 했다.

"안 되겠는데. 무슨 짓이야."

나는 모른 척했고 소년은 침묵했다.

"손에 든 걸 이리 내봐."

주인이 그렇게 말하며 소년에게 다가가자 소년은 갑자기 와앙 하고 울음을 터뜨렸다.

"이 형이 이걸 하지 않으면 그걸 한다고 해서 그랬어요. 난 그게 무서워요."

조금 전까지 어른스러운 말투로 나를 무시하던 소년이 생각할 수조차 없는 어린 목소리를 내며 울었다. 이거 아주 어이없는 놈이네, 하고 생각하는데 헌책방 주인이 공격의 창 끝을 나에게로 돌렸다.

"이게 무슨 소리야? 당신, 이 아이한테 무슨 짓을 했어?"

"네? 아무 짓도 안 했는데요."

"이 애가 당신이 시켜서 했다잖아."

헌책방 주인은 내 팔을 잡았다. "똑바로 이야기 안 하면 경찰을 부를 거야."

"모른다니까요, 농담 말아요."

"그야 농담이면 곤란하지."

입씨름이 되었다.

나는 지극히 성실한 사람이며 성실함이 내면으로부터 마치 국물이 끓어 넘치듯 끓어 넘쳐 그것을 숨기지 못하는 사람인데도 그 헌책방 주인은 나를 불쌍한 소년을 배후에서 조종하는 악귀라도 되는 양 노려보았다. 아이는 맑고 깨끗하다는 망상과, 아름다운 아이는 더욱 맑고 깨끗할 거라는 망상이 가져온 결과다. 지저분한 청춘의 한가운데에 선 채 꼼짝 못 하는 이 대학생이 실은 세상에서 가장 맑고 깨끗하다는 진실은 늘 외면당한다.

그때 먼발치에서 이 소란을 지켜보던 사람들 사이에서 서른 살쯤 되어 보이는 좀 뚱뚱한 남자가 앞으로 나섰다. 그는 "그 사람, 아는 사람인데요……" 했다.

"아아, 치토세 씨군요, 거참." 헌책방 주인이 머리를 숙였다.

"그 사람은 그런 짓을 할 사람이 아니에요. 아이가 질이 나빠요. 아까도 비슷한 짓을 해서 소란을 일으키는 걸 봤어요."

우리는 소년의 모습을 찾았으나 이미 소란을 틈타 사라지고 없었다.

나를 궁지에서 구해준 인물은 본토초에 있는 '치토세야'라는 교토요리 전문점의 젊은 주인이었다. 전에 내가 기야마치에서 본토초까지 배회하고 다니다가 무슨 이유인가로 '치토세야'에 들어간 적이 있었는데, 그때 나를 보았다고 한다.

치토세야의 젊은 주인은 내 팔에 손을 대더니, "보답을 바라는 것 같아서 좀 그렇지만, 부탁할 게 있어" 하고 말했다.

"좋은 일이 있거든. 여기서 만난 것도 무슨 인연이겠지."

))) ● (((

치토세야의 젊은 주인이 걸으며 설명했다.

오늘 이 헌책시장 어딘가에서 이백 씨가 주최하는 경매 모임이 있을 예정이다. 거기에 가츠시카 호쿠사이의 그림과 환상의 음서陰書가 나올 것이다. 자신은 섹스문화 유산을 보호하는 데 진력을 다하는 '규방조사단'의 대표로서, 어떻게

든 그걸 손에 넣고 싶다. 그러나 소문으로는 매우 가혹한 시련이 기다린다고 한다. 어떤 시련이 주어지는지 알 도리가 없으니 혼자서는 불안하다.

"그러니 자네도 같이 참가해서 리스크 좀 분산시키자고."

"아니, 그게 참. 나도 볼일이 좀 있고 해서요."

"나로 말하자면 자네를 궁지에서 구해줬으니 자네도 나름대로 성의를 보여줘야 하는 거 아닌가."

치토세가 말했다. "나쁘게는 안 할게. 호쿠사이를 획득하면 그에 응당한 사례는 할 거야. 십만 엔에 어때?"

"물론 하지요."

나는 그 일을 하기로 했다.

치토세는 자기를 따라오라며 헌책시장을 빠져나갔는데, 그를 따라가면서도 나는 줄기차게 그녀의 모습을 찾았다.

이런 추세라면 오늘은 그만 포기해야 하지 않을까. 하지만 식은 죽 먹기로 십만 엔을 손에 쥐게 되면 그것을 군자금 삼아 얼마든지 다음 한 수를 둘 수 있을 것이다.

우리는 승마장 중앙에 있는 평상으로 갔다. 그 수상쩍은 사람들—오다 전집을 읽는 기모노 입은 여성, 백발의 노인, 두랄루민 케이스를 끌어안은 사각 얼굴의 대학생—은 여전히 거기에 있었다. 여성은 책에서 얼굴을 들지 않았으나 노인과 학생은 이쪽을 힐끗 노려보았다.

그 이상한 분위기 속에 섞여 들어가 몇 분을 기다리자 기분 나쁜 검은 테 안경의 헌책방 주인이 훌쩍 나타나서 씨익 웃었다. "여러분, 다 모인 겁니까?"

그때 "어어이" 하고 느릿한 소리를 내며 때에 찌든 유카타를 입은, 나이를 가늠하기 어려운 남자가 뛰어 들어왔다. 그건 언젠가 밤의 기야마치에서 만났던, 텐구를 자칭하는 유카타 차림의 괴인, 히구치 씨였다.

나는 어지럼증을 느꼈다.

이거 요괴들의 잔치 아니야?

))) ● (((

요괴들(나는 제외)이 검은 테 안경의 뒤를 따라갔다.

소나기가 그친 대기 속으로 주황색을 품은 여름의 햇살이 쨍쨍 내리쬐었다. 그 빛 속에서 주변의 온갖 어지러운 것들이 새삼스럽게 입체감을 띠고 일어섰다.

그 혼돈스러운 모습이란!

책꽂이를 메운 무수한 문고본, 만화, 균일가 코너에 대충 열 지어 늘어선 수많은 전집의 낱권들, 아름답게 장식된 귀중서, 문학서, 와카집, 사전류, 이학서, 복각본, 야담본, 대형 화집과 전람회 도록, 쌓아올린 헌 잡지, 대량의 B급 영화 비디오테이프, 제목도 읽을 수 없는 한학서적이나 고서적, 바다를 건너와 교토에 당도한 가지가지 양서들, 위용이 지나쳐 아무도 돌아보지 않는 엔사이클로피디어 브리태니커와 세계대백과사전, 상자 안에 쌓인 한 장에 천 엔짜리 채색 동판화, 텐트 골조에 매달려 흔들리는 선명한 색깔의 우키요에, 어디의 것인지 모를 고지도, 아이들이 내다버린 그림책. 쇼와 초기 교토의 그림엽서에다 수상쩍은 팸플릿 류, 열차 시각표, 자비 출판으로 보이는 정체불명의 책까지…… 종이에 각인된 기억은 모두 헌책이 되는구나.

일행은 그 인기척 없는 으스스한 헌책방으로 몰려갔다.

침침하고 조용했다. 통로 끝의 계산대 앞에서 비밀스러워 보이는 옆의 통로로 들어서려는데 기모노 차림의 여성이 갑자기 발을 멈췄다.

"죄송합니다. 전 갑자기 자신이 없어졌어요."

"엉? 그래요?"

검은 테 안경의 헌책방 주인이 말했다. "잘 생각했어요. 당신 같은 분은 여기서 돌아가는 편이 좋아요."

"여기까지 온 김에, 라기엔 좀 그렇지만, 이걸 이백 씨한 테 좀 전해주세요."

그렇게 말하며 그녀는 실로 묶은 오래된 책을 내밀었다. 겉장에는 무슨 무슨 진보珍寶라고 쓰여 있었다. 검은 테 안경의 남자는 흥 하고 고개를 끄덕이더니 그걸 받아 들었다.

우리는 간단히 탈락한 오다 사쿠노스케 여사를 힐끗 바라보고 말없이 계속 걸어갔다. 알전구의 불빛이 비치는 책꽂이 사이의 통로가 왼쪽으로 꺾이자 그 앞쪽으로 좁고 긴 길이 이어졌다. 헌책시장의 소란스러움이 사라진 대신 숨이 콱 막힐 것 같은 헌책 냄새가 주위를 메웠다. 걸어 들어가면 들어갈수록 양쪽 책꽂이에 꽂힌 책은 갈수록 더 헌책이 되어갔고 결국에는 변색된 종이다발에 지나지 않게 되었다. 천장에 전병 정도 크기의 작은 먼지투성이 창이 아주 가끔 박혀 있어 유리 저쪽의 나뭇잎 사이로 햇빛이 새어 들어왔다. 정신을 차리고 보니 통로가 흙길에서 서양풍의 돌길로 바뀌었다.

드디어 그 통로가 끝나고 2층쯤 되는 높이까지 이어지는 계단이 정면에 나타났다. 계단을 올라가니 중후한 철문이다. 램프가 그 옆에서 오도카니 불을 밝히고 있는 것이 쓸쓸한 거리의 모퉁이를 생각나게 했다. 문 옆에는 나무 팻말이 매달렸는데 거기에 "이백"이라고 요세문자로 쓰여 있었다.

헌책방 주인이 벨을 눌렀다.

그가 문을 연 순간 안에서 휘잉 하고 바람이 불더니 일곱 색깔의 작은 깃발 같은 것이 우리 옆을 지나 헌책이 쌓인 복도 쪽으로 날아갔다. 나는 기분 나쁜 예감에 몸을 떨었다. 문 저편에서는 마치 지옥의 가마솥에서 뿜어져 나온 것 같은 뜨거운 바람이 불어왔다.

))) ● (((

경매 장소에 발을 들이민 사람들 모두가 둔기로 후두부를 얻어맞은 사람처럼 신음소리를 냈다.

딱 전차 차량 하나쯤 되는 크기의 길고 좁은 방이었다.

새빨간 융단이 깔린 방의 정면 맨 안쪽에는 커다란 벽시계의 추가 흔들렸고, 그 옆에 있는 축음기에서는 의미 불명의 비밀스런 목소리가 웅얼웅얼 흘러나와 무시무시한 분위기를 연출했다.

좌우 옆으로는 색색가지의 화로와 도깨비 쇠방망이같이 굵은 초, 미적지근한 빛을 던지는 사방등 같은 것들이 놓였고, 벽에는 잡아먹을 듯한 표정을 한 빨간 도깨비 가면들과 화염에 쫓기는 사람들을 그린 거대한 지옥도가 걸렸다. 무시무시한 골동품들을 비추면서 방의 더위를 물리적이고도 문화적으로 끌어올리는 것은 천장에 샹들리에 대신에 매달린 화로였다.

연회장 중앙에는 화로가 놓였고 그 위에 놓인 냄비에서는 한가운데서 홍백으로 색깔이 나뉜 기괴한 수프가 하나 가득 보글보글 끓었다. 화로를 빙 둘러 두꺼운 빨간 방석이 놓였고 그 위에는 무척 따뜻해 보이는 푹신푹신한 솜옷과 개인용 탕파(뜨거운 물을 넣어서 몸을 데우는 기구—옮긴이)가 주인을 기다리고 있었다.

큰 시계 앞 등나무 의자에는 유카타를 입은 이백 씨가 여유롭게 앉았다.

그는 싱글싱글 웃으며 허연 털이 숭숭한 정강이를 드러낸 채 대야에 발을 담구고 철썩철썩 물소리를 냈다.

"어서 오게나, 제군들. 어서 와."

얼굴에 부채를 부치며 이백 씨가 말했다.

검은 테 안경의 헌책방 주인이 오다 사쿠노스케 여사에게서 받은 책을 이백 씨에게 건네주며 무슨 말인지 귓속말을 하고 "으뜨" 하면서 나갔다. 이백 씨는 받아 든 책을 옆에 있는 검은 칠을 한 작은 책꽂이에 꽂았다. 거기에는 그 밖에도 크고 작은 다양한 책들이 채워져 있었다. 이백 씨는 그 책꽂이를 탁탁 두드렸다.

"이건 지난 날 양조업을 하던 사람에게서 받은 거야. 비교적 잡다하지만 재미있는 물건이 두루 갖춰져 있어. 자아, 화롯불에 몸을 녹이게. 끝까지 버텨내서 이 자리에 남는 양반은 어느 것이든 한 권을 가지고 갈 수 있어. 특별히 속편은 원래의 책에 끼워주도록 하지."

촛불에 드러난 이백 씨의 얼굴에 무시무시한 빛이 돌았다. 그는 그 순간 분명히 입맛을 다셨다.

"그럼, 제군. 목표는 벌써들 정해났겠지."

〉 〉 〉 ● 〈 〈 〈

목숨을 건 처절한 시합에 나선 사람은 다섯이었다.

첫 번째는 기시다가 직접 쓴 일기장을 노리는 수수께끼의 유카타 남자 히구치 씨. 두 번째는 메이지시대의 책자로 된 열차 시각표 『기차 기선 여행 안내』 일 년 분을 노리는 '게이후쿠전철연구회'의 두랄루민 케이스 학생. 세 번째는 후지와라 누구누구라는 헤이안시대쯤의 가인이 필사한 사본 『고킨와카슈古今和歌集』를 노리는 노학자. 네 번째는 가츠시카 호쿠사이가 쓰고 그렸다는 음서를 노리는 규방조사단 대표 치토세. 그리고 다섯 번째는 치토세를 돕기 위해 참가한 나였다.

우리는 빨간 솜옷을 입고 화로에 둘러앉았다.

화로 위에는 가운데가 S자 형태의 칸막이로 나뉜 낡은 쇠 냄비가 있었다. 정수리를 뚫고 나갈 것 같은 자극적인 냄새가 피어오르는 냄비 속에서는 정체 모를 버섯류와 채소가 든 홍백의 수프가 칸막이를 경계로 나뉘어 지옥의 열탕처럼 끓었다.

"이걸 불냄비라고 하지."

이백 씨는 등나무 의자에 앉아 싱글벙글 웃으며 말했다.

"앞에 참기름 종지가 있으니 듬뿍 찍어서 먹어보라구. 맛있어."

히구치 씨가 수박만 한 커다란 주전자를 들어 사람들의 찻잔에 뜨거운 보리차를 따라주었다. 우리 다섯은 그걸 꿀꺽 마셨다.

이백 씨가 신호하자 전원이 빨간 수프에서 수수께끼의 고기 조각을 건져 입에 넣었다. 우물우물 씹는 순간 세상이 한순간에 보라색으로 변하며 너울거렸다.

"우웨엑으아악" 하고 모두 비명을 질렀다. "이게 도대체 뭐야!"

혀 위에 퍼지는 그 맛은 맛이라기보다는 거칠게 깎은 몽둥이로 한 대 두들겨패는 통증이었다. 시모가모 신사를 중심으로 반경 2킬로미터 내에 존재하는 '매운맛'이라는 개념을 모조리 주워 담아서 끓인 것이 아닌가 싶을 정도로 매웠다. 매운맛을 어떻게 해보기 위해 뜨거운 보리차라도 후후 불며 마셨는데, 그건 화염에 기름을 부은 격, 우리는 기절할 지경이 되었다. 이백 씨는 괴로워서 뒹구는 우리를 바라보며 싱글벙글 웃었다.

하얀 수프는 혀를 쉬게 해주는 건가 하고 먹었으나 마찬가지로 매웠다. 어차피 매워 죽겠어서 매운맛 사이에 무슨 섬세한 차이를 느낄 여유도 없었으니, '왠지 멋있게 보인다'는 문화적 사정을 빼면 홍백으로 나눌 이유가 없는 수프였다.

순식간에 이마에서 굵은 땀이 용솟음쳤다.

'이거 계속하다가는 생명에 지장이 있겠어. 빨리 항복하자' 하고 나는 생각했다.

애초에 나는 치토세를 도울 생각은 추호도 없었다. 솜옷을 입고 화로 앞에 앉은 시점부터 그렇지 않아도 참을성이 없는 나의 참을성에 한계가 왔던 건 더 말할 나위가 없다. 따라서 히구치 씨가 그 그림책에 대해 언급하지 않았다면, 나는 일찌감치 백기를 흔들었을 것이다.

냄비를 둘러싸고 후우후우 하는 우리에게 이백 씨가 책꽂이에 있는 책을 순서대로 보여주었다. 사람들은 각자 자기가 탐하는 책이 눈앞에 나타날 때마다 콧김을 거칠게 내뿜었다. 호쿠사이 뭐라나 하는 것이 나타났을 때는 치토세가 내게 열심히 눈짓을 했다. 나는 불냄비의 매운맛에 맛이 간지라, 호쿠사이 같은 건 냄비에 끓여버려라 하는 생각밖에 나지 않았다.

종류별로 잡다한 헌책 안에는 그림책도 있었다.

이백 씨가 드디어 한 권의 그림책을 들어 올리자, 히구치 씨가 "어라?" 했다.

"그건 그 애가 갖고 싶어 했던 그림책 아냐?"

히구치 씨는 그렇게 말하며 이백 씨에게서 그림책을 받아 들고 팔랑팔랑 넘겼다.

"어이, 히구치 씨. 땀을 떨어뜨리면 안 돼" 하는 이백 씨.

"이거 봐. 여기 이름이 쓰여 있네."

들여다보니 거기에는 내가 꿈에도 그리는 검은 머리 아가씨의 이름이 삐뚤삐뚤한 아이 글씨로 쓰여 있지 않은가.

그것을 본 순간의 나의 놀라움을 짐작하기를.

나는 그 그림책을 뺏어 들고 핥듯이 살폈다. 그리고 히구치 씨에게서 그녀가 그 그림책을 찾아 헌책시장을 헤맸다는 이야기를 들은 찰나, 천재일우의 기회가 드디어 찾아왔음을 직감했다. 아, 한 방의 역전 홈런을 날릴 희망을 발견하자마자 다시 움직이기 시작한 나의 로맨틱 엔진이여.

그녀와 같은 책에 손을 뻗겠다는 것은 지금 와서 보니 가소롭기 그지없는 계획이었다. 나비효과처럼 빙 에둘러 가는 그런 연애 프로젝트는 저기 사랑에 빠진 중딩에게나 줘버려야지. 남자는 어디까지나 직구 승부라고 나는 단정했다.

그녀가 어린 시절 아직 어리고 귀여운 얼굴로 천진난만하게 자신의 이름을 써넣은 그림책이 내 눈앞에 있었다. 만일 그녀가 이 책을 본다면 그리움이 치솟아 기절하고 말 것이다. 이 책이야말로 천하유일의 보배이며 또한 나의 미래를 열어줄 하늘이 내린 한 권의 책이리라. 이것을 입수한다는 건 그녀의 처녀마음을 내 손에 쥐는 것과 같고, 장밋빛 캠퍼스 라이프를 보장받는 것과 같으며, 나아가 그건 만인이 부러워할 영광의 미래를 약속받는 것과 같다.

제군. 이론이 있는가. 있다면 몽땅 다 각하다.

나는 승리를 향하여 포효했다.

))) ● (((

소나기가 그치고 비에 젖은 승마장에 황금빛 햇살이 비칩니다.

이제 비는 더 이상 올 것 같지 않습니다. 모처럼 왔으니 파장 때까지 버텨보자는 생각에 나는 다시 팔랑팔랑 책과 책 사이로 돌아다녔습니다.

히구치 씨는 의기양양하게 경매 모임에 갔습니다. 그분이라면 어떤 어려움도 태연하게 받아넘길 겁니다. 어쨌든 그는 텐구를 자칭할 만큼 신비한 능력을 지녔으니까요. 그가 넘어서지 못할 시련 같은 건 있을 리가 없습니다.

한동안 돌아다니자니까 조금 전에 함께 그림책을 찾아주던 아름다운 아이가 내 옆으로 다가왔습니다.

"어머, 또 만났네." 내가 고개를 까닥했습니다.

"누나, 『라타타탐』은 찾았어?"

"아니, 아직. 헌책방에 부탁은 해뒀는데……."

소년은 내 얼굴을 뚫어져라 쳐다보며 웃었습니다.

"누나, 오늘 헌책시장에는 끝까지 있을 생각이야?"

"그래, 끝까지 버텨볼 테야."

"그렇다면 됐어. 그 책 찾을 거야."

그렇게 말하고 소년은 휘파람을 불었습니다.

"어떻게 그걸 아니?"

"왜냐면 난 헌책시장의 신이니까."

아이는 그렇게 말하고 나서 하얗고 아름다운 팔을 들어 둘째손가락을 세웠습니다. 그러고 있으니 정말로 아름다운 요정이 소나기에 씻긴 여름 하늘에서 진흙투성이의 승마장으로 내려온 것 같았습니다. 나는 잠시 그 아이의 모습을 바라보고는 "나무나무!"라고 했습니다.

소년은 생긋 웃고 뛰어갔습니다.

))) ● (((

"나무나무!" 하고 히구치 씨가 중얼거렸다. "나무나무!"

고통을 견디기 위해 넣는 기합인가 보았다. 나도 흉내 내어 "나무나무!" 하며 신음했다.

다들 얼굴에 물을 끼얹은 사람처럼 땀을 흘렸다. 희미한 불빛 아래 드러난 땀에 젖은 미끈미끈한 다섯 개의 얼굴은 이제 막 자궁에서 튀어나온 새끼 괴물들 같았다. 솜옷 밑의 옷이 흠뻑 젖어 움직일 때마다 기분이 찝찝했다. 내 순서가 돌아와 냄비 속의 건더기를 꺼내 먹을 때마다 몸 안에 들어찬 열에 또다시 열이 더해졌고 혀는 불탔다. 입을 열면 화염이 나왔다.

"자자, 보리차를 많이많이 마시게나. 안 마시면 죽어."

노래하듯 말하며 이백 씨는 유리컵에 든 찬 술을 맛있게 핥았다.

우리는 분노로 얼굴을 일그러뜨렸지만 별수 없이 뜨거운 보리차라도 마실 수밖에 없었다. 위로 내려간 수분은 순식간에 땀이 되어 몸 밖으로 빠져나왔다. 그렇게라도 하지 않으면 더 죽겠으니 어쩌랴.

맨 처음 항복한 사람은 치토세였다.

그는 "이제 더 이상은 못 해" 하고 절규하며 이백 씨의 발 밑으로 기어갔다. 그리고 차가운 물을 얼굴에 끼얹었다. 규방조사단원들의 외설스러운 꿈은 덧없이 무너졌다. "의지박약 같으니라구." 게이후쿠전철연구회 학생이 비웃었다. 치토세는 젖은 수건을 얼굴에 걸치고 숨을 몰아쉬다가 수건을 들어 올려 나를 보더니 "뒤를 부탁해" 하며 처량한 표정을 지었다. 하지만 나는 이미 호쿠사이의 음서 따위는 안중에 없었다.

"일단 한 명" 하고 노학자가 짜내듯이 말했다. 시체라도 세는 것 같은 음산한 목소리였다. 고춧가루가 묻은 입 주위가 마치 립스틱이 번진 것처럼 빨간 것이 처절했는데 그건 우리도 마찬가지였다.

불냄비의 매운맛에 시달리다 보니 그렇지 않아도 실내가 어두운데 머리까지 멍해지면서 눈앞이 침침해졌다.

게이후쿠전철연구회 학생이 갑자기 눈앞에서 젓가락을 휘두르며 뭔가를 집으려고 했다.

"뭐야 이건! 일곱 색깔 깃발이 마구 돌아다니잖아! 에이, 요놈들!"

"자네, 그거라면 벌써 전부터 돌아다니고 있었어" 하고 히구치 씨가 타이르듯이 말했다.

"나도 보여" 하는 노학자.

"여러분, 그건 환각이에요. 위험해요."

그렇게 말하자마자 내 눈에도 불냄비 위에서 춤추는 일곱 색깔 깃발이 보이는 것이었다. 그것들이 구불구불 파도치며 우리 넷을 놀리기라도 하듯 춤을 추었다. 선명한 일곱 색깔인데 아무리 젓가락을 뻗어도 붙잡을 수가 없었다. 그러다가 지금 그 현묘불가해한 물체가 문제가 아니라는 데 우리의 의견이 일치했다.

"할아버지, 보리차 안 마셨잖아요."

게이후쿠전철이 말했다. "그러면 죽어요!"

우리는 이때다 하듯 노학자의 몸을 걱정하며 뜨거운 보리차를 강제로 마시게 했다.

꿀꺽꿀꺽 보리차를 다 마신 노학자는 입술을 움찔거리며 뭔가 웅얼거렸다. 고통을 잊기 위해 시낭송이라도 하는 건가 했더니 흐느끼는 것이었다. 눈물이 끊임없이 뿜어져 나오는 땀과 뒤섞여 턱 아래로 뚝뚝 떨어졌다.

"젠장, 어쩌다 내가 이런 지경에까지."

노학자는 이를 악물며 신음했다. "너희들 빨리 항복해. 앞날이 얼마 안 남은 나의 간절한 부탁이야."

"저승에 책을 가지고 갈 수는 없잖아요." 히구치 씨가 말했다.

"아니, 난 저승 선물로 가지고 갈 생각이다." 노학자가 말했다.

"아이쿠 저런, 지금 이 자리에서 저승으로 가면 성가셔." 이백 씨가 말했다.

"너희들이 노리는 건 어차피 쓸데없는 거잖아. 내가 원하는 건 국보란 말이야."

"할아버지, 내 것도 국보급이에요."

"그런 지저분한 시각표가 국보라니, 머저리 녀석! 국철에나 가서 받아 와라!"

그걸 계기로 불냄비로 눌어붙은 혀를 휘두르며 화염을 토하는 독설의 공방이 시작됐다. 나도 참전했다. 열기와 매운맛으로 머리가 혼란해져 내가 무슨 말을 하는지 나 자신도 거의 알 수 없었다.

결국에는 노학자가 오열하며 나에게 말했다.

"넌 뭐냐. 뭘 갖고 싶은 거야."

내가 원하는 것이 한 권의 그림책이라는 것을 알자 그는 졸도할 지경이 되어 "이 바보 천치 썩을 놈" 하고 외쳤다. "그림책쯤은 내가 얼마든지 사주지!"

"그깟 국보가 명줄이라도 준다냐!" 내가 고함쳤다.

노학자가 울며 외쳤다.

"사본이라구! 몰라? 『고킨와카슈』의 사본!"

"고. 킨. 와. 카. 슈? 알 게 뭐냐!"

))) ● (((

나는 이와나미문고의 『고킨와카슈』를 읽다가 다른 책들도 들추다가 하며 이리저리 돌아다니다 장터의 한 귀퉁이에서 어느 으스스한 헌책방 텐트를 발견했습니다. 텐트 주위를 커다란 책꽂이로 둘러싸놓아 안이 무척 어두웠습니다. 놀랍게도 조금 전까지 평상에 앉아 정신없이 『오다 사쿠노스케 전집』을 읽던 여성이 가게를 지키고 있었습니다. 그녀는 계산대로 쓰는 책상 너머에 앉아 있었습니다.

이 텐트는 신기하게도 계산대 옆에 두 책꽂이 사이로 좁은 통로를 만들었는데 그 안쪽에서 비릿하고 뜨거운 바람이 불어왔습니다. 이 통로는 어디로 통하는 걸까. 질리지도 않고 세상에 대한 탐구의 길로 밀어대는 나의 호기심이 왕성하게 부풀어 올랐습니다.

성큼성큼, 들어가자! 그러자!

그 순간 기모노를 입은 여성이 "그쪽으론 안 들어가는 게 좋아요" 했습니다. 나는 야단맞은 사람처럼 조심조심 그 여성을 살폈습니다. 그녀는 우아하게 생긋 웃었습니다.

"당신이 들어갈 만한 곳이 아니에요."

가게에 달리 손님도 없던 터라 심심했던 걸까요? 그녀는 작은 의자 하나를 내게 내밀면서 발밑의 발포 스티로폼 상자에서 라무네를 꺼냈습니다. 한여름의 헌책시장에서 라무네는 최상의 음료 아니겠어요? 나는 이게 웬 떡 하며 눌러앉았습니다.

"조금 전에 평상에서 봤는데요, 그걸 계속 읽고 계시네요."

나는 그녀가 들고 있는 책을 가리켰다.

"네. 우리 집에 있는 책이라곤 달랑 이것뿐이라서."

그녀가 말했습니다. "남편의 책 중에 이 한 권만이 내 수중에 남았답니다."

나는 그녀에게 제럴드 더렐과 『라타타탐』에 대해 이야기했습니다. 광대무변한 헌책의 세계에서 파내려 해도 파낼수 없는 『라타타탐』에 대해 이야기를 하자니 나는 또다시서글퍼졌습니다. 우연히도 이 여성은 『라타타탐』을 알고 있었습니다.

"그건 내 아들이 남편과 처음으로 헌책시장에 갔을 때 첫눈에 반해서 사 온 그림책이었어요. 아이가 졸라서 몇 번이나 읽어주었지요. 혼자 읽을 수 있는 나이가 되어서도 읽어달라고 나를 졸랐답니다."

"지금도 갖고 계신가요?"

"안타깝게도."

그렇게 중얼거리며 그녀는 계산대 옆에 둔 라무네 병으로시선을 돌렸습니다. 뭔지 몰라도 나 같은 것이 들춰볼 수 없는 슬픈 사정이 있는 듯싶어, 그 이상 물어보지 않았습니다.

〉 〉 ◗ ● ◖ 〈 〈

게이후쿠전철연구회 학생이 불냄비 앞에서 갑자기 고개를 숙였다.

그는 무릎 위로 땀을 뚝뚝 소리 나게 떨어뜨리며 신음했다. 우리는 이때다 하듯 "떨어져라! 떨어져라!" 하고 소리 맞춰 외쳤다. 어서 탈락하지 않으면 이쪽이 못 견딘다. 나는 초인적인 의지력으로, 히구치 씨는 정체 모를 위장술로 지금의 고통을 견뎌내고 있었고 무익한 노여움으로 에너지를 탕진한 노학자는 숨만 간신히 쉬는 중이었다.

게이후쿠전철은 사각 얼굴이 시뻘게져서 몇 번이나 젓가락을 들었다 놓았다 했지만 손이 떨려서 냄비에 젓가락을 집어넣지 못했다. 정신과 육체 간의 치열한 전투가 눈에 보였다.

"이젠 안 되겠어…… 아까부터 배 속이…….."

그는 고통스런 표정을 지었다. "나는 위장이 약해서…….."

"자네, 이런 냄비요리를 계속 먹으면 위장이 내 브리프(몸에 착 붙는 남성용 아래 속옷—옮긴이)처럼 돼버릴걸."

심리 작전에 뛰어난 히구치 씨가 몰아치듯 말했다. "죽고 싶은가?"

"죽고 싶진 않아."

게이후쿠전철은 거의 떼를 쓰는 것 같은 목소리로 말했다. "하지만 갖고 싶어!"

"전철시각표 때문에 소중한 위장을 걸 건 없어. 자넨 아직

젊어. 아직 얼마든지 기회가 있어."

마침내 그는 신음소리를 내며 처량하게 무너졌다. 긴테츠
(긴키일본철도주식회사의 약어. 긴키는 교토 부근을 가리킨다—옮긴
이)전철 같은 적갈색 얼굴을 하고 눈앞을 달려 지나가는 일
곱 색깔 깃발을 쫓아 환상 속의 황야를 향해 달려갔다. 안녕,
나의 호적수여.

처음 한동안은 내내 입가에 수수께끼 같은 미소를 띠우던
히구치 씨도 지금은 때때로 각시탈 같은 얼굴을 하고 뜨거
운 숨을 내뱉었다. 땅에서 발을 떼고 있다고 이 물리적 고뇌
가 존재하지 않는 것처럼 넘어갈 수 있을까.

전선 이탈을 한 두 사람은 젖은 수건을 얼굴에 걸친 채로
벽에 걸린 빨간 도깨비 가면 아래서 하늘을 향해 대자로 뻗
었다. 마치 두 구의 시체가 나란히 누운 모습이었다.

"자아, 남은 제군들. 앞으로 두 사람이 더 떨어지면 원하
는 책을 가질 수 있다. 이제 조금 더 분발해야겠지."

이백 씨가 커다란 수박을 와삭와삭 베어 먹으며 말했다.

"어떤가. 아주아주 차가운 수박이 여기 있다. 이걸 먹고
싶으면 항복하면 돼."

이백 씨는 새빨간 수박 한 조각을 열에 허덕이는 우리 눈

앞에서 흔들며 뽐냈다. 수박에서 솟아나는 촉촉한 냉기와 맑은 달콤함이 코끝에 생생하게 느껴졌다. "마음껏 먹여주지. 물기도 많고 아주 달콤해. 책을 포기하고 찬 수박을 먹는 게 어때?"

불냄비를 둘러싸고 앉은 세 명은 일제히 포효하며 악마 같은 유혹을 물리쳤다.

빨간 수박을 씹어 먹는 이백 씨의 날카로운 송곳니가 보였다. 머리에는 뿔도 났다. 흔들리는 촛불에 드러난 그의 얼굴은 마왕 그 자체였다.

"그래봤자 종이 다발이야." 이백 씨는 깔깔 웃었다. "찬 수박하고 종이 다발하고 어느 쪽이 중요한가."

눈앞의 수박보다도 영광의 미래라고 부르짖는 내 목소리가 마치 타인의 목소리처럼 돌아왔다.

빛나는 미래가 눈앞을 주마등처럼 달려갔다. 그녀에게 그림책을 건네주는 나, 둘이 머뭇머뭇 마음을 주고받는 모습, 처음으로 단둘이 만나는 날, 드디어 신사의 경내에서 손을 마주잡는 풍경. 단풍잎이 고도古都를 물들이는 가운데 무르익어가는 두 사람의 관계. 그리고 겨울, 깊어가는 추위와 함께 서로에 대한 생각도 깊어간다. 그러다가 드디어 영광의 크리스마스이브. 나의 로맨틱 엔진은 이미 그 누구도 멈출 수 없었다.

그때 "헤헤헤헤" 하고 노인이 침을 흘리며 엷은 웃음을 지었다. 그 소리에 헉 하고 정신을 차리고 보니 히구치 씨도 멍청하게 꿈꾸는 눈빛으로 "세계 일주……" 하며 중얼거렸다. 저마다 주마등을 바라보았던 것. 우리는 모두 저승으로 건너가는 강물에 한쪽 발을 집어넣은 모양이었다.

서로 격려의 말을 건네며 우리는 보리차를 꿀꺽꿀꺽 마셨다.

"할아버지, 지금 목숨이 위태로운 상황이에요." 히구치 씨가 말했다. "이미 저승길을 생생하게 보셨을 것 같은데요?"

"말해주지…… 나는 저승길에 가지고 갈 선물이 필요해……."

"어르신의 심장은 이 부담을 견딜 수 없을 거예요. 인생의 마지막을 겨우 이렇게 냄비요리로 맞이해서야 되겠어요?"

노인은 히구치 씨의 심리공세를 이를 악물고 막았다.

"죽어봤자…… 아무도 신경 안……써. 알 게 뭐야……."

이백 씨가 "감탄스러운 기상이군" 했다. "그럼 저승길로 가게나. 뒷수습은 알아서 해줄 테니."

"할아버지, 죽으면 안 돼요!" 히구치 씨가 말했다. "이런 일로 죽으면 안 돼!"

그러나 노인은 대답하지 않았다. 천천히 앞으로 수그러지는 그의 상체를 내가 허둥지둥 받쳐주었다.

노인은 실신했다.

"이제 둘 남았군."

이백 씨가 만족스럽게 웃었다. "어이구 더워라. 이거 지옥이 따로 없군."

〉〉〉●〈〈〈

천국의 물같이 맛있는 라무네를 마시며 나와 그녀는 한동안 대화를 나누었습니다.

그때 계산대 뒤에 쌓아올린 책 틈새로 신음소리가 들려왔습니다. "이심전심. 푸헤헤헤" 하고 잠꼬대 같은 소리가 새어나왔습니다. 기모노를 입은 여성이 돌아보았습니다. 그녀의 뒤에서 검은 테 안경을 쓴 아저씨가 책들 사이에서 몸을 움츠리고 자고 있었습니다. 아니, 그런 비좁은 구석에서 이불도 없이 낮잠을? 헌책에 둘러싸여 있어야 마음이 놓이는 분일까요?

"주인 양반, 조금만 더 쉬세요. 제 아들이 곧 돌아올 테니, 그때까지만."

그녀는 상냥한 목소리로 말했습니다.

잠든 남자는 만족한 돼지같이 웅얼거리더니 돌아누웠습니다. 그녀는 내 쪽을 보고 "꿈까지 꾸면서 잘 자네요" 하며 웃음 지었습니다.

라무네를 다 먹은 나는 감사 인사를 하고 일어섰습니다.

그녀가 텐트 밖까지 배웅해주었습니다.

"『라타타탐』은 꼭 찾게 될 거예요. 이제 곧."

땅거미가 내리는 것을 보며 그녀가 말했습니다. "헌책시장의 신을 믿읍시다."

"고맙습니다."

나는 머리를 숙이고 발걸음을 내디디며 "나무나무!" 하고 중얼거렸습니다.

))) ● (((

드디어 승부는 최종 국면으로 넘어가 나와 히구치 씨의 일대일 맞대결이 되었다.

두 사람은 이제 번갈아가며 쉴 새 없이 불냄비의 음식을 꺼내 먹어야 했다. 젓가락에 걸리는 것은 이미 익을 대로 익어 '매운맛의 정수'로 화한 뭉개진 잔해들뿐이었다. 입이 마비되고 혼도 마비되었다. 보리차는 마시자마자 그 자리에서 땀으로 바뀌어 폭포수처럼 흘러내렸다. 젖은 솜옷이 어깨를 무겁게 내리눌렀다. 우리는 이미 그저 눈앞의 냄비요리를 기계적으로 해치우는 영구 인내 기관으로 진화했다.

"그 그림책을 그녀에게 줄 건가? 너, 그녀에게 반한 거냐?"

"그렇다. 할 말 있나?"

"이건 어떤가. 우선 자네가 항복해. 그다음 내가 그 그림책을 손에 넣는 거야. 그리고 자네가 그걸 나한테서 오십만 엔에 사는 거지."

"좀 묘하군…… 어디 보자, 이거 당신만 이득이잖아!"

"하지만 오십만 엔으로 영광의 미래를 살 수 있다면 싼 거 아닌가?"

"당신의 손은 안 빌려. 난 지금 간만에 뜨거워졌어…… 물리적으로도 심리적으로도. 난 반드시 승리를 거둬서 내 손으로 미래를 움켜쥘 거야."

"꿈 깨."

히구치 씨가 웃으며 말했다. "어, 이런 환각이 보이는군."

냄비에 집어넣은 그의 젓가락에 미끌미끌 커다란 두꺼비가 걸렸다.

두꺼비는 고춧가루에 각종 조미료로 범벅이 되어 새빨갛게 부풀어 있었다. 두꺼비는 움찔움찔 가느다란 손발을 움직이더니 히구치 씨의 젓가락에서 도망쳐 어기적어기적 화로 위를 기어와 내 앞에 묵직하니 앉았다. 두꺼비가 입을 여니 화염이 세차게 뿜어 나왔다.

"해치워" 하며 히구치 씨가 웃었다. "다 태워버려!"

나는 잠시 그 두꺼비를 노려보다 나도 불냄비에 젓가락을 집어넣었다.

무거운 밧줄 같은 것이 걸리기에 질질 잡아당겼다. 쇠냄비에서 모습을 드러낸 건 고춧가루로 범벅이 된 비단뱀이었다. 뱀은 꼬리 부분은 냄비 속에 그대로 놔둔 채 화로 위에 머리를 털썩 내려놓았다. 히구치 씨의 두꺼비가 빨간 물보라를 날리며 풀쩍풀쩍 도망치려 하자 뱀이 고개를 세우더니 한 입에 삼켜버렸다.

그러고 나서 뱀은 나른하다는 듯이 쇠냄비 가장자리에 턱을 내려놓았다.

히구치 씨를 올려다보니 그는 갖다 붙인 것 같은 가짜 웃음을 짓고 있었다. 얼굴에서 흘러 떨어지는 땀방울의 움직임이 생생히 보였다. 땀이 눈에 들어가든 입에 들어가든 그는 미동도 하지 않았다. 내가 툭 하고 찔렀더니 그는 그 표정 그대로 뒤로 벌러덩 나자빠졌다. 정말이지 선 채로 죽은 무사시보 벤케이(일본 젠페이시대의 충절 무사—옮긴이)를 생각나게 하는 당당한 최후였다.

머리가 지끈지끈 흔들렸다. 입에서도 엉덩이에서도 화염이 뿜어 나올 것만 같았다. 머리 주위를 일곱 색깔 깃발이 뱅뱅 날아 돌아다녀서 다른 건 아무것도 보이지 않았다. '아아, 죽는구나' 하는 생각을 하며 보리차를 마셨다. 탕파를 집어던지고 흠뻑 젖은 솜옷을 벗어버렸다. 솜옷은 융단 위에 떨어지며 철퍼덕 하고 물소리를 냈다.

"장하다!"

등나무 의자에서 일어선 이백 씨가 크게 웃었다. 커다란 부채를 너울너울 부쳤다.

나는 기진하여 털썩 주저앉았다. 이백 씨가 내 곁으로 다가왔을 때 불냄비에서 얼굴을 내밀고 있던 고춧가루 범벅의 비단뱀이 이백 씨 쪽을 향해 빠끔빠끔 입을 움직였다. 작은 소리가 들렸다.

"뭐라고!"

이백 씨가 재미있다는 듯이 귀를 갖다 댄 순간 뱀은 갈라진 목소리로 다음과 같이 말했다.

"신은 때로는 무정하게, 헌책을 세상에 놓아준다. 악질 수집가들은 두려움을 알라!"

요까짓 게 하고 노려보던 이백 씨의 유카타를 비단뱀이 달려들어 물었다. 이백 씨는 부채를 휘둘러 뱀 머리를 때렸다. "이놈! 이놈!" 하고 이백 씨가 아우성치는데, 천장에서 커다란 것이 떨어져 내려왔다. 그건 샹들리에 대신 천장에 매달려 이 방의 더위를 물리적으로 끌어올리던 화로였다.

"우햐앗."

우리가 화로 밑에 깔려 부르짖자니 밝은 목소리가 들렸다.

"또 만났군, 형."

언제 나타났는지 바로 그 미소년이 이백 씨의 검은 칠을 한 책꽂이 옆에서 포즈를 잡고 있었다. 책꽂이의 책은 몽땅 사라지고 없었다. 소년은 게이후쿠전철연구회 학생이 들었던 두랄루민 케이스를 가슴에 안았다.

"그럼, 여러분. 안녕히."

아이는 화로에 직격당해 신음하는 이백 씨를 화려한 동작으로 뛰어넘고 거의 붙잡을 뻔한 내 손도 가볍게 피했다. 그리고 뻗어버린 패잔병들을 발로 차며 장난꾸러기 작은 도깨비처럼 감쪽같이 큰 방에서 사라졌다.

나는 "내 미래를 돌려줘!"라고 외치며 일어서려다 불냄비를 엎어버렸다.

))) ● (((

이백 씨는 끙끙거리며 화로 밑에서 기어 나왔다. 나는 일어서지도 못하고 찬물에 얼굴을 담갔다 뺐다 하며 열을 내리느라 여념이 없었다.

이백 씨는 검게 칠한 작은 책꽂이를 보았다. 얇은 책자 하나만 남겨져 있었다. 그 기모노 차림의 여성이 이백 씨에게 준 책이다. 그는 그걸 끄집어내 표지를 노려보았다.

나는 겨우겨우 일어서서 뭔가 하고 옆에서 들여다보았다.

이백 씨가 책을 펼치자 그 안은 백지였다. 지저분한 흰 종이가 계속 이어질 뿐이었다. 눈앞의 배불뚝이 난로가 틱틱 소리를 냈다. 그러자 드디어 밖으로 뿜어 나오듯이 종이 위에 일련의 글자가 떠올랐다.

"악질 수집가의 손에서 고서를 해방시키는 일, 참으로 유쾌하기 이를 데 없구나. 그대여, 지금 당장 무릎 꿇고 참회하라. 나는 헌책시장의 신이다."

이백 씨는 창가로 다가가 검은 막을 올렸다.

차례차례 열리는 창으로 흘러 들어오는 저녁 바람은 고원의 바람처럼 시원했다. 시원한 바람이 연회장을 불어 지나가자 융단 위에 쓰러져 있던 사람들이 하나둘 움직이기 시작했다.

이백 씨는 꿈틀거리는 사람들 가운데 서서 "제군" 하고 불렀다.

"제군들이 체면이고 외관이고 다 내팽개치고 차지하려던 책은 조금 전 헌책시장의 신에 의해 헌책시장으로 해방되었다. 운이 좋으면 다시 만날 수도 있겠지."

사태를 파악하지 못한 사람들은 멍한 눈으로 빨간 융단에 눌러 앉은 채 일어날 줄 몰랐다.

"행운을 빌기로 하자. 오늘의 경매는 이것으로 끝이다."

그렇게 이백 씨는 마무리를 지었다.

잠시 뒤 빨간 융단에 멍하니 앉아 있던 노학자가 "그렇다면 헌책시장 어딘가에 있단 얘기로군. 그렇지" 하고 새빨간 얼굴로 외치더니 구르듯이 밖으로 나갔다. 그러자 치토세와 게이후쿠전철연구회도 뒤를 이었다. 히구치 씨만 느릿느릿 일어서서 "거참 배부르군" 하며 길게 트림을 했다. 지옥의 불냄비라 해도 어쨌든 한 끼의 식사를 해결할 수 있었으니 득이었다고 생각하는 모양이었다. 그는 "엉덩이에서 불길이 치솟을 것 같아" 하고 항문을 세게 조이며 멀어져갔다.

"자네에게 증정할 책은 이것밖에 없네."

이백 씨가 그렇게 말하며 그 책을 내밀었다. 나는 거절했다.

"책을 도둑맞아서 어떻게 하나요?" 내가 물었다.

"헌책시장의 신이 한 일이니 어쩔 수 없지. 나는 충분히 즐겼어."

이백 씨는 코웃음을 쳤다. "책 같은 건, 얼마든지 줄 수 있어."

))) ● (((

나는 이백 씨 곁을 떠나 길고 으스스한 책꽂이 복도를 빠져나왔다.

어두운 헌책방으로 나오자 검은 테 안경의 주인은 의자에서 굴러떨어져 계산대 너머에서 요란스레 코를 골며 자고 있었다. 한쪽에는 라무네 병이 굴러다녔다. 라무네 한 병만 마셨으면! 나는 라무네가 몹시 마시고 싶어졌다.

밖으로 나와 보니 헌책시장은 쪽빛 땅거미에 잠겼다. 나는 교토의 여름이 이토록 시원했었나 하고 놀랐다. 기온 때문에 감동해서 운 건 그날이 처음이었다. 이미 순수한 수분이 된 땀은 저녁 바람에 증발해서 순식간에 날아갔다.

오늘도 또 여름의 하루가 저물어간다. 사람들은 삼삼오오 귀갓길에 오르기 시작했지만, 아직 버티는 사람도 많았다. 나는 어두워져가는 헌책시장 안을 뛰어다니면서 그 소년의 모습을 찾았다. 도중에 갈증을 참지 못하고 라무네를 사서 마셨다. 목구멍으로 흘러 내려가는 라무네는 여름의 서늘함을 농축한 단 이슬이었다. 겨우 라무네 따위에 감동해서 운 건 그날이 처음이었다.

울다 마시다 사레들려 컥컥거리면서 나는 헌책시장을 뱅뱅 달렸다.

낯익은 기모노 차림의 여성이 눈에 띄었다. 그녀는 평상에 걸터앉아 어두워지고 있는데도 참을성 있게 오다 사쿠노스케를 읽었다. 그 옆에서 둔하게 빛나는 건 속이 빈 두랄루민 케이스였던 것 같다.

녹우당 주변에 다다랐을 때 저녁 바람을 쐰 덕에 겨우 맑아진 내 정신이 드디어 그 소년을 포착했다. 소년은 책꽂이 그늘 속을 슬그머니 빠져나갔다. 이 악질적인 얼간이 사랑의 방해꾼 악마적 범죄 소년! 나는 신음했다. 멍석으로 말아 불을 붙여 시모가모 신사의 화톳불로 만들어주지.

소년은 책꽂이 그늘에서 끌어안고 있던 책을 펼치고는 거기에 가격표를 붙였다.

그리고 쓱 책꽂이에 밀어 넣었다.

"이봐" 하고 내가 고함쳤다. "너 이놈!"

나에게 팔을 잡히자 소년은 하얀 민물고기처럼 뛰어올랐다. 그리고 내 손을 뿌리치려고 하면서 노려보았다. 땅거미 속에서 소년의 눈동자가 번쩍번쩍 빛나는 것 같았다.

"놔줘! 앞으로 한 권이면 끝이야!"

"벌써 그렇게 다 뿌렸어?" 나는 기가 막혀 기운이 빠졌다. "그림책이 있었지? 그 그림책은 어떻게 한 거야?"

내가 손의 힘을 늦추자 소년은 뛰어가려다 말고 한순간

발을 멈췄다.

"그림책에게는 그림책이 놓일 장소가 있잖아. 그런 것도 몰라?"

소년은 그렇게 말하고 저녁 어스름 속으로 사라졌다.

나는 히구치 씨가 한 말을 생각해냈다. 그림책 코너가 어딘가에 있을 것이다.

가까이에 있던 녹우당 주인에게 위치를 물어보고 뛰기 시작했다.

헌책시장 안을 달리는데 게이후쿠전철연구회 학생이 눈에 띄었다. 헌책방에서 헌책방으로 뛰어 돌아다니며 "내 시각표!"라고 아우성치다가 빈축을 사는 중이었다. "어디야!" 하는 소리가 들렸는가 하는 순간 사람 그림자 하나가 나를 들이받듯이 하며 질풍노도처럼 남쪽으로 뛰어갔다. 그건 저 『고킨와카슈』에 환장한 노학자였다. "그건 내 거야. 다른 누구에게도……"라고, 노학자는 악마에게 홀린 듯이 중얼거리면서 사람들 틈새로 사라졌다.

나는 "집착이란 무섭군" 하면서, 하지만 그녀의 그림책을 반드시 이 손에 쥐어야 하기에 사이좋게 걸어가는 남녀를 나 역시 짐짓 들이받듯 하며 도깨비 형상으로 그림책 코너를 향해 달려갔다.

))) ● (((

헌책시장은 축제가 끝나가는 기색이 완연했습니다. 나는
왠지 아주 쓸쓸한 기분이 들어 터벅터벅 승마장을 돌아다녔
습니다.

그 신기한 소년은 내가 『라타타탐』을 만날 거라고 말했
고, 그 기모노를 입은 여성도 같은 말을 하며 격려해주었습
니다. 하지만 해는 저물어가는데 망망한 책의 바다 속에서
어떻게 내가 찾는 한 권의 책을 찾아낼 수 있을까요. 헌책시
장의 신은 과연 나에게 웃는 얼굴을 보일까요.

나는 그냥 조용히 걸었습니다.

헌책시장의 신에게 빌겠습니다. 안 읽는 책은 가능한 한
세상에 풀어놓아 다음 사람의 손길이 닿을 수 있도록 하겠
습니다. 나는 책들이 진실로 살 수 있게 노력하겠습니다. 그
러니까 신이여, 부탁입니다. 나는 손바닥을 마주하고 "나무
나무" 하고 기도했습니다.

저녁 어스름에 잠긴 텐트 사이를 빠져나와 내가 다다른

곳은 그림책 코너였습니다.

아까 그토록 찾아도 없었지만, 어쩌면 미처 못 보고 지나 쳤는지도 모릅니다. 믿는 자여, 헌책을 발견할지다! 어둠이 내리는 가운데 나는 폭이 좁은 책등을 열심히 눈으로 좇았 습니다. "나무나무" 하고 중얼거리며 몸을 숙이는데 문득 책 꽂이 한쪽이 하얗게 드러나면서 한 권의 그림책이 나에게 말을 걸어왔습니다. 가슴이 쿵 하고 아플 정도로 두근거렸 습니다.

나무나무!

내가 정신없이 손을 뻗었을 때 옆에서 누군가의 손이 뻗 어 왔습니다. 올려다보니 클럽 선배였습니다.

선배는 내 얼굴을 보고 많이 놀란 듯 표정을 마구 바꾸어 가며 재미있는 얼굴을 했습니다. 무슨 말이든 하려고 입을 벙긋벙긋하는 것 같았는데 아무 말도 하지 못했습니다. 선 배는 숨을 들이마시더니 겨우 "이거!" 하고 『라타타탐』을 가 리켰습니다. "빨리 사야지!"

내가 『라타타탐』을 집어 들자 선배는 바람처럼 달려갔습 니다.

왜 선배는 그렇게 놀란 걸까요? 내 얼굴에 무슨 우스꽝스러운 거라도?

아니, 선배도 이 책에 손을 뻗은 걸로 보아, 이 책을 꼭 갖고 싶었던 건 아닐까요? 하지만 선배로서 나에게 양보하면서 아픈 마음을 달래려고 얼른 자리를 떴던 것은 아닐까요? 분명 그랬을 거예요. 충만한 신사도! 신이여, 선배의 책 사랑을 방해한 나를 용서하세요. 이건 어떻게 해서든 벌충해야겠지요!

그런 생각을 하면서 나는 드디어 손에 넣은 『라타타탐』을 펼쳐 표지 뒷면에 있는 글자를 발견하고 한동안 아연했고, 이윽고 두 발 보행 로봇 흉내를 내며 춤을 췄습니다.

나는 눈가를 훔쳤습니다.

『라타타탐』엔 서투른 글씨로 내 이름이 쓰여 있었거든요.

))) ● (((

독자 제현에게 지적받을 것까지도 없다. 나는 얼간이 바보 빙충이다.

멀리 돌아가는 계획을 백지로 돌리고 더 완벽한 계획을 다듬어 완성시켰건만, 거꾸로 내가 앞에서 백지로 돌렸던 처음의 계획이 멋대로 진행되다니, 그건 오산이었다. 헌책시장의 신이여, 미리 상의한 것과 다르지 않은가! 어떻게 대응할 수 있겠는가. 더욱이 계획 밖이었던 건, 같은 책에 손을 뻗는다는 시추에이션이 어정쩡한 각오로는 견딜 수 없을 정도로 부끄러웠다는 점이다.

갑자기 도망친 내가 그녀의 눈에는 어떻게 보였을까. 참으로 이해할 수 없는 괴상한 녀석으로 보였을 것이다.

"부끄러운 줄 알아라! 이 화상아!"

쪽빛 땅거미가 내린 썰렁한 헌책시장 거리를 벗어나면서 나는 끙끙거렸다. "나무나무!"

나 자신을 저주하고 헌책시장을 저주하며 걷고 또 걸은 끝에 주황색 전등이 비추는 텐트 아래에 다다랐다. 『신집新輯 우치다 켄 전집』을 낱권으로 팔고 있었다.

"이거 전부" 하고 외치고 나서야 돈이 부족하다는 걸 알고 발을 동동 굴렀다.

"얼마가 부족하죠?" 등 뒤에서 소리가 났다.

돌아보니 그녀가 서 있었다. "꿔드릴게요."

"아니, 그건 미안하지."

"괜찮아요. 책과의 만남은 일기일회. 그 자리에서 사야 해요. 나는 이미 귀한 물건을 찾았어요."

그렇게 말하며 그녀는 새하얗고 아름다운 그림책을 보여 주었다. 『라타타탐―꼬마 기관차의 신기한 이야기』. 제목과 함께 아름답고 환상적인 그림이 그려져 있었다. 그녀가 살그머니 표지를 넘겼다. 새하얀 종이에 아이 글씨로 그녀의 이름이 쓰여 있었다.

"이런 데서 만났어요. 감사해야죠. 조금 전에는 양보해줘서 고마워요."

그녀는 행복한 웃음을 지었다.

나는 그녀에게서 돈을 꿔서 『우치다 켄 전집』을 샀다.

비닐봉지에 담은 전집을 들고 돌아보니 그녀의 모습은 사라지고 없었다.

텐트 밖으로 걸어 나와 어두운 헌책시장을 둘러보았으나 쪽빛 땅거미가 내린 헌책시장에는 모르는 사람들만 오갔다. 나는 다시 어슬렁어슬렁 걸었다.

〉〉〉●《《《

선배에게 돈을 꿔준 뒤에 나는 텐트 밖으로 훌쩍 나왔습니다.

멍하니 있는데『오다 사쿠노스케 전집』을 읽던 기모노 차림의 여성과 그 아름다운 소년이 함께 걸어가는 것이 보였습니다. "이제 마음이 풀렸니?" 하고 여성이 상냥하게 말하니까 소년이 "응" 하며 고개를 끄덕였습니다. 나는『라타타탐』을 찾았다는 걸 소년에게 알려주려고 뒤를 쫓았으나 그들은 마치 마법처럼 술술 사람들 사이를 빠져나가더니 마침내 휙 하고 땅거미 속으로 사라져버렸습니다. 아쉬워라.

나는 평상에 걸터앉아『라타타탐』을 무릎 위에 놓고 다시 한번 펼쳐보았습니다.

이전에 내가 사랑했으나 제대로 간수하지 못한 죄로 버려졌던 책이 지금 다시 내 손 안에 있다고 하는 이 신기함. 이것은 그야말로 헌책시장의 신 덕분입니다. 나무나무.

주위는 점점 어두워졌습니다.

얼마 후 맞은편에서 커다란 전집을 든 선배가 터벅터벅 걸어왔습니다. 너무 무거워 보여서 선배를 불렀습니다.

"여어" 하고 선배가 나를 쳐다보았습니다.

선배는 영차 하며 김칫돌같이 무거운 전집을 내려놓고 평상에 앉았습니다.

맨 하늘은 이미 검푸른 색으로 바뀌었고 희미하게 남은 구름은 저녁노을에 엷은 핑크빛으로 물들었습니다. 승마장 양쪽에 늘어선 헌책방들이 주황색 전등을 점점이 밝혔습니다. 주위가 바닷속으로 가라앉은 듯이 어두워졌는데도 사람들은 그 미미한 빛을 잡고 책꽂이 틈새를 헤엄치며 마음의 책을 찾아다니고 있었습니다. 마치 조금 전의 나처럼.

"마치 바닷속 물고기들 같아요." 내가 말했습니다.

"그러네." 선배가 말했습니다.

그때 북쪽에서 서늘한 저녁 바람이 불어오더니 일곱 색깔 작은 깃발이 눈앞을 미끄러지듯이 날아갔습니다.

편리주의자 가라사대

계절은 만추.

지평선 위에 크리스마스 시즌의 기운이 아른거리기 시작할 때면 가슴이 어수선한 남자들이 바야흐로 의도 명백하고 의미 불명한 언동을 하며 내달리는 암흑의 계절이 도래하노니, 그 시작을 알리는 것이 바로 대학축제다.

광란의 대형 무대에 올려진 대학축제라는 연극에서 우리는 그것이 내 입맛에 맞는 결말로 막을 내리길 꿈꾸면서 마구 탈선을 해댄다. 우리를 사로잡는 것은 '어쨌든 막을 내리자—단 가능한 한 나에게 유리한 쪽으로'라는 나 편리대로라는 집념이다. 그때 우리는 편리주의자가 된다.

편리주의자들이 암약하는 축제에서 그녀는 의도하지 않게 그 주역을 맡아 혼돈의 극에 달한 대연극을 대단원을 향해 이끌어갔다. 그 보기 드문 강력한 재주를 그녀는 '신의 편리주의'라고 불렀다. 그렇다. 신이나 우리나 모두 편리주의자다.

그럼 우리는 어찌하여 편리주의자가 되었는가.

$$))) ● ((($$

그날 나는 나답지 않게 대학축제에 얼굴을 내밀었다. 낙엽이 가을바람에 흩날리는 축제의 마지막 날이었다.

나는 늦가을 찬 바람을 맞으며 임시가게들이 늘어선 시계탑 아래의 거리를 헤맸다.

이 바보들의 제전은 치솟은 시계탑을 중심으로 건물이 점점이 자리 잡은 '본부 구역'과, 그 건너편에 위치한 '요시다 미나미 지역'을 주전장으로 하여 펼쳐진다. 법학부의 대강의실에서는 저명인사의 강연회와 토론회가 열렸고 시계탑 주변에는 임시가게가 텐트를 잇대고 늘어서서 맛과 위생 상태에 일말의 불안감을 느끼게 하는 먹을거리를 사람들의 입에 억지로 쑤셔 넣었다. 요시다미나미 지역으로 들어가면 거기도 역시 어둠의 학생 장사꾼들이 나른하게 손님을 기다리는 임시가게, 또 임시가게. 그러나 축제에는 상혼이 왕성한 학생들만 있는 것은 아니다. 운동장의 특설 무대에서는 노래하고 춤추는 학생들이 들거니 나거니 하며 무대를 밟았고, 건물 안 강의실에서는 연극과 취미와 자주제작 영화에 폭 빠진 학생들이 통행인을 끌어들여 억지로라도 자기들 작품을 보게 만들려고 난리였다.

임시가게에서, 강의실에서, 특설 무대에서, 그들은 관객들에게 무엇을 주려는 걸까. 그곳을 찾은 사람들이 보게 되는 건 할 일이 없어 남아도는 시간과 무익한 정열, 봐봤자 재미가 있는 것도 아니고 없는 것도 아닌, 즉 혐오해 마땅한 '청춘'뿐이었다.

'대학축제는 좌판을 요란하게 두드리며 청춘을 강매하는 청춘 암시장이다!'

늦가을의 찬 바람을 맞으며 나는 생각했다.

'밥 원리주의자'라는 임시가게에서 산 주먹밥을 한 입 물고 올려다보니 시계탑이 높고 맑은 가을 하늘을 향해 솟아 있다. 발아래 펼쳐지는 바보들의 제전을 개의치 않고 의연하게 홀로 하늘을 찌르듯이 서 있는 그 용맹스러운 모습은 다름 아닌 지금 여기에 선 내 모습이 아닌가. 시계탑도 나도, 이 야단법석을 외면하고 영광스런 고독의 길을 택한 것이다.

"전우여! 우뚝 솟아 있는가?" 하고 나는 시계탑에게 말을 걸어보았다.

나는 국가의 장래와 나 자신의 장래를 구별 없이 걱정하며, 매일을 오로지 사색에 잠겨 영혼을 단련하는 남자다. 먼 장래에 세상의 모든 이로부터 사랑받는 사람이 되어 영광스러운 무대에서 만장의 갈채를 받기를 간절히 바라는 고고한 철인이 청춘 암시장에 불과한 대학축제 따위와 무슨 인연이 있겠는가.

그런 내가 이곳으로 발길을 옮긴 이유는 오직 그녀가 온다는 정보 때문이었다.

그건 어느 신뢰할 만한 소식통으로부터 확보한 정보였다.

))) ● (((

그녀는 내가 속한 클럽의 후배다.

처음 말을 주고받은 날부터 그녀는 내 영혼을 사정없이

움켜쥐었다. 그녀에게서는 찾아보기 드문 매력이 가모가와의 원류와도 같이 마르지 않고 솟아났다. 이전에 '교토를 다 합쳐도 당할 자 없는 강경파'로 이름을 날렸던 내가 지금은 어떻게든 그녀의 관심권에 끼어들어 가보려고 칠전팔기하는 중이다. 나는 그 고투를 '최눈알 작전'이라고 이름 붙였다. 이것은 '최대한 그녀의 눈앞에서 알짱거리기 작전'을 줄인 말이다.

우리 주위를 보면, 국면 타개를 위해 조바심치며 먹구름에 싸인 성으로 돌격하다가, 결국은 옥쇄(옥처럼 아름답게 부서짐—옮긴이)하고 마는 바보들이 일일이 셀 수 없을 정도로 많다. 그들은 분명 사랑스러운 남자들이다. 그러나 그들은 만용은 있어도 용기는 없는 남자들이다. 여기서 말하는 '용기'란 이성과 신념을 지니고 자신을 바로잡아 착실히 성 둘레의 해자를 메워가는 지리한 작업을 참아내는 기백이다. 우선은 그녀가 나라는 보기 드문 존재에 익숙해져야 한다. 본체 공략은 그 뒤다.

이리하여 나는 가능한 한 그녀의 시야 안에 머물기 위해 신경을 써왔다. 밤의 기야마치와 본토초에서, 여름의 시모가모 신사 헌책시장에서, 나아가서는 나날의 행동 범위에서.

도서관에서, 대학 생협에서, 자동판매기 앞에서, 요시다 신사에서, 데마치야나기 역에서, 햐쿠만벤 교차로에서, 은각사에서, 철학의 길에서 그녀와의 '우연한' 만남을 끊임없이 만들었다. 이제 그것은 우연이라고 할 횟수를 훨씬 넘어 '너희들은 운명의 빨간 실로 칭칭 묶였어!'라고 만인이 보증설 만한 횟수에 달했다. 내가 생각해도 참으로 의아하다. 내가 이렇게 모든 길모퉁이에서 우연히 나타날 수는 없지 않은가. 편리주의도 정도가 있지.

그러나 중대한 문제는 그녀가 이 부분에 대해서 전혀 신경을 쓰지 않는다는 점이다. 내가 지닌 보기 드문 매력은커녕 내 존재 그 자체에 말이다. 이렇게 늘 마주치는데도.

"뭐, 어쩌다 지나가던 길이었어"라는 대사를 목에서 피가 날 정도로 반복하는 내게, 그녀는 천진난만하게 웃으며 대답했다. "아, 선배, 또 만났네요!" 그게 다였다.

그녀와 만난 뒤로 벌써 반년이라는 세월이 그렇게 흘렀다.

나는 시계탑에 깊은 친애의 정을 표시한 후에 정문에서

나와 히가시이치조 거리를 건너 요시다미나미 지역으로 걸어갔다. 그 구역에 있는 흙먼지 날리는 운동장에도 임시가게가 줄지어 있었다. 북서쪽 구석에 설치된 무대에서는 아마추어로 보이는 밴드의 여자 보컬이 "뺄어버려라, 쓸모없는 변재천(말재주, 음악, 재복, 지혜를 주관하는 인도의 여신—옮긴이)"하고 노래했다. 그 무대 옆으로 이 대학의 축제를 관장하는 '대학축제 사무국' 텐트가 보였다.

텐트를 들추니 사무용 책상과 도구류가 꽉 차 있고 그 틈새로 사무국원들이 우왕좌왕하는 중이었다. 맨 안쪽에서는 완장을 찬 남자가 혼자 상체를 뒤로 젖히고 앉아 유유히 차를 마시며 부원들에게 지시를 내렸다. 그의 등 뒤로는 거대한 대학 구내지도가 걸려 있다. 마치 '대학축제는 내 손안에 있소이다' 하고 선언하는 모양새였다.

"높으신 양반이 됐군, 사무국장님."

내가 말을 걸자 남자가 이쪽을 돌아보고 "뭐야, 너구나" 했다.

그와 나는 같은 학부라서 1학년 때부터 서로 아는 사이다. 그는 대학축제 사무국장일 뿐 아니라 밴드부이기도 하고 취미로 라쿠고(일본 전통의 1인 소극—옮긴이)를 하며 여장에도 능숙한 솜씨를 보이는 아주 다재다능한 친구다. 특히 남자인 게 아까울 정도로 미모를 자랑하는 그의 여장은 유명하다. 장난삼아 얼굴을 내민 '여장 커피숍'에서 수많은 남자들을 허망한 연정에 빠지게 한 일로 악명이 높다. 그런 미모를 지녔으니 학원생활도 문란하여 불장난이 끊이지 않을 것이고, 근성도 썩을 대로 썩은 남자일 거라 생각하겠지만, 실은 제법 강경파다. 그 때문에 나와는 죽이 잘 맞았다. 1, 2학년 때 그는 대학축제가 다가오면 공부는 제쳐놓고 축제 사무국 일에 너무 열중한 나머지 세수도 면도도 안 해서 그 빼어난 미모를 망치곤 했다. 그런 활동을 인정받아 3학년이 된 지금 '막노동계의 총수'라고 자조하면서도 '대학축제 사무국장'의 직책을 손에 넣은 것이다.

그는 나를 사무국 텐트로 불러들여 차를 내놓았다.

"네가 학교 축제엘 다 오다니. 알아맞혀볼까? 그 작전 때문이지?"

그는 내가 평소에 대학축제 같은 소란스러움과는 담을 쌓고 사는 것을 너무도 잘 알고 있다. 내가 고개를 끄덕이자 그는 빙긋이 웃었다. "그래서 그 애와는 좀 진전이 있었어?"

"바깥 해자는 착실히 메우고 있지."

"해자만 계속 메울 거야? 언제까지 메울 작정이야? 사과 나무를 심고 오두막이라도 지어서 거기 살 작정이야?"

"돌다리를 두드리고 또 두드려서 깨버릴 정도의 신중성이 필요하다구."

"아니야. 넌 해자를 메운 땅에서 무사태평하게 사는 게 좋은 거야. 성으로 돌격했다가 쫓겨 오는 게 무서우니까."

"잔인하게 정곡을 찌르는군."

"난 잘 모르겠어. 시간 낭비 아냐? 적당히 친해져서 둘이 즐겁게 지내면 되잖아."

"나한테는 내 방식이 있어. 남의 참견 같은 건 필요 없어."

"어째서 머리가 그렇게밖에 안 돌아가는 건지…… 정말 넌 바보야. 그런 점이 좋긴 하지만."

난 화제를 바꾸기로 했다.

"그런데 뭐 재미있는 사건이라도 있었어?"

"그야 여러 가지 있었지. 지금은 좀 안정됐지만."

사무국장은 축제 기간 중에 일어난 일들을 이것저것 말해 주었다. 술을 마시고 화장실에서 농성을 하며 버티는 놈, 암약하는 종교 단체, 정체 모를 무허가 음식을 팔아 보건위생 문제를 일으키는 녀석. 입간판과 목재를 깡그리 훔치는 절도단. 동에 번쩍 서에 번쩍 나타나는 수수께끼의 달마오뚝이. 정말이지 바보들의 제전에 딱 들어맞는 사건들이 빈발한다는 것이다.

"축지법을 쓰는 고타츠(화로를 넣고 그 위에 이불 등을 씌운 난방 장치─옮긴이)도 내 속을 태워요."

"축지법 고타츠?! 고타츠가 축지법을 쓰다니, 도대체 어떻게?"

"고타츠에 둘러앉은 묘한 녀석들이 학교 구내 여기저기서 출몰하는 거야. 너무나 신출귀몰하기 때문에 축지법 고타츠라고 부른다니까."

사무국장은 등 뒤에 있는 대학 구내지도를 가리켰다. 점점이 붙여놓은 고타츠 모양의 스티커는 축지법 고타츠의 출몰 지점을 나타내는 것이었다. 과연 학내 전 지역에 걸쳐 있는 것을 보니 축지법 고타츠란 이름이 부끄럽지 않았다.

"단지 여기저기 돌아다니는 거라면 문제될 건 없잖아."

"그 녀석들은 사람을 고타츠로 불러들여서 냄비요리를 대접하는데, 무허가로 그런 걸 하게 놔뒀다가 식중독이라도 일으키면 어떻게 해?"

"그것 말고도 스티커가 많이 붙었네. 그건 뭐지?"

"이건 괴팍왕 사건이야."

사무국을 떨게 하는 2대 문제는 '축지법 고타츠'와 '괴팍왕' 사건이라고 사무국장이 말했다.

))) ● (((

〈괴팍왕〉.

그건 교내의 노상에서 돌발적으로 상연되는 무인가 연속 단편극을 이르는 말이었는데, 소위 게릴라 연극이었다.

대학축제 첫날에 막이 올랐을 때는 사람들 모두가 의미 불명의 노상 퍼포먼스라고 생각했다. 1회의 상연 시간은 오분도 채 걸리지 않았다. 그러나 그 단편 연극이 계속 이어지면서 소문이 소문을 불렀고 단편적인 정보가 서로 연결되면서 점차 전모를 드러냈다.

대학축제가 한창인 학내에서 운명적으로 만난 괴팍왕과 달마오뚝이공주. 그들은 첫눈에 사랑에 빠졌으나 갑자기 헤어지게 되었다. 괴팍스러움 탓에 오해를 사는 일이 잦았던 괴팍왕이 앙심을 품은 여러 서클들이 파놓은 함정에 빠져 행방불명이 되었던 것. 달마오뚝이공주는 사랑하는 괴팍왕과의 추억을 가슴에 안고 그를 함정에 빠뜨린 적들에게 '귓구멍을 마시멜로로 채운다'거나 '옷깃 속으로 푸딩을 흘려 넣는다'거나 하는 기괴한 복수를 해나간다.

게릴라 연극 〈괴팍왕〉은 달마오뚝이공주를 주인공으로 하고, 실제 존재하는 학내 서클의 이름을 극중으로 끌어들인, 허구와 사실이 얼크러진 내용으로 진행된다. 극중의 사건을 현실로 착각한 서클들 사이에 싸움이 일어나기도 하고, 좁은 복도에서 구경하던 관중이 도미노처럼 쓰러지기도 하는 등 수많은 사건을 몰고 다녔다. 언제부턴가 그 연극의 주모자 역시 '괴팍왕'이란 이름으로 불리게 되었다.

"주모자는 어딘가에 숨어서 현재 진행형으로 각본을 쓰고 있다나 봐. 그날 오전에 일어난 사건이 오후 연극의 각본으로 사용된 걸 보면 정말 그런가 봐."

"대단한 녀석이군."

"대학축제 테러리스트라는 것이 사무국의 견해야."

"그래서 이야기는 어디까지 진행됐는데?"

"오늘 오전에 괴팍왕이 실제 어딘가에 숨어 있다는 사실이 확인됐어. 괴팍왕과 달마오뚝이공주가 재회할 수 있을 것인가. 식권을 걸고 내기를 하는 사람들까지 있어. 8 대

2로 해피엔드가 우세야."

"괴팍왕이라니까 무척 괴팍한 사람일 텐데. 해피엔드가
가능할까."

"어쨌든 기발하잖아? 나야 사무국이라 그들을 쫓고는 있
지만, 정말은 하고 싶은 대로 놔두고 싶어."

사무국장은 요염하달 수도 있는 미소를 지었다. "하지만
난 그렇게 만만한 상대가 아니거든."

그때 사무국원 하나가 숨을 헐떡이며 뛰어 들어와, "운동
장에서 〈괴팍왕〉을 상연하고 있어요!"라고 외쳤다. 본부는
갑작스레 소란스러워졌다. 국장이 마시던 차를 몽땅 쏟아버
리더니 과장되게 얼굴을 찌푸렸다. 상황을 즐기는 게 분명
했다. "사무국을 우습게 알고!"

그들은 시끌벅적 밖으로 뛰어나갔다.

어쩐지 신이 난 것 같네, 하며 내가 뒤따라 나가보니 운동
장 가운데서 우왕좌왕 도망치는 극단원들과 뒤를 쫓는 사무
국원들의 목가적인 대추격전이 전개되고 있었다. 진빨강 완
장을 낀 〈괴팍왕〉의 무리는 자신들이 〈괴팍왕〉 상연자임을
소리 높여 외쳤다.

임시가게에서 '사나이 단팥죽'이라는 단팥죽을 사서 홀짝

거리며 남의 집 불구경하듯 구경하고 있자니 도망치던 여학생이 내 쪽으로 뛰어와 쾅 부딪혔다. 뜨거운 단팥죽이 튀어 올랐고 그녀는 "아뜨뜨뜨" 하고 격투기 기합 같은 비명을 질렀다. 득달같이 사무국원들이 뛰어왔다. 잡힌 건 그녀 하나였다.

흙먼지 날리는 운동장 중앙에 긴 머리를 흐트러뜨린 여배우가 꿇어앉혀졌다. 그 곁에는 사과만 한 크기의 달마오뚝이가 뒹굴었다. 사무국장은 그 달마오뚝이를 발로 짓밟으며 가슴을 쫙 펴고 오만한 눈빛으로 그녀를 노려보았다. 국장의 말로는 그녀가 바로 〈괴팍왕〉의 주역, 달마오뚝이공주라고 했다.

"뭐야, 주역이 잡혀버렸으니 이제 끝이군."

"세 번이나 주역을 잡았는데 그때마다 대역이 나섰어. 도마뱀 꼬리 같다니까."

여학생은 "대신할 사람은 얼마든지 있어요" 하고 잘난 척했다. "괴팍왕이 각본을 쓰는 한 극은 계속될 거예요. 그가 있는 장소는 절대 말 안 해요."

"이런 젠장. 고문을 할 수도 없고."

그때 나는 화를 내는 사무국장의 말을 이미 귓전으로 흘리고 있었다.

왜냐하면 지금 막 운동장 밖으로 나가려는 한 사람의 그림자에 마음을 빼앗겼기 때문이다. 그 순간 바보들의 제전을 가득 채웠던 소란스런 소리들이 귓속에서 썰물처럼 빠져나갔고 온 세상이 오로지 내 시야를 가로지르는 그 사람 그림자 하나로 모아졌다. 맥박이 뛰었다. 그 날씬한 작은 몸, 반짝반짝 윤이 나는 짧게 자른 가지런한 검은 머리, 고양이같이 변화무쌍한 걸음걸이……. 그녀의 뒷모습에 관한 한 세계적 권위자라 할 수 있는 내가 잘못 봤을 리 있을까. 그럴 리 없었다. 이리저리 몸을 흔들며 운동장 밖으로 나가려는 그 인물이야말로 얕은 것 같으면서도 깊은 바깥 해자를 메우고 또 메워왔던 지난 반년, 내가 충혈된 눈으로 그 뒷모습을 좇아왔던 바로 그녀였다.

희한하게도 그녀는 등에 커다란 잉어 인형을 업고 있었다. 그녀는 자신의 등에 쏟아지는 호기심에 찬 시선을 아랑곳하지 않은 채 종합관 쪽으로 의연하게 걸어갔다.

"그럼 다음에 또 봐. 일 열심히 해."

나는 손을 들어 사무국장에게 인사말을 던지고 허둥지둥 그녀의 뒤를 좇았다.

"도대체 왜 저런 걸 등에 업고 다니지?"

))) ● (((

그 질문에 대답하겠습니다.

내가 등에 업고 있었던 건, 맞아요, 바로 천으로 만든 비단잉어 인형이었습니다. 운동장에 있는 공기총 오락장 '너의 하트를 노려라!'에서 멋지게 정중앙을 맞춰 받은 상품이에요.

나는 옛날부터 운이 좋은 아이였어요. 나 같은 말괄량이가 해골이 깨지는 일도 없이 무사히 살아남은 것은 분명 남보다 두 배는 더 많은 운 덕분이었겠지요. 어린 시절에는 될대로 되라 하는 심정으로 세발자전거에 올라타 어린아이가 넘어서는 안 되는 속도로 언덕 아래를 향해 질주하여 어머니를 졸도시킨 일도 있습니다. 그런 어리석은 나를 구해주는 이런저런 행운들을 언니는 '신의 편리주의'라고 불렀습니다.

신의 편리주의 만세! 나무나무!

생애 첫 대학축제에 발을 내디딘 순간 이렇게 큰 비단잉어를 손에 넣다니, 이건 벌써 앞날이 확 트였다는 증거입니다. 또 어떤 신나는 일들이 나를 기다리고 있을까! 내 흥분이 하늘 높은 줄 모르고 치솟은 것도 당연했지요. 공기총 오락장 사람들은 "작은 것으로 바꾸실래요?" 하고 제안했지만, 나는 정중히 거절했습니다. 어쨌든 잉어는 운이 좋은 물고기인데 이렇게 다른 것보다 월등히 크니, 그 운도 분명 엄청나게 좋을 테니까요. 그래요. 여기서 만난 것도 인연인데, 내 키에 맞지 않는다고 물리칠 까닭이 없지요.

"그럼, 끈 하나만 주시겠어요? 업고 가게요."

등에 업자 비단잉어의 기세에 살짝 밀릴 뻔했지만, 나는 숨을 크게 들이마신 다음 가슴을 펴고 배를 복어처럼 불룩 부풀려서 한 둘레는 더 크게 만든 뒤에 위풍당당 걸어갔습니다.

운동장을 벗어나서 종합관으로 들어가자 평소 면학에 여념이 없던 강의실이 완전히 달라진 모습으로 나를 맞았습니다. 재능 있는 청춘들이 이루어놓은 땀과 눈물의 결정체, 온갖 지혜와 멋이 녹아든 공작물들이 화려한 두루마리그림같이 차례차례 눈앞에 나타났습니다. 그곳은 진정한 청춘극장이었습니다. 대학에서의 첫 축제이니만큼 나는 퐁당 빠져들었습니다.

그러다가 에틸알코올 연구회를 발견했습니다. 술을 사랑하는 나는 등에 업은 비단잉어와 함께 부르르 온몸을 떨었습니다. 학교 건물에서 대낮부터 술을 마시다니…… 그 배덕의 기쁨 때문에 술이 더욱 맛있겠지요. 들어가보자. 그러자! 하며 들어가 보니 직접 만든 작은 바에 각종 브랜드의 술을 갖춰놓은 정말로 멋지고 매혹적인 술의 세계가 펼쳐졌습니다.

어디서 본 듯한 여성이 의자에 앉아 남학생들과 이야기를 나누며 술을 마시고 있었습니다. 하누키 씨였습니다. 내가 요전 밤에 기야마치에서 알게 된 여성이지요. "하누키 씨, 안녕하세요. 어떻게 여기서 보게 되네요!"

"어머나! 오래간만이네. 자자, 어서 마셔."

그녀는 나를 유심히 살폈습니다. "그런데 그 등에 업은 비단잉어는 뭐야?"

"운 좋게 공기총 오락장에서 맞췄어요."

"그럼, 자아. 그 커다란 비단잉어와 아가씨의 행운에 건배!"

나는 럼주 칵테일을 마셨습니다.

"하누키 씨는 대학생이 아닌데 어떻게 여기까지 진출하셨나요?"

"히구치 군이 구경하러 오라고 해서."

"히구치 씨도 오셨어요? 그것 참 잘됐네요."

"만나볼 테야? 저기 계단 층계참에 있어."

히구치 씨라면 늘 낡아빠진 유카타를 걸치고 다니는, '직업은 텐구'라고 자칭하는 사람이지요. 대학에 입학해서 내가 만난 사람들을 정체를 알 수 없는 순서대로 북에서 남으로 줄을 세운다면 히구치 씨는 그 요상한 행렬의 최북단에 설 거예요. 이렇게 대학축제에 얼굴을 내민 걸 보면 텐구란 건 세상을 속이기 위한 가짜 모습이고 실제 정체는 대학생인가요? '히구치 씨 당신의 정체는 도대체 뭐예요……' 하고 생각하며 하누키 씨가 이끄는 대로 걸어갔습니다. 그녀는 강의실 앞 복도를 지나 계단을 내려갔습니다.

벽에 유인물이 가득 붙은 계단의 층계참에 고타츠가 놓여 있는데 거기서 히구치 씨가 처음 보는 남자와 둘이서 냄비요리를 먹는 참이었습니다. 청춘이 빚어내는 땀과 눈물이 흩날리는 감동의 대제전 한가운데서 느긋하게 냄비요리를 먹다니. 주변에 아랑곳 않고 내 길을 간다, 그 배포가 나를 감동시켰습니다.

"어! 이게 누구야" 하고 히구치 씨가 싱긋 웃었습니다.

"그러게요. 또 만났네요."

"자, 이 두유 냄비요리, 같이 먹자고."

나는 하누키 씨와 함께 고타츠에 다리를 들이밀고 앉아 "슬슬 고타츠가 그리울 때예요" 하고 말했습니다. "정말 훈훈해요."

"그렇지. 이건 축지법 고타츠란 거야."

"고타츠가 축지법을 하다니, 무슨 소리죠?"

"여기저기로 이동하기 때문이야. 하여튼 사무국이 시끄러우니, 원…… 아, 그래, 소개가 늦었군. 미안. 이쪽은 빤스총반장."

히구치 씨는 곁에 앉은 남성을 가리키며 말했습니다. 그 '빤스총반장'은 히구치 씨를 흉내 낸 건지 역시 낡은 유카타를 입었습니다. 불굴의 투지를 미간에 꾹 봉한 듯 뼈대 있는 얼굴에 체격도 좋고 등도 쭉 뻗은 것이 당당했습니다. 옛날이었다면 한 나라의 성주가 됐겠다 싶었습니다. 그는 나를 보자 큰 눈을 뒹굴뒹굴 굴리더니 목례를 했습니다.

"그는 일 년 전에 어떤 사정이 있어서 소원 성취를 결심하고 요시다 신사에 가서 소원이 이루어질 때까지 빤스를 갈아입지 않겠다고 맹세했어. 굳은 결심으로 달려들면 귀신도 내빼고 어리석은 사람의 일편단심이면 바위도 뚫는다는 말이 있어. 그는 결국 모든 클럽과 서클의 빤스반장들을 제치고 역대의 기록을 모두 갈아치우며 영광스러운 빤스총반장이 된 거야."

"빤스총반장이라니…… 그건 오히려 불명예 아냐?"

하누키 씨가 말하자 히구치 씨는 고개를 흔들었습니다. "이 로망이 이해가 안 돼?"

"그런 불결한 로망을 이해하라니 말이 돼?"

"그럼 팬티를 쭉 갈아입지 않으셨다는……?"

내가 머뭇머뭇 묻자 빤스총반장은 무겁게 고개를 끄덕였습니다. 아아, 신이여, 그토록 오래 속옷을 갈아입지 않은 무모한 그를 보호하소서. 온갖 하반신의 병으로부터!

그는 내가 고타츠에서 다리를 빼는 걸 알아차리고 "거, 안심하십시오" 하고 손을 들었습니다. "나는 고타츠 밖에 앉아 있어요."

살펴보니 그는 분명 고타츠 이불 밖에 정좌를 하고 있었습니다. 고개를 들고 도도하게 나의 길을 돌진하면서도 결코 주위에 대한 배려는 잊지 않는 신사적인 분이구나 하고 나는 감탄했습니다.

"뭐, 빤스총반장으로서 지녀야 할 기본적인 몸가짐이지요."

"사람이 그렇게 오래 팬티를 갈아입지 않고도 살 수 있는 거예요?"

"재까닥 병에 걸렸지요."

총반장은 붙임성 있는 미소를 지었습니다. "하지만 잘 살아가고 있어요."

))) ● (((

두유 냄비요리도 맛있었고, 히구치 씨와 하누키 씨와 빤스총반장과 함께 있는 것도 즐거웠지만, 나에게는 얼마 남지 않은 오후 시간 동안 대학축제를 구석구석 돌아볼 임무가 있었습니다. 눈물을 삼키며 안락한 축지법 고타츠에서 일어섰습니다. 히구치 씨는 "우리는 신출귀몰이야. 운이 좋으면 또 만나겠지" 하고 손을 흔들었습니다. "그런데 그 비단잉어 참 부럽군. 좋은 걸 손에 넣었어!"

축지법 고타츠를 뒤로하고 나는 다시 이 강의실 저 강의

실로 돌아다니며 구경을 했습니다.

기억에 남는 것을 든다면 우선 영화 서클 '미소기'의 자주
제작 영화를 빼놓을 수 없겠지요. 그 영화는 〈코털 남자〉인
데, 한 남자가 하루에 코털이 1미터나 자라면서 일과 애인을
잃고 몰락해가는 모습을 다큐멘터리 터치로 담은 걸작입니
다. 내 코털이 저렇게 되면 얼마나 무서울까 하고 손에 땀을
쥐며 보았습니다. 끝에 가서는 너무나 슬퍼 눈에서 손수건
을 못 뗄 정도였습니다. 만든 사람은 천재였어요. 하지만 휘
장을 둘러친 어두운 강의실에서 우는 건 나 한 사람이었습
니다. 왜 모두들 웃는 걸까요. 코털이 1미터나 자라는데 어
떻게 웃음이 나오지요?

영어연구회에서는 '처녀산'이라는 희한한 이야기를 듣고
땅을 구르며 웃었습니다. 그리고 귀신의 집에서는 너무나
무서운 나머지 매달아놓은 우뭇가사리에 '친구펀치'를 날렸
습니다. 미술부에서는 닮은 얼굴을 그려준다고 해서 비단잉
어도 함께 그려달라고 했습니다. 게이후쿠전철연구회라는
서클에서는 옛날에 교토와 후쿠이 사이의 환상의 철도 위를
오갔다는 3층짜리 전차 모형을 보고 너무나도 괴상한 그 모
양에 감탄했습니다.

유일하게 마음에 걸리는 일은 '만국대비보관萬國大秘寶館 규방조사단 청년부' 방에 입장할 수 없었던 것입니다. 나는 '대비보관'이라는 매혹적인 표현에 호기심이 불타올랐으나 "여기는 너 같은 사람이 들어올 곳이 아니야" 하고 문전박대를 당했습니다. 내 어디가 안 된다는 걸까요. 분하게도 안에는 남자 분들만 모여서 '우후후' 웃으며 자기들끼리 뭔가 재미있고 괴상망측한 짓을 하고 있을 것 같았습니다. 뭉실뭉실 솜사탕처럼 부풀어 오르는 호기심을 억누르지 못하고 몇 번쯤 진입을 시도해보았습니다만 참으로 안타깝게도 그때마다 밀려났습니다.

그런 좌절도 있었지만 나는 그럭저럭 온갖 것을 구경하며 즐겁게 지냈습니다. 그러다가 드디어 나는 지금도 잊지 못하는 '코끼리 엉덩이'를 만났습니다.

))) ● (((

독자 제현. 오래간만이다.

자, 상상해보길 바란다.

예를 들어 여기에 '코털이 하루에 1미터씩 자라나는 남자'

에 대한, 누가 무엇을 목적으로 만들었는지 전혀 알 길 없는 영화를 보고도 눈물을 흘리는 마음씨 고운 아가씨가 있다고 하자. 그녀는 귀신의 집에 매달린 우뭇가사리에 '친구펀치'로 맞서는 투지를 지녔고, '예전에 교토와 후쿠이는 한 줄로 된 철길로 이어졌었다'는 터무니없는 허풍도 곧이곧대로 경청할 정도로 순진했으며, 더구나 '만국대비보관' 따위의 수상쩍은 전시관을 어떻게든 들어가보려 애쓸 정도로 호기심 덩어리였다고 하자. 게다가 그 아가씨는 청초한 분위기하고는 영 안 어울리는 거대한 비단잉어를 등에 업었다.

그녀는 사람들에게 어떠한 인상을 남길까.

말할 것도 없이 엄청나게 눈에 띌 것이다. 그녀를 만난 사람은 누구나 그녀를 잊지 못할 것이다. 실제로 그랬다.

그중에서도 남자 놈들이란 다 바보라서 대부분이 그녀의 호기심과 상냥함을 자신에 대한 호의로 착각했다. 내가 그녀에 대해서 묻자, 그들은 하나같이 사랑의 시작을 떠올리게 하는 꿈꾸는 눈빛으로 중얼거렸다. "비단잉어를 등에 업은 애 말이야? 봤지. 참 좋은 애야, 정말 좋은 애구말구!"

나는 떼구름처럼 생겨나는 즉석 연적들 때문에 점점 더 초조해져서 그들의 어깨를 잡고 흔들며 '그녀는 너희 따위는 안중에도 없어!'라고 선언하고 싶었으나, 상대에게 내뱉는 독설의 화살은 더 큰 기세로 내 쪽으로 튕겨 돌아오리란 것을 알기에 "젠장, 나 역시 아직 그녀의 안중에 없어!" 하고 나 홀로 신음하는 것으로 만족해야 했다.

징검돌처럼 점점이 이어지는 그녀의 흔적을 더듬어 바보들의 제전 깊숙한 곳까지 걸어 나아갔지만 풍문만 들리고 모습은 보이지 않았다.

그녀를 만나지 못한 채, 나는 '코끼리 엉덩이'라는 묘한 전시물을 만났다. 나는 그만 "뭐 이런 시시껄렁한 게 다 있나" 하고 실례되는 말을 흘리는 바람에 접수대에 앉은 여성을 열받게 했다. 그녀는 전시물인 코끼리 엉덩이에서 냄새나는 가스를 분출시켰다. 엉덩이에 가스분출기라, 멋진 아이디어이긴 했지만, 어이쿠, 지독한 냄새야. 나는 기다시피 도망쳐 나왔다. 왜 이리 되는 일이 없냐. 나는 화풀이로 복도를 닥치는 대로 밟고 차고 하면서 걸어갔다.

))) ● (((

화장실에서 나오는데 손짓발짓 요란하게 복도를 걸어가

는 이상한 사람이 보였습니다. 그 뒷모습은 거리에서 자주 만나는 선배였습니다. 평소에는 온화한 선배인데 바닥을 밟거니 차거니 하며 뭐에 단단히 화가 났는지 머리를 쥐어뜯으며 계단을 내려가는 것이었습니다.

선배가 걸어온 복도 끝을 보니 '코끼리 엉덩이'라고 쓰인 커다란 간판이 내걸렸습니다. 이건 또 얼마나 매혹적이고 귀여운 이름인지. 나는 호기심에 이끌려 안으로 들어갔습니다.

접수대로 쓰이는 책상 앞에는 어딘지 모르게 우수에 잠긴 듯한 아름다운 여성이 오도카니 앉아 있었습니다. 접수대 뒤로는 검은 막이 늘어뜨려져 안에 무엇이 있는지 전혀 알 수가 없었습니다. 그녀는 부지런히 손을 움직여 여러 개의 달마오뚝이를 끈으로 꿰는 중이었습니다. 내가 말을 걸자 "네?" 하고 얼굴을 들었습니다.

"이건 어떤 작품이죠?"

"코끼리 엉덩이를 쓰다듬는 작품이에요."

"설마 진짜는 아니겠죠?"

그녀는 강의 둔덕을 쓰다듬는 봄바람같이 부드럽게 웃었습니다. "진짜는 아니에요. 하지만 진짜의 감촉을 최대한 재현했어요."

"그럼 쓰다듬어볼게요."

휘장으로 창을 가린 강의실로 들어가자 전등 불빛 아래 터무니없이 큰 둥근 물체가 벽면에서 불거져 나와 있었습니다. 마치 옆 강의실에 있는 코끼리가 벽에 엉덩이가 끼어 꼼짝달싹 못 하게 된 것 같은 모양이었습니다. 비록 조형물이긴 하지만 그걸 토닥토닥 쓰다듬을 생각을 하니 재미와 수줍음이 반반. 나는 멋쩍어하며 손을 댔다가 까칠까칠 따끔따끔한 그 감촉에 손이 찔린 줄 알고 깜짝 놀랐습니다. 나도 모르게 "아야!" 하고 소리를 지르자, 접수대의 여성이 검은 막 너머에서 "괜찮아요?" 했습니다.

"아, 예, 괜찮아요. 죄송합니다."

나는 코끼리 엉덩이란 게 이다지도 까칠한 거였구나 하고 생각했습니다. 겉보기에는 유머러스한데, 실상은 어설픈 예상을 깨며 어금니를 드러내고 달려들어 무는 흉포한 엉덩이였습니다. 나는 코끼리의 엉덩이를 여러 번 쓰다듬어 내 손바닥에 현실의 혹독함을 각인시켰습니다.

접수대의 여성이 검은 막을 들치고 들여다보며 "정말 열심이군요" 했습니다. "이렇게 열심히 만진 건 당신이 처음이에요."

"멋진 아이디어예요. 덕분에 현실의 혹독함을 알았어요."

"그래요. 실제로는 이렇게 따끔따끔하답니다. 텔레비전에서 보는 거로는 알 수가 없지요."

"이건 당신이 만든 건가요?"

"그래요. 시간이 좀 걸렸죠."

"이렇게나 대작이니까요."

나는 그녀와 둘이서 코끼리 엉덩이를 올려다보았습니다.

"하지만요, 아무리 따끔거려도 코끼리 엉덩이란 게 어쩐지 좋지 않아요?" 하고 그녀가 말했습니다.

"동감이에요. 둥글고 무척 크고 말이죠. 둥글고 큰 건 좋아요."

"지구도 둥글고 크잖아요."

그러고는 함께 웃었습니다.

그건 그렇다 해도, 정말 리얼하게 재현된 코끼리 엉덩이를 쓰다듬게 하여 현실의 혹독함을 알려주다니, 이 얼마나 참신하고 심원한 아이디어일까요. '코끼리의 엉덩이'를 뒤로하고 복도를 걸으며 '이렇게 재미있는 걸 생각하는 사람들이 어쩜 이렇게도 많을까' 하고 감복했습니다. 그에 비하면 나는 참 재미가 없는 사람이에요. 앞으로는 심오한 경험을 쌓고 견문도 넓혀서 멀지 않은 장래에는 진짜 코끼리 엉덩이도 만져보고 등에 멘 비단잉어만큼 큰 그릇을 지닌 어른 여자가 되자! 내친김에, 커라 키야! 하고 나는 생각했습니다.

얼마 안 있어 조금 전까지 축지법 고타츠가 있던 계단 층계참에 다다랐는데, 그 자리에는 이미 아무 흔적도 없었습니다. 축지법이란 이름에 부끄럽지 않게 감쪽같이 사라졌습니다. 층계참에는 사과 크기만 한 달마오뚝이가 오도카니 놓여 있었습니다. 나는 그 달마오뚝이와 눈싸움을 하며 '달마오뚝이도 꽤 둥글구나' 하고 생각했습니다.

"귀여운 것아. 네 이름은 달마오뚝이구나" 하며 나는 달마오뚝이를 토닥거렸습니다.

그때 바로 옆에서 땡땡땡 높은 톤의 종소리가 들렸습니다. 뒤이어서 "여 모여라" "헤이호" 하는 이상한 소리가 들리더니 몇몇 학생이 바삐 모여들었습니다. 그들은 진빨강의 완장을 꺼내더니 군더더기 없는 동작으로 재빨리 팔에 둘렀습니다.

"오후 2시, 〈괴짜왕〉 개막!"

꽹과리를 두드리던 여학생의 큰 목소리가 계단에서 복도

로 울려 퍼졌습니다.

"47막!"

나는 그 기세에 눌려 계단 아래 복도까지 물러나 손을 비볐습니다. 무슨 일이 벌어질까 하는 기대감에 가슴이 두근거렸습니다. 복도에서 갑작스레 연극을 하다니, 이 또한 참신한 아이디어 아닙니까. 개막을 알리는 소리에 구경하러 몰려든 학생들이 졸지에 검은 산처럼 큰 무리를 이루었습니다. 그들을 헤치고 내 옆에 얼굴을 내민 것은 자주제작 영화 서클 '미소기'의 사람들이었습니다. 카메라맨은 나와 눈이 마주치자 "여어, 너구나. 아까 우리 영화를 보러 와줘서 고마워" 했습니다.

"이 연극을 촬영하는 건가요?"

"우리는 〈괴팍왕〉 특별 추적반이야."

꽹과리를 두드리던 여학생이 허리의 릴에서 끈을 당겨 층계참에 무대를 나타내는 선을 그었습니다. 그러는 동안 다른 단원들은 신축이 자유로운 막대기를 잽싸게 조립하더니, 거기에 검은 천을 펼쳐 배경을 만들었습니다. 일 분의 낭비도 없었습니다. 순식간에 계단 층계참에 연극 무대가 만들어졌습니다. 그러나 막이 오르려는 찰나에 그들의 움직임이 멈췄습니다. 그들은 서로 이마를 마주 대고 말했습니다. "프린세스가 아직 안 왔어." "역시 거기서 잡힌 모양이야."

남성 단원이 "너, 하지 않을래?" 하고 속삭이자 허리에 릴을 감은 여학생은 "나는 소도구 외길인생이야" 했습니다. 문득 그녀는 계단 층계참에서 내가 있는 쪽을 내려다보았습니다. 나의 비단잉어가 눈에 띈 모양입니다. 그녀가 잡아먹을 것 같은 표정으로 계단을 뛰어 내려오는 바람에 나는 등에 업은 비단잉어를 지키기 위해 수비 자세를 취했습니다.

"당신, 대역 잠깐 하지 않을래요?"

나는 이래 봬도 옛날에 거실이나 공원 한쪽 구석에서 홀로 리사이틀을 연 적도 있으니 생짜 아마추어는 아니지만, 이런 프로페셔널한 분들의 요구에 응할 자신은 없었습니다. 내가 말을 못 하고 우물거리자 그녀는 "빨리! 이걸 읽어요!" 하며 한 장짜리 대본을 내밀었습니다.

나는 크게 숨을 들이쉬어 몸을 불룩하게 만들었습니다.

'코끼리의 엉덩이'에서 현실의 가혹한 촉감을 알게 되었고, 앞으로 여러 가지 경험을 쌓아 먼 미래에는 큰 그릇이 돼야겠다고 결의한 게 바로 조금 전입니다. 여기서 뒷걸음질 쳐 도망가면 완전한 언행불일치 아가씨가 되어 후대에까지 웃음거리가 될 것입니다. 무엇보다 첫 대학축제에서 지나는 길에 우연히 대역을 맡게 된 것도 그 어떤 인연 때문일지 모른다는 생각이 들었습니다.

나는 고개를 끄덕하고 대본을 받아 들고는 계단 층계참으로 올라가면서 훑어보았습니다. 소도구를 담당하는 여학생은 내 어깨에 연극 의상으로 망토를 걸쳐주었습니다. "괜찮아요? 대본은 보면서 해도 상관없어요."

"아니요. 벌써 다 외웠어요."

〈괴팍왕〉 47막

무대 종합관 계단 층계참

자주제작 영화에 관한 협의를 마친 영화 서클 '미소기'의 대표 아이지마가 촬영기재를 가지고 층계를 내려온다. 그 앞을 막아서는 달마오뚝이공주.

달마오뚝이공주 영화 서클 '미소기'의 대표, 아이지마인가?

아이지마 어둠 속에서 불쑥 나를 부르다니 무례하기가 이를 데 없군. 우선은 그쪽 이름을 말하라.

달마오뚝이공주 하늘이 부른다. 땅이 부른다. 사람이 부른다. 하늘을 대신하여 벌을 내리라고 나를 부른다. 알고 싶다면 말해주지. 내 이름은 달마오뚝이공주. 혹시 이 이름을 모르더라도 괴팍왕이란 이름은 생각나겠지.

아이지마 글쎄, 전혀 짚이는 데가 없군.

달마오뚝이공주 그럼 생각나게 해주겠다! (달려들어 아이지마를 끈으로 묶는다.)

아이지마 이 무슨 횡포냐. 경찰을 부르겠다.

달마오뚝이공주 잘 듣거라. 괴팍왕은 규방조사단 청년부가 내민 포르노 책을 읽다가 그 현장을 누군가에게 찍혀 만천하에 상영되는 굴욕을 당했다. 자긍심 높은 괴팍왕은 직접 그 찍사와 담판을 지으러 간 뒤로 소식이 끊겼다. 규방조사단이 이 모든 것을 자백했다. 그 비열하기 이를 데 없는 찍사는 영화 서클 '미소기'의 대표 아이지마라고.

아이지마 모르는 건 모른다.

달마오뚝이공주 좋다. 그렇다면, 어떻게 해줄까. 마침 여기 있는 수많은 청완두를 네 콧구멍에 채워 넣는 장면을 찍어 '괴상망측한 얼굴'이라는 제목으로 영화제에서 상영할까.

아이지마 오오, 부디 그것만은 하지 말아줘! 잘생긴 내 얼굴이!

달마오뚝이공주 그렇다면 모든 것을 말하는 게 좋을걸. 내가 연모하는 사람, 괴팍왕은 지금 어디에?

아이지마 모두 다 이야기하겠습니다. 괴팍왕은 영화에도 일가견이 있는 분, 대학축제의 영화 상영회에서 내 영화를 비웃으며 "영화의 수치, 일본의 수치"라고 평했습니다. 체면을 구긴 내가 그에게 원한을 품은 건 당연한 일 아니겠습니까. 나는 복수를 위해 규방조사단 청년부와 내통하여 괴팍왕이 외설스러운 책을 정신없이 읽는 파렴치한 영상을 몰래 카메라로 찍었습니다. 내 의도는 멋지게 성공하였고 박진감 넘치는 영상 덕에 상영회는 대성황을 이루었습니다. 괴팍왕이 핏대를 세우고 달려 들어왔을 때의 통쾌함이라니. 그러나 그로부터 어떤 일이 일어났는지 나는 전혀 모르는 일, 내 곁에 있다가 달려 들어온 괴팍왕을 붙잡아 데리고 간 것은……. (말을 더듬는다.)

달마오뚝이공주 흑막에 가린 그의 이름을 대라.

아이지마 숨김없이 모든 걸 말하겠습니다. 궤변론부 사람들입니다. 그들이야말로 축생에도 못 미치는 썩어빠진 대학생, 창자가 썩어문드러진 자기중심적인 놈들, 뺀질뺀질 궤변을 늘어놓는 간사하기 이를 데 없는 미꾸라지들. 나나 규방조사단 청년부나 어차피 그놈들의 심부름꾼 노릇을 한 것에 지나지 않습니다. 놈들은 예전에 괴팍왕과 궤변 시합을 하여 진 데 앙심을 품고 복수하기 위해 괴팍왕을 어디론가 데리고 간 것입니다.

달마오뚝이공주 그랬었구나!

아이지마 그럼 부디 자비를.

달마오뚝이공주 아니, 용서할 수 없다. 괴팍왕이 맛본 굴욕을 너 또한 맛보아야 한다. 아름다운 초록색 완두로 부풀린 코를 만천하에 드러내는 창피를 당해봐라.

아이지마 으악, 코만큼은 부디 봐줘요! 잘생긴 내 얼굴이, 인기 있는 이 몸매가.

달마오뚝이공주 (아이지마의 코에 청완두를 채워 넣으며) 궤변론부, 혐오스런 그 이름, 내 가슴에 똑똑히 새겼도다!

나의 마지막 대사와 함께 검은 막이 내려왔습니다. 곧장 일어나는 박수갈채에 오래간만에 가슴이 고동쳤습니다. 고맙게도, 아이지마 역을 연기한 극단원이 코에서 청완두를 튕겨내며 "명연기였어"라고 칭찬해주었습니다. "그 대사를 그 짧은 순간에 잘도 외웠네."

"괜찮으면 다음번에도 같이 하자. 48막은 아마도 북문 앞에서 하게 될 거야."

단원들은 재빨리 무대를 분해하고 완장을 벗었습니다. 소도구를 담당하는 여학생이 "해산!" 하고 외치자, 그들은 제각각 다른 방향으로 뛰어갔습니다. 마치 꿈에서 깨어난 것처럼 거기에는 그저 원래 상태로 돌아온 계단 층계참이 있었습니다. 관객들도 삼삼오오 흩어졌습니다. 영화 서클 '미소기' 사람들은 촬영기재를 챙기면서 "우리 서클이 등장하다니" 했습니다. "아이지마 녀석. 엄청 열받을 거야."

그때 달마오뚝이가 누군가의 발에 차여 데굴데굴 굴러가는 것이 보였습니다. 귀여운 것아, 네 이름은 달마오뚝이로구나. 나는 그 달마오뚝이를 쫓아갔는데 신기하게도 멈추지 않고 계속 굴러갔습니다.

"잘 구르는 것아, 네 이름은 달마오뚝이로구나!"

))) ● (((

"형님, 좋은 게 다 모였어요. 흥분은 필연지사."

인기척 없는 어슴푸레한 복도에서 건강 나빠 보이는 학생이 곁으로 다가오며 말을 걸었다. "우리가 자랑하는 컬렉션이에요. 남성들만의 핑크빛 세계."

그렇게 따라 들어간 곳이 규방조사단 청년부라는 서클이 학교 건물 구석의 한 강의실에 남몰래 만들어놓은 '만국 대大 비보관秘寶館'이었다. 창을 검은 막으로 가려 실내를 어두컴컴하게 해놓고 외설스런 핑크빛 전구를 켜놓았다. 남녀의 다양한 성적 행위에 관한 고금동서의 자료가 망라되어 있는 그곳은 남자들의 퀴퀴한 향으로 충만했다. 강의실 구석에는 규방조사단 단장이 한여름 내내 불꽃을 쏘아 올리는 아르바이트를 하여 구입했다는 러브 돌love dole이 의자에 오도카니 앉아 있었다. 세상의 바보들아 여기를 주목하라! 그렇게 말할 만했다. 신성한 강의실을 점유하여 외설스러운 전시회를 개최하다니, 같은 학생으로서 참으로 개탄스러운 일이었다. 부끄러운 줄 알아라.

내가 개탄 속에서도 전시품을 자세히 점검하며 호연지기

를 배양하고 있는데, 갑자기 입구 쪽이 소란스러워졌다. 사무국 완장을 찬 사람들이 제지하는 단원들을 밀치고 들어왔다. 그중에는 사무국장도 있었다. 그는 나를 보자 "어이구 어이구" 하고 쓴웃음을 지었다. "너도 변태로구나!"

사무국장은 까칠한 표정으로 핑크빛 강의실을 둘러보았다. 그러더니 바로 옆의 자료를 집어 들고 팔랑팔랑 넘기며 "이러면 안 되지. 지나치게 외설스러워" 하고 신음했다.

"외설조사단 여러분, 살살 좀 하세요."

"외설조사단이 아니야! 규방조사단이야."

"어느 쪽이든 상관없어. 어쨌든 이건 모두 치워줘야겠어."

규방조사단 청년부 단원들은 한동안 얼굴을 마주하고 의논을 하더니 잠시 후 사진집 몇 권을 봉투에 넣어 사무국장에게 내밀면서 애교스럽게 웃었다. "이거, 최근에 발굴된 자료인데 괜찮으시면 가져가시죠. 요다음 대학축제 운영을 위해서라도 이런 자료가 필요하지 않겠어요?"

사무국장은 침통한 얼굴로 그것을 받아 들고는 조용히 폈쳤다. 그는 꼼꼼하게 그 '최신 자료'를 훑어본 다음, 다른 전시품을 가리키며 "저것도 참고가 될 것 같군" 했다. 단원들은 허둥지둥 그가 가리킨 물건을 건네주었다. 사무국장은 사진집을 들춰보며 고개를 끄덕였다. "비보관이란 이름에 부끄러움이 없는 자료야. 공부가 될 것 같아."

사무국장은 단원들과 굳은 악수를 교환했다. "미성년자와 여성은 보지 못하도록 부디 주의하길."

나는 함께 강의실을 나오면서 "이 도둑놈" 하고 사무국장에게 말했다. 그는 웃으며 "거참, 차례차례 두 손 들고 마는군" 했다. "아까 저기 층계참에서 〈괴팍왕〉이 상연됐어. 뛰어갔을 때는 이미 끝났지만."

"이제 포기하는 게 어때?"

"그럴 순 없어. 일이니까……. 너야말로 아직 그녀를 못 만났나?"

"보이질 않으니 어쩔 수가 없네."

"너나 나나 고생이 많군. 너는 그녀를 쫓고 나는 괴팍왕을 쫓고."

"그녀는 커다란 비단잉어를 등에 업었어. 그런 여자 못 봤어?"

"아, 그 애! 아까 북문에서 내 옆을 지나갔는데."

그리고 사무국장은 의아스런 얼굴로 계속 말했다. "굴러가는 달마오뚝이를 쫓아갔지, 아마."

)) ● (((

나는 본부로 돌아가는 사무국장과 헤어져 종합관 북쪽으로 나왔다. 히가시이치조 거리에 접한 북문 앞도 임시가게가 들어차 몹시 혼잡했다.

날이 저물면서 기온이 더 떨어졌다. 나는 고독한 겨울 냄새를 맡았다.

어차피 올해 겨울도 칙칙한 거리를 지나가는 북풍이 헐벗은 내 영혼을 철저하게 상처 입히고, 나는 홀로 외로이 감기에 걸릴 것이다. 해마다 그랬다. 아주 어김없이 그랬다. 그리고 어느 날 고열에 들뜬 몸을 이끌고 편의점에 물건을 사러 나간 내 앞을 시끌벅적 들뜬 파렴치한 놈들이 케이크이니 치킨이니를 영차 영차 어깨에 메고 지나갈 것이다. 거리를 수놓은 장식 전구가 고열로 흐려진 내 눈에 아름답게 비칠 때면 거리가 왜 이렇게 반짝반짝거리는 걸까 하고 하숙으로 돌아오는 언덕길을 오르다가, 나는 졸지에 알아차릴 것이다. 아아, 그렇구나. 오늘 밤이 크리스마스이브로구나.

고투의 계절에 대비하자는 생각에 임시가게에서 파는 헌옷을 뒤지고 있는데 헌옷 너머로 맛있는 냄새가 떠다녔다.

가게 안을 들여다보니 어디서 많이 본 듯한 유카타 차림의 남자가 고타츠에 다리를 넣고 앉아 냄비요리를 먹고 있었다.

"아! 히구치 씨. 이런 곳에서 뭐 하세요?"

"어, 이게 누구야. 여름에 헌책시장에서 본 후로 처음이군. 이 두유 냄비요리, 어서 와서 먹어."

나는 이거 잘됐구나 하고 고타츠에 다리를 들이밀고 앉았다. 히구치 씨 말고는 하누키 씨라는 말술을 마시는 여성과 처음 보는 학생이 한 명 있었다. 다리를 고타츠에 넣고 엎드린 채 술잔을 기울이던 하누키 씨가 고개를 돌려 내 얼굴을 핥으려고 하는 찰나 나는 아슬아슬하게 몸을 피했다. 하누키 씨가 괴조같이 킬킬킬 웃었다. 해도 안 졌는데 이미 만취 상태였다.

"축지법 고타츠에 잘 왔어." 히구치 씨가 말했다.

"그랬군. 이게 사무국장이 쫓고 있는 고타츠군."

나는 어이가 없었다. "수상쩍은 것의 그늘에는 거의 히구치 씨가 있군요!"

"이봐 이봐, 칭찬은 그만둬."

나는 뜨거운 두유 냄비요리를 먹고 몸이 따뜻해지자 아까부터 옆에서 입을 꾹 다물고 있는 수수께끼 같은 학생이 마음에 걸렸다. 그는 까다로운 얼굴로 뭔가를 쓰고 있었다. 내가 힐끔힐끔 그를 쳐다보자 히구치 씨가 냄비 속의 국수를 건져 먹으며 "이 학생은 빤스총반장이야" 했다.

아, 그 유명한? 나는 두려움과 위로의 마음을 담아 그 과묵한 남자를 바라보았다. "어쩌다 빤스총반장이 됐나요?"

히구치 씨가 "그게 눈물 나는 이야기야" 하며, 어서 말하라고 재촉하듯이 빤스총반장을 쳐다보았다.

빤스총반장은 펜을 놓고 고타츠 밑에서 작은 달마오뚝이를 꺼냈다. 그것을 둘로 갈라 지금까지 쓴 종이를 작게 접어 그 안에 넣고 다시 원상태로 되돌렸다. 그는 묵묵히 그 기묘한 손작업을 끝내더니 달마오뚝이를 고타츠 위에 놓았다. 그러고서야 겨우 내 쪽을 바라보며 진지한 얼굴로 입을 열었다.

"일 년 전 대학축제 때였어. 나는 대학축제 같은 건 쓸데없는 소란이라고 생각해서 올 생각도 없었는데 학부 친구가 연극을 한다기에 내키지 않는 발걸음을 했지. 상연 시간까지는 조금 여유가 있어서 법학부 안뜰에서 쉬었어. 잡동사니를 모아서 만든 더러운 무대 한쪽 구석에 멍청히 걸터앉아 있었지. 조금 지나 한 여학생이 지친 모습으로 나타나더니 나와 마찬가지로 무대 위에 걸터앉았어. 처음에는 그저 여자가 앉았구나 하는 생각을 했을 뿐이야. 그런데 사과비가 내렸어."

"사과비?"

"나중에 들은 이야기로는 법학부 교수가 임시가게에서 산 사과를 연구실로 가지고 돌아가려다 복도에서 넘어지면서 손에서 놓쳤나 봐. 그것이 창밖으로 쏟아진 거지. 나는 빨갛고 둥근 것이 하늘에서 쏟아지기에 뭔가 하고 일어나면서 옆의 여학생을 봤어. 그녀도 나를 봤고. 우리가 서로 마주 본 순간 서로의 정수리에 사과가 떨어지면서 통 하고 튀었어. 내가 그녀에게 반한 건 사과가 튀던 바로 그 순간이야."

빤스총반장은 멍한 눈으로 먼 곳을 바라보았다. "정말이지 첫눈에 반한 거였어."

나는 사랑에 빠진 남자의 얼굴을 수없이 봐왔다. 그러나 그때의 그처럼 도취된 얼굴은 본 적이 없었다. 놀릴 마음이 전혀 생기지 않았다. 그는 말하자면 '온몸으로 연애 중'이었던 것이다.

"나와 그녀는 한동안 머리를 감싸고 신음했는데 그러는 사이에 저절로 웃음이 터져 나왔어. 어찌됐건 사과가 하늘에서 내려와 서로의 머리에서 튀는 것을 보다니 그리 흔한 인연은 아니지. 그것이 계기가 되어 이야기를 나눴어. 나는 너무 들떠 머리에 피가 몰렸었기 때문에 내가 무슨 말을 했는지는 생각이 안 나. 하지만 그녀가 방울이 구르는 듯한 목소리로 진다이지深大寺의 달마오뚝이 시장 이야기를 해준 건 기억이 나. 그녀는 달마오뚝이를 좋아한다고 했어. 둥글고 작은 걸 아주 좋아한다고."

그리고 그는 슬픈 표정을 지었다.

"하지만 나는 어떻게 해야 좋을지 알 수가 없었어. 나와 그녀의 관계란, 그냥 서로의 머리에 사과가 통 튀었다는 게 전부였어. 연락처를 물어보는 건 무례한 짓이야. 그래서 별쓸데없는 이야기만 계속 해댔고, 얼마 안 되어 그녀는 친구가 불러서 가버렸어. 하지만 나는 헤어진 뒤에도 그녀를 잊을 수가 없었어. 한 번 더 얼굴을 보고 그 목소리를 듣고 싶은데 대학 구내에서는 어디서도 볼 수가 없는 거야. 나는 괴로워서 점점 더 견딜 수가 없었고 결국에는 일대 결심을 하고 요시다 신사에 발원을 하기로 했어. 그녀를 다시 만나는 그날까지 다시는 빤스를 벗지 않겠다고."

히구치 씨가 감복한 듯 팔짱을 끼고 고개를 끄덕였다. "그리하여 그는 빤스총반장이라는 칭호를 얻게 된 거야. 정말 감동적인 이야기지. 남자 중의 남자야."

"인간으로서 주력해야 할 바를 완전히 착각하고 있군요."

하누키 씨가 술을 마시며 중얼거렸다.

뜻은 멋있고 아름다운데 목적지와는 완전히 반대 방향으로 전력 질주한다는 인상이 짙었다. 하지만 나는 그가 전력 질주하는 모습을 칭찬하고 악수를 청했다. '멈추고 싶어도 멈출 수 없는' 그 방식이 남 일 같지 않았다.

"그녀를 다시 만날 수 있기를 빌겠어요."

"오늘은 꼭 만날 수 있을 거라고 믿어. 그러기 위해서 수단을 강구해놓았지."

나는 일어섰다. "그래 맞아. 나도 이런 곳에서 편하게 두유 냄비요리나 먹고 앉아 있을 수는 없어. 내 손에 해피엔드를! 조금은 편리주의적이라 하더라도!"

히구치 씨가 고타츠에 파고들며 "벌써 가는 거야?" 했다. 하누키 씨는 하품을 했다.

이리하여 나는 다시 걷기 시작했다. 도대체 그녀는 지금 어디에?

))) ● (((

그즈음 나는 조금 전에 스치며 본 '남자의 수프—검은 젠장할팥'이라는 흥미진진한 간판을 내건 임시가게가 자꾸 떠올라 운동장으로 되돌아왔습니다. '검은 젠장할팥'의 정체는 단팥죽이었습니다.

나는 오른손에 단팥죽, 왼손에 달마오뚝이, 등에 비단잉어라는 훌륭한 차림새로 운동장을 걸어 돌아다녔습니다. 나는 고양이 혀라서 뜨거운 단팥죽을 바로 먹을 수는 없었습니다. 하지만 하늘에 구름이 끼고 찬바람이 불어오자 단팥죽은 곧 혀를 대도 좋을 만큼 식었습니다. 등은 비단잉어가 지켜줘 뜨듯했습니다.

운동장에는 먹을 것을 파는 임시가게 말고도 마술이나 스트레스 해소를 해주는 가게도 있었습니다. 많은 학생들이 일치단결하여 제각각 여러 가지 아이디어를 짜내어 대학축제라는 엉뚱한 축제를 신나게 만들었습니다. 훌륭한 일입니다. 멋진 일입니다. 단팥죽을 다 먹은 뒤에 나는 스트레스 해소를 해준다는 곳에 들어가 돈을 내고 샌드백에 친구펀치를 먹였습니다.

몸이 훈훈해져서는 운동장 밖으로 나와 북문 앞으로 걸어 갔습니다. 거기에도 프랑크푸르트 소시지와 구운 주먹밥, 크 레이프 등등의 먹을 것, 옛날 물건들과 수제 액세서리, 헌옷 가게 등등 다양한 점포가 줄지어 있어서 마치 야시장처럼 활기가 넘쳐흘렀습니다. 커다란 가면 라이더 V3 인형에 눈 길을 빼앗긴 채 주저앉아 있는데 누군가 곁에 와서 앉았습 니다. 그 사람은 내 얼굴을 들여다보고 "안녕하세요" 했습니 다. 그건 '코끼리 엉덩이'라는 참신한 기획으로 코끼리 엉덩 이의 혹독한 현실을 나에게 가르쳐준 사람이었습니다.

"어머나, 어떻게 여기서 또 만나네요."

"멀리서도 금방 알아볼 수 있었어요. 등의 잉어가 눈에 띄 거든요."

"코끼리 엉덩이는 잘 있나요?"

"네. 친구가 대신 봐주고 있어서 괜찮아요. 이제 곧 해체 할 거예요."

"네! 해체요? 아깝잖아요."

"하지만 강의실에 코끼리 엉덩이가 있으면 수업을 못 하 잖아요."

그녀는 달마오뚝이를 끈으로 줄줄이 이어 목걸이처럼 늘

어뜨렸습니다. 내가 그걸 가리키며 "멋있어요" 하고 감탄하자, 그녀는 기쁜 듯이 고개를 끄덕였습니다. "달마오뚝이를 많이 주워서 한번 이어보았어요."

"신선해요. 난 달마오뚝이를 아주 좋아해요."

"나도요. 작고 둥근 건 정말 좋아요."

내가 주운 달마오뚝이를 보여주자 그녀는 끈으로 이은 달마오뚝이를 나에게 주겠다고 했습니다. 고맙게 받아서 목에 걸어 보이자 그녀는 "재미있는 사람이구나!" 하며 웃었습니다.

우리는 둘이서 임시가게를 구경하며 돌아다녔는데, 그중에 골판지 상자에 사과를 쌓은 가게가 보였습니다. 하루 한 개의 사과는 천하무적의 건강을 만들어준다는데, 나는 이미 등에 비단잉어, 왼손에는 달마오뚝이, 목에는 달마오뚝이 목걸이, 오른손에는 크레이프를 든 자유롭지 못한 상태였습니다. 고민하고 있었더니 물건 파는 학생이 사과와 달마오뚝이를 교환하지 않겠느냐고 했습니다. 내게 달마오뚝이가 많았기 때문에 그 제안은 정말 안성맞춤이었습니다. 오른손에 쥐었던 달마오뚝이는 반짝반짝 빨갛게 빛나는 사과로 변신했습니다. 코끼리 엉덩이 여학생도 사과 하나를 샀습니다.

우리는 북문 옆에 쭈그리고 앉아 사과를 먹으며 이야기했습니다.

"왜 코끼리 엉덩이를 만든 거죠?"

그녀는 옷으로 사과를 닦더니 아름다운 눈으로 나를 바라
보았습니다.

"작년 대학축제 때였어요. 친구를 만나려고 법학부 안뜰로
갔어요. 누군가가 만들어놓은 무대가 있었는데 무대는 비어
있었고 어떤 남자 하나가 거기 앉아 있기에 나도 거기 앉았
지요. 거기 멍하고 앉아 있는데 사과비가 내리지 않겠어요?"

"그거 참 요상한 날씨였네요."

"누군가 법학부 창문으로 사과를 한 무더기 떨어뜨린 거
였어요. 나는 빨간 열매가 후두두둑 내리는 걸 보고 놀라 일
어서다가 옆에 앉아 있던 남자를 봤어요. 그도 나를 봤는데,
그 순간 우리 두 사람의 머리 꼭대기에 사과가 부딪혀서 동
시에 통 하고 튄 거예요. 정말 기이한 우연이었어요. 무척 아
팠지만…… 나와 그는 저도 모르게 그만 웃음을 터뜨렸고,
그러고는 이야기를 했죠. 그는 무척 재미있는 사람이었어요.
내가 무슨 이야기를 했는지는 기억나지 않지만…… 그는 코
끼리 엉덩이 이야기를 해주었어요."

그녀는 쿡쿡 웃으며 손에 들고 있던 사과를 빙글빙글 돌

렸습니다.

"친구가 부르러 오는 바람에 나는 그와 바로 헤어졌어요. 대학축제가 끝나고 일상으로 돌아와 하루하루가 지나갔지요. 하지만 시시때때로 그가 생각나는 거예요. 그와 코끼리 엉덩이만이. 그가 해준 이야기 중에서 내가 분명하게 기억하는 건 코끼리 엉덩이 이야기뿐이었으니까요. 그런데 대학 구내에서는 우연이라도 그를 볼 수가 없었어요. 나는 어느 날 문득 다음 대학축제 때는 코끼리 엉덩이를 만들자고 마음먹었어요. 그걸 만드는 동안에는 괴로움을 잊을 수 있을 테니까."

"사랑의 마음이 담긴 엉덩이였군요!"

"대학축제에서 '코끼리 엉덩이'라는 간판을 내걸고 있으면 혹시라도 그가 얼굴을 내밀지 모르잖아요?"

그녀는 중얼거렸습니다. "하지만 그렇게 나 편한 대로 일이 풀릴 것 같지는 않네요."

이 얼마나 아름답고 애처로운 이야기인가요. 나는 사랑이라는 것하고는 무관하게 살아온 여자라 그녀가 가슴속에 간직한 괴로움을 함께 나눌 수는 없었지만, 그래도 내가 그녀처럼 사랑을 하게 된다면 결단코 한 치의 흐트러짐도 없이 코끼리 엉덩이를 만들 거예요. 그럼요. 나는 그녀가 그 남자를 생각하면서 창작에 몰두하는 모습을 떠올려보다가 그만 눈물을 흘릴 뻔했습니다.

그때였습니다.

빨간 완장을 두른 극단원들이 종합관에서 임시가게 사이로 달려왔습니다. 그중 한 사람, 허리에 릴을 매단 여학생이 나를 보더니 "있다!" 하고 외치며 얼굴을 빛냈습니다. 그녀는 땅 위에서 집어 올린 것 같은 달마오뚝이를 나를 향해 크게 흔들면서 "자, 나갈 차례야! 나갈 차례!"라며 나를 불렀습니다. 나는 눈을 비비고 일어섰습니다.

"오후 3시, 〈괴팍왕〉 개막!"

여학생의 큰 목소리가 광장에 울려 퍼졌습니다.

"48막!"

　　　　　))) ● (((

〈괴팍왕〉 48막

무대　북문

제25회 대궤변토론회를 마친 궤변론부의 주장 세리나 유이치가 걸어온다. 그는 걸으면서 진지한 얼굴로 궤변춤을 춘다. 그 눈앞을 막아서는 달마오뚝이공주.

달마오뚝이공주 궤변론부 주장 세리나인가?

세리나 맞다, 내가 궤변론부의 주장 세리나 유이치다. 내 이름을 대는 그대는 누구인가. 이름을 말하라!

달마오뚝이공주 나는 달마오뚝이공주. 혹시 이 이름을 모른다 하더라도 괴팍왕이란 이름은 생각날 터.

세리나 글쎄, 그런 괴팍한 이름을 가진 사람은 모르겠군.

달마오뚝이공주 시치미 떼지 마라. (달려들어 세리나를 끈으로 묶는다.)

세리나 이 무슨 횡포냐. 법정에서 만나게 될 거다!

달마오뚝이공주 잘 들어라. 나는 영화 서클 '미소기' 대표 아이지마를 잡아 성심성의껏 설득했다. 아이지마는 너희 궤변론부가 괴팍왕에게 앙심을 품고 그를 데려갔다고 자백했다. 이래도 계속 시치미를 뗄 건가.

세리나 모르는 건 모른다.

달마오뚝이공주 좋다. 그렇다면 어떻게 해줄까. 마침 여기에 누가 놔뒀는지 파렴치한 핑크빛 브리프가 있다. 이것을 너에게 입혀서 햐쿠만벤 교차로 중앙에 세워놓는 것도 괜찮겠지.

세리나 핑크빛에, 더구나 브리프라니! 오, 이 땅에는 신도 부처님도 없다는 얘긴가!

달마오뚝이공주 싫다면 모든 걸 다 불어라. 내가 사랑하는 그이 괴팍왕은 지금 어디에?

세리나 모두 다 이야기하겠습니다. 괴팍왕은 확고한 신념의 궤변론자. 억지를 자유자재로 부려 토끼와도 같이 미끈거리는 모습은 밤낮으로 단련을 열심히 해온 우리조차 얼굴색을 바꿀 수밖에 없었습니다. 대학축제에서 우리가 주최한 '밥원리주의 vs 빵사모'의 회의장에서 괴팍왕은 우리를 찍소리도 못 낼 정도로 해치웠습니다. 궤변론부가 궤변으로 졌다는 건 견디기 힘든 치욕이니 우리가 괴팍왕에게 앙심을 품는 것도 무리가 아니지 않겠습니까. 그를 납치해서 궤변을 토해내는 그 입을 막을 작정이었습니다. 그러나 우리에게서 다시금 그를 데리고 간 자가 있습니다. (말하기를 주저한다.)

달마오뚝이공주 그 흑막의 이름을 대라!

세리나 숨김없이 모든 걸 말하겠습니다. 그건 대학축제 사무국 놈들입니다. 그들이야말로 질풍노도처럼 사는 학생들의 천적, 어떻게든 파도를 멈춰 세우지 않으면 안 된다고 믿는 무사안일주의자, 그들은 대학축제의 막을 무사히 내리기 위해 대학축제 테러리스트라 해 마땅한 괴팍왕을 어디론가 끌고 가 감금한 것입니다.

달마오뚝이공주 그랬었구나!

세리나 그럼 부디 자비를. 모든 것은 변덕쟁이인 운명의 여신의 장난, 나는 어쩌다가 악역을 맡게 된 불쌍한 남자. 앞으로는 마음을 바꿔먹고 당신에게 충성을 맹세하며 괴팍왕을 구하기 위해서라면 어떠한 조력도 아끼지 않겠습니다.

달마오뚝이공주 여자를 유혹하는 재주에 뛰어난 세 치 혀를 가진 남자란 실로 너 같은 자를 두고 하는 말이로구나. 뻔뻔스레 시치미를 뗀 혀뿌리가 마르기도 전에 "조력을 아끼지 않겠다"? 말도 잘하는군. 우연한 운명에 희희낙락하며 편승해놓고 전세가 불리하다 싶으니까 운명의 여신을 핑계 삼다니. 너처럼 경박한 남자에게는 이 핑크빛 브리프가 참으로 잘 어울릴 것이다!

세리나 으악, 부디 부디, 그런 야비한 짓은!

달마오뚝이공주 (세리나에게 핑크빛 브리프를 입힌 뒤에, 일어서

서 주먹을 쥔다.) 대학축제 사무국, 혐오스런 그 이름, 이 가슴
에 새겼도다!

　막이 내린 뒤에 터진 박수가 가라앉기 전에 단원들은 서둘
러 무대를 분해하고 닌자처럼 사람들 속으로 뛰어 들어갔습
니다. 잠시도 성공의 여운에 취하지 않는 그 금욕적인 일 처
리 방식에는 감탄을 금할 길 없었습니다. 떠날 때 소도구 담
당 여학생이 내 어깨를 두드리며 "그럼 또 봐요" 했습니다.
　내가 연기를 끝내고 한숨을 돌리는데 '코끼리 엉덩이'가
다가왔습니다. 그녀는 아름다운 얼굴을 환하게 상기시키며
"〈괴팍왕〉은 처음 봤어요" 했습니다.
　"굉장한 연기였어요. 목소리가 싹 바뀌네요."
　"송구스럽습니다."
　"그럼 또 봐요. 헤어지는 건 아쉽지만 나는 슬슬 전시장을
해체할 준비를 해야 해요."
　아쉬웠지만 나는 거기서 그녀와 헤어지고 북문 밖으로 나
섰습니다. 히가시이치조를 북쪽으로 건너가 본부 구내를 탐
험하기 위해서였습니다.

> > > ● (((

정문에서 북쪽으로 들어서자 임시가게가 번화하게 줄 서 있고 그 뒤로 시계탑이 솟아 있었습니다. 공학부 방향으로 걸어가니 사과 엿을 파는 가게가 보였습니다. 사과 엿! 참으로 가게의 왕도라고 할 만합니다. 나는 신나서 한 개를 샀습니다. 달고 둥근 것은 좋은 거구나.

귀여운 사과 엿을 핥으며 걸어가는데 희미하게 떠드는 소리 위로 긴박한 분위기가 실려왔습니다. 그쪽으로 발길을 옮겨보니 나란히 선 두 개의 공학부 건물 사이에 사람들이 몰려 있었습니다. 사람들이 하늘을 올려다보며 침을 삼켰습니다. 나도 똑같이 하늘을 올려다보고 깜짝 놀랐습니다. 아니, 한쪽 편 건물 창문에서 다른 편 건물로 가로질러 걸어놓은 밧줄 위를 긴 나무 봉을 손에 든 남자가 천천히 걸어가는 게 아닙니까. 구경꾼에게 물어보니 그 남자는 나란히 선 건물 2층을 잇는 밧줄을 건너고 다음에는 3층, 그다음에는 4층, 하는 식으로 한 층씩 그 높이를 올려가 지금 5층까지 도달했다는 겁니다. 이 얼마나 죽음을 불사한 무모한 모험 정신인가요.

마침내 남자가 다 건너가자 구경꾼들이 안도의 한숨을 내쉬었습니다.

나는 그의 모험정신을 기리는 한편, 함부로 생명을 걸어서는 안 된다는 말을 해야겠다는 사명감에 쫓겨 그가 건너간 쪽의 건물로 들어가보았습니다. 계단을 올라갔는데 5층에는 갈 수가 없었습니다. 종이로 만든 커다란 마네키네코가 계단을 가로막고 있었기 때문입니다. 나는 조금 삐쳤으나 어쨌든 그 마네키네코는 공들인 훌륭한 공예품이었고, 더구나 하늘을 찌를 정도로 컸습니다. 나는 처음의 목적을 잊고 그 부풀어 오른 배를 찌르며 감탄사를 연발했습니다.

"그 비단잉어를 먹어버릴 거야!"

마네키네코가 불쑥 말하고는 눈동자를 번득였습니다.

그때의 놀라움이란 필설로는 다 할 수가 없습니다. 밧줄을 건너는 모험가에게 생명의 소중함을 일깨워주려던 의욕은 산산이 날아가고 나는 바로 그 자리에서 도망쳤습니다.

정말로 안타깝고도 무서운 일이었습니다.

나는 마음을 진정시키기 위해 둥근 사과 엿을 정신없이 핥으며 문학부 건물 옆에서 발견한 헌책시장의 길로 들어갔습니다. 골판지 상자에 담긴 낡은 교과서와 잡지, 레코드 들을 보며 돌아다니다 여름의 헌책시장에서 뜻밖의 수확을 했던 기억이 떠올라 마음이 즐거워졌습니다. 여름의 행복한 추억과 사과 엿으로 마음이 부푼 나는 기운을 되찾아 이번엔 법학부 건물로 들어갔습니다.

대강의실 앞에 토론회 간판이 나와 있기에 구경하러 들어가보니, '밥원리주의자 vs 빵사모'라고 커다랗게 쓰인 막이 늘어뜨려져 있고 단상에는 학생들이 엄숙한 얼굴을 하고 늘어서 있었습니다.

"이런 시절에 주먹밥을 먹는 시대착오적인 사람은 개한테나 잡아먹혀라."

"그렇게 밀가루가 좋으냐. 일본인이라면 쌀을 먹어라."

시작부터 아무런 근거도 없이 상대를 마구 헐뜯어대는 것을 보고 놀랐습니다. 하지만 그렇게 서로 갖은 악담을 던지는 건, 스모 선수가 부정을 씻기 위해 서로에게 소금을 던지는 것과 같은 행위였습니다. 그렇게 투지를 불러일으키는 의식을 거행한 뒤에 본격적인 논쟁으로 들어가는 것입니다. 곁에 앉아 있던 사람에게 물어본 바로는, 이 토론회는 궤변론부가 주최하는 것인데, '밥이든 빵이든 그다지 연연하지 않는 사람들이 굳이 밥파와 빵파로 갈라서서 논쟁을 해본다'는 것이었습니다.

참고로 나는 빵도 밥도 다 좋아합니다. 기회주의자라서 죄송스러울 뿐입니다.

논쟁을 진행한 결과 마침내 의견이 좁혀지자 사회자가 일단 논쟁의 진행을 멈추고 회의장에 모인 사람들에게 의견을 구했습니다. 구경하던 사람들이 제각각 흥미진진한 의견을 말했습니다. 드디어 사회자가 내 비단잉어에 눈길을 주더니, "거기 앉으신 분, 어떠세요? 어떻게 생각하시나요?" 했습니다. 마이크를 든 사람이 뛰어와서 나에게 말하라고 재촉했습니다. "당신이라면 빵과 밥, 어느 쪽을 택하시겠습니까?"

나는 으음 하고 생각에 잠겼습니다.

))) ● (((

나는 크레이프 가게의 여성에게서 비단잉어를 등에 업고 달마오뚝이 목걸이를 목에 건 여성이 시계탑 방향으로 걸어갔다는 증언을 입수하고 본부 구내로 발길을 돌렸다. 줄지어 오가는 구경꾼들에 섞여 정문으로 들어가니, 기우는 저녁 해 아래 우뚝 솟은 시계탑이 보였다.

나는 반짝이는 인상을 흩뿌리고 다닌 그녀의 흔적을 찾아 본부 구내를 방황했다. 그녀가 사과 엿을 샀다는 말을 듣고 그녀와 사과 엿의 배합이 너무나도 매력적이라 견딜 수 없어 나도 사과 엿을 하나 사서 핥으며 걸었다. 공학부를 지나가다가 건물 사이에 가로놓인 밧줄에서 줄타기를 하던 멍청이가 사무국원들에게 잡혀가는 꼴을 목격했다. 찐따 같은 녀석이라고 생각했다.

법학부로 들어서자마자 다시 그녀의 소문이 들렸다. 비단잉어를 등에 업은 작은 몸집의 여학생이 궤변론부가 주최하는 '밥원리주의자 vs 빵사모'의 토론회에 섞여 들어가 "크림샌드를 먹으면 됩니다!"라고 주장하여 회의장에 파문을 일으켰다는 것이었다. 그러나 내가 법학부 대강의실로 뛰어들어갔을 때는 그 주제의 토론은 이미 끝나고 난 뒤였다. 그다음은 사반세기 넘도록 연인이 없던 남자들은 어떻게 하면 여성과 교제할 수 있는가, 그 방법을 철저하게 토론해보는 '사반세기의 고독' 순서였는데, 나는 그 뜨거운 토론에 감동을 받았다.

이렇게 나는 차가운 바람이 불어 지나가는 학교의 신관 구관을 동에서 서로 걸었다. 그러나 그녀는 실마리가 끊기면서 행방이 다시 묘연해졌다. 본부 구내를 한 바퀴 돌아 정문 앞으로 돌아왔다. 오후 3시 반이 지나 장사를 끝낸 임시 가게들이 철거하기 시작했다. 주변에는 저녁 해가 지는 기색이 완연했다.

시계탑 앞 광장에 미스터리연구회가 긴 테이블을 놓고 『괴팍왕 사건 해제 신서』라는 걸 팔았다. 판매하는 사람이 한껏 소리 높여 외쳤다. "이제 곧 마지막 회입니다. 이 한 권만 있으면 지금까지의 스토리를 통째로 알 수 있어요!"

나는 무심코 그 책을 샀다.

복사한 걸 스테이플러로 찍어놓은 간소한 책자였는데 지금까지 진행된 〈괴팍왕〉 48막의 대강의 줄거리와 적으로 등장한 서클의 소개, 등장인물의 관계도 등등이 실려 있었다.

"〈괴팍왕〉은 주인공 달마오뚝이공주의 적으로 등장한 서클들이 서로 자기들의 죄를 전가시키는 과정에서 흑막에 가려진 배후 뒤에 계속해서 또다시 흑막이 나타나는 구조를 갖는다. 주목해야 할 것은, 찬반양론이 있기는 하나 실제의 서클 이름을 차례차례로 등장시킴으로써 단순한 노상 퍼포먼스에 머물지 않고 크게 화제를 불러일으켰다는 점이다. 그 독특한 상연 형식과 화제를 불러일으킨 방식의 교묘한 조화야말로 〈괴팍왕〉의 본질이라 할 만하다. 결말은 독자 스스로 확인하기 바란다. 운명의 두 사람은 과연 재회할 수 있을 것인가. 괴팍왕이 유폐되었다는 장소는 어디일까. 그리고 만약 괴팍왕이 나타난다면 그는 어떤 인물일까."

정신없이 책자를 읽으며 걷던 내 발에 유인물 한 장이 바람에 날려와 걸렸다. 집어 보니 그것은 〈괴팍왕〉의 마지막 회를 예고하는 선전이었다. "대학축제 사상 길이길이 이름이 남을 현재진행형 게릴라 연극 〈괴팍왕〉, 완결 박두! 역사적 순간을 놓치지 마라!"는 과장된 글자가 춤을 추었다.

더 큰 활자로 "주연 여배우 교체!"라고 쓰여 있었는데, 달마오뚝이공주를 맡은 새로운 배우의 그림을 본 나는 아연실색하여 일어섰다. 미술부의 손을 빌려 일러스트로 소개된 새로운 달마오뚝이공주는 틀림없는 그녀였기 때문이다. '내가 모르는 사이에 뭔지 몰라도 대단한 일이 벌어졌다!' 하고 생각했다. 아직 바깥 해자도 다 메우지 못했는데 그녀는 도대체 얼마나 더 멀어질 작정인가. 운명의 장난아, 짓궂도다. 그녀는 뭔가 큰 역할을 맡았거늘 나는 그저 여기서 찬 바람을 맞으며 길가의 돌멩이처럼 구르고만 있구나…….

남학생 둘이 유인물을 손에 들고 이야기하는 소리가 귀에 들려왔다.

"〈괴팍왕〉 주연 여배우가 교체됐대."

"오, 어떤 사람으로? 미인이야?"

"엄청 큰 비단잉어를 등에 지고 달마오뚝이 목걸이를 하고 있대."

"……뭐야, 그거. 요괴 아냐?"

))) ● (((

본부 구내에서는 그녀의 실마리를 놓쳐버렸다. 그러나 그녀가 〈괴팍왕〉의 주역이라면 그 상연 장소에 모습을 나타낼 것이다. 나는 〈괴팍왕〉에 대한 정보를 모을 생각에 요시다미나미 구내의 운동장으로 돌아와 대학축제 사무국에 얼굴을 내밀어보았다. 그러나 사무국은 몹시 어수선하여 정보를 얻을 만한 상태가 아니었다.

사무국원들이 머리를 흐트러뜨리고 이리저리 뛰어다녔다. 책상 위에 있는 스피커에서는 "에, 방금 축지법 고타츠, 종합관 안뜰을 통과 중. 시급히 지원 부탁"이라는 소리가 들렸는데 아무도 상대하지 않았다. 사무국장은 텐트 구석의 사물함에서 녹색 네트를 끄집어내다가 나를 보더니, "너랑 놀 시간 없어" 하고 매정한 소리를 했다. 오늘 밤의 피날레 가 다가오고 있는데 문제가 늘어만 간다는 것이었다.

공학부 건물에 밧줄을 걸고 목숨을 건 줄타기를 연출하던 모험 청년을 격투 끝에 체포. 같은 공학부 건물에서 거대한 마네키네코가 계단을 가로막아 불만 속출. 어떤 점포는 간 판이 없어지고 어떤 점포는 물건이 없어지는 등 도난 사건 속발. 축지법 고타츠는 변함없이 신출귀몰. '괴팍왕 사건'의 소동은 커져만 가는데 미스터리연구회가 『괴팍왕 사건 해제 신서』를 긴급 판매하여 소동을 부추기고, 차로 친 멧돼지로 냄비요리를 만들려는 사람들이 있는가 하면 교내 구석구석 에 가득한 정체불명의 달마오뚝이. 아이돌 비디오의 연속상 영회에서 난투극 발생.

폭풍을 만난 배의 선실처럼 아수라장인 사무국에서 선장 인 대학축제 사무국장이 마침내 분노를 폭발했다. 나는 태 어나서 처음으로 현실 속의 인간이 "끼이이익" 하는 소리를 내는 것을 들었다. 그는 일어서서 아무도 듣지 않는데 허공 을 향해 연설했다.

"우리도 말이지! 그저 맹목적으로 이건 안 돼, 그건 안 돼

하는 게 아니란 말이야! 우리가 이렇게 말이 많은 것은 다 난폭해지려는 사람들의 청춘을 어떻게든 현실로 연착륙시키기 위해서라고. 무사히 대학축제의 대단원을 내리기 위해서 이러는 거라고. 그런데 뭐야! 누구 한 사람, 칭찬하는 놈이 없어! 이 얼마나 손해 막심한 역할이냐! 이놈 저놈 다 저 하고 싶은 대로야!"

그는 주먹을 추켜올리며 외쳤다.

"아아, 제기랄! 부럽다! 나도 그들 편에 서고 싶다!"

))) ● (((

법학부에서 펼쳐진 뜨거운 토론회 뒤에 모두들 '비스코티(두 번 굽는다는 뜻을 가진 이탈리아 과자—옮긴이)도 빵의 일종'이라며 나를 타일렀기 때문에 나는 '빵사모 비스코티파'가 되어 시위 행진에 참가했습니다. 나는 그런 데 참가하는 게 처음이라 잔뜩 흥분하여 플래카드를 든 손에 힘을 꽉 주었습니다. 하지만 애초에 '밥이든 빵이든 연연해하지 않는 사람들'이 시작한 시위 행진입니다. 운동장의 특설 무대에 올라 연설할 예정이었지만 정문에 이를 쯤에는 모두들 떨어져 나가 요시다미나미 구역으로 들어간 건 나를 포함하여 셋뿐이었습니다. 그런데 그중 한 명은 크레이프를 파는 여성에게 한눈에 반해 대오를 떠나갔고 나머지 한 명은 주먹밥으로 공복을 달래려다 나한테 들키자 "미안. 역시 주먹밥이 좋아"라면서 눈물을 흘리며 떠나갔습니다.

혼자 걸어가는 걸 시위 행진이라고 할 순 없지요. 나는 쓸쓸한 기분이 들어 운동장과 종합관 사이를 오락가락했습니다. 등에는 비단잉어, 오른손에는 플래카드, 목에는 달마오뚝이 목걸이를 건 화려한 모습이었지만 마음속에는 찬바람이 불었습니다. 해가 지는 중이라 쓸쓸함이 더한 건지, 나는 사람이 그리워졌습니다. 축지법 고타츠에 있는 히구치 씨와 하누키 씨와 빤스총반장을 만나고 싶기도 하고, '코끼리 엉덩이'의 여학생을 만나 이야기를 하고 싶기도 했습니다. 아참, '코끼리 엉덩이'의 여학생이 뒤처리를 시작한다고 했지. 가서 "위대한 코끼리 엉덩이에게 이별을 고하자."

종합관 안뜰을 가로질러 가는데 작은 달마오뚝이가 불쑥 눈앞에 나타났습니다. 오늘은 이 귀여운 것을 자주 보는구나 하고 생각하는데 돌연 귀에 익숙한 꽹과리 소리가 들렸습니다. 빨간 완장을 두른 극단원들이 사방팔방에서 뛰어 모여들었습니다. 소도구 담당 여학생이 꽹과리를 두드리며 광장으로 들어와 나에게 웃음을 보냈습니다. 그녀는 구르는 달마오뚝이를 손에 집어 딱 하고 두 개로 쪼갰습니다. 안에서 몇 번 접힌 대본이 나왔습니다. 그녀는 그 대본을 쓱 훑어보더니 나에게 건네주며 "자, 나갈 차례야" 했습니다.

"오후 4시, 〈괴팍왕〉 재연!"

그녀의 큰 목소리가 안뜰을 둘러싼 건물 벽에 울려 퍼졌습니다.

"49막."

))) ● (((

〈괴팍왕〉 49막

무대 종합관 안뜰

대학축제 사무국장이 규방조사단에서 외설 도서를 빼앗아 들고 흥분한 얼굴로 나온다. 그 앞을 막아서는 달마오뚝이공주.

달마오뚝이공주 대학축제 사무국장인가?

사무국장 그렇다. 대학축제를 두루 지배하는, 파렴치하고 장난스러운 악의 제왕이 바로 나다. 등에는 비단잉어, 목에는 달마오뚝이 목걸이. 잘도 여기까지 왔구나, 달마오뚝이공주여.

달마오뚝이공주 그대야말로 대학축제의 으슥한 곳에 몸을 숨기고 단즙을 빨며 압수한 포르노를 읽는 데 정신을 팔고 밤마다 여장을 하고 설치는 악당 중의 악당. 학생들에게 오만하게 규칙을 강의하면서 자기 자신은 규칙을 무시하고 외설 삼매경에 빠졌구나. 일찍이 괴팍왕은 사리사욕에 빠진 그대에게 천벌을 가하기 위해서 일어섰었다.

사무국장 (소리 높여 웃는다.) 악의 제왕을 자칭하는 나에게 새삼 그 무슨 말도 안 되는 악담을. 봄바람만큼도 느낌이 없구나. 어리석은 것으로는 괴팍왕과 넌 쌍둥이 같구나. 하찮은 정의를 내세우며 북방쇠박새같이 소란을 떠는 게 고작이면서 대학축제 테러리스트라니 지나가던 강아지가 웃을 일. 정의는 늘 나와 함께한다. 괴팍왕도 어둠 속에 갇혀 자신의 반생을 후회하고 있을 것이다.

달마오뚝이공주 역시 네가 괴팍왕을.

사무국장 맞다. 그대가 말하는 대로다.

달마오뚝이공주 말해라. 내가 사랑하는 이, 괴팍왕은 지금 어디에?

사무국장 그곳은 한번 발을 내디디면 마지막. 두 번 다시 돌아올 수 없는 어둠의 심연. 지옥의 가마솥에서 뿜어 나오는 하얀 연기에 휩싸인, 썩은 냄새 진동하는 공포의 성채. 빤스총반장조차도 그 불결함에 엉덩방아를 찧었고, 궤변론부 사람조차도 그 위용 앞에 말을 잃었다. 겨우 두 평 반 남짓한 감옥. 그 이름은 '풍운괴팍성'.

달마오뚝이공주 그 목적지가 지옥이라 할지라도 겁낼 내가 아니다. 괴팍왕을 위해서라면!

사무국장 사랑에 눈먼 어리석은 여자여.

달마오뚝이공주 그만!

사무국장 이루어질 수 없는 허무한 꿈. 여기서 단번에 끝내주는 것이 자비라 할 것이다!

사무국원 1 (뛰어 들어온다.) 이제 끝이다. 달마오뚝이공주.

사무국원 2 (녹색 네트를 펼친다.) 대학축제를 혼란시킨 것도 모자라 사무국에 대한 근거 없는 모략과 악담, 등등. 이제 더 이상 못 참는다. 난폭한 행동은 하고 싶지 않으나 사무국 본부까지 와줘야겠다.

사무국원 3 얌전히 오랏줄을 받아라!

대난투극 끝에 사무국원들이 괴팍왕 관계자들을 그물을 씌워 일망타진한다. 저항도 소용없이 허무하게 연행되어 간다.

달마오뚝이공주 나는 결코 악에 굴하지 않으리. 괴팍왕을 만날 그날까지!

소도구 담당 흑막의 함정에 걸린 달마오뚝이공주, 그 운명은 어떻게 될 것인가.

대도구 담당 1 과연 괴팍왕과 재회할 수 있을 것인가?

대도구 담당 2 정신 차리고 마지막 회를 기다려라!

))) ● (((

사무국원들은 우리들을 운동장 구석에 있는 사무국 본부까지 끌고 갔습니다.

운동장에 줄지어 있던 임시가게의 텐트가 하나둘씩 접히는 중이었습니다. 금빛 저녁 햇살이 내리쬐는 사이로 가을 바람이 쓸쓸하게 불었습니다. 이렇게나 심오한 축제가 해체되고, 대학은 다시 일상으로 돌아갈 거라는 생각을 하니 마음이 울적해졌습니다. 초등학교 때 운동회가 끝나갈 무렵에 느꼈던 슬픈 감정이 내 가슴을 적셨습니다. 더구나 나는 사무국에 잡혀버려서 더 이상 〈괴팍왕〉에 출연할 수도 없습니다. 말하자면 나에게는 이 축제가 이미 막을 내린 거나 같았습니다. 슬픈 일이었습니다.

사무국장이 끌려온 우리를 노려보았습니다.

우리는 본부 텐트에 들어가 파이프 의자에 걸터앉았습니다.

"다들 여기 앉아 있어요. 이 이상 소란을 일으키면 곤란하니까!"

사무국장은 엄중한 말투로 말했지만, 임시가게에서 사 온 것인지, 과자와 차를 내주며 친절하게 대접해주었습니다. 나는 차를 마시고 달콤한 과자를 깨물자 기분이 편안해졌습니다. 사무국장은 맥없이 의자에 앉아 잠시 멍하고 있는 게 피곤한 기색이 역력했습니다. 그는 내 등의 비단잉어를 보며 "그것 좋군" 하고 중얼거렸습니다.

나는 사무국장의 등 뒤쪽에 붙어 있는 큰 지도를 바라보

있습니다.

"그 지도는 뭐죠?"

"아, 이거? 이건 축지법 고타츠와 괴팍왕 사건의 위치를 나타내……."

사무국장이 말하다 말고 퍼뜩 입을 다물었습니다.

거대한 지도를 앞에 두고 팔짱을 끼더니, 파이프 담배를 피우며 사건을 분석하는 셜록 홈즈같이 까다로운 얼굴을 했습니다. "왜 지금까지 몰랐던 걸까. 이건 전부 겹치잖아……. 괴팍왕은 마치 축지법 고타츠의 뒤를 쫓아가며 상연되는 것 같군."

나는 소도구 담당 여학생의 뺨에 웃음이 번지는 걸 보았습니다. 국장이 돌아보자 물이 모래에 스미듯이 그녀의 웃음은 사라졌습니다. 국장은 그녀의 얼굴을 날카로운 눈으로 노려보았습니다. 그리고 주먹을 꽉 쥐고 "그랬었군!" 하고 외쳤습니다. "〈괴팍왕〉의 각본을 축지법 고타츠에서 쓰는 거야?!"

바로 그때.

운동장에서 본부 텐트 안으로 커다란 코끼리 엉덩이가 우지끈 하고 돌진해 들어왔습니다. 텐트 옆면이 젖혀 올라가고 책상이 쓰러지고 사무국원들이 허둥지둥 도망쳤습니다. 나는 경단 꼬치와 찻잔을 들고 구석으로 도망쳤습니다. 코끼리 엉덩이에 유린당한 본부는 흙먼지가 자욱이 날았고 지진이 일어난 것처럼 참담한 모습이 되었습니다. 사무국장은 코끼리 엉덩이와 텐트 벽면 사이에 끼어 옴짝달싹 못 한 채 "어이어이, 좀 봐줘" 하며 신음했습니다. 사무국원들이 그를 구출하기 위해 달려든 사이에 극단 학생들은 재빨리 텐트에서 도망쳤습니다. 이제 마지막 연극을 준비하겠지요.

텐트 중앙까지 돌진해 들어와 멈춘 엉덩이 뒤에서 '코끼리 엉덩이'의 여학생이 얼굴을 내밀더니 나를 향해 곧장 손을 뻗었습니다.

"자, 도망쳐요!"

그녀가 말했습니다. "연극을 끝까지 하는 거예요. 괴팍왕과 재회해야지요!"

그 소리에 나의 연기자로서의 혼이 되살아났습니다. 겨우 반나절의 일시적인 혼이 아닙니다. 이래 봬도 어린 시절에는 정석대로 『유리가면』(연극계를 묘사한 인기 순정만화―옮긴이)을 열심히 읽었습니다.

난 "네"라고 대답하고 일어서서 그녀와 손을 마주 잡고 운동장으로 뛰어 나갔습니다. 아, 괴팍왕! 마침내 당신 곁으로.

"당신이 잡히는 걸 봤어요. 마지막 회를 남겨놓고 그럴 순 없잖아요. 그래서 구하러 온 거예요."

"고맙습니다. '코끼리 엉덩이'님!"

내가 그렇게 말하자 그녀는 어이없어하며 웃었습니다. "나는 스다 노리코라고 해요."

그러고 보니 아름답고 사랑스런 아가씨를 놓고 코끼리 엉덩이라고 부르다니, 나도 참 큰 실례를 범했습니다.

임시가게를 치우던 사람들이 달려가는 나를 가리켜 "아, 달마오뚝이공주야"라고 말했습니다. 얼굴을 기억해주다니 더없는 영광이련만, 부끄럽기 그지없어라. 뛰어가면서 등 뒤를 돌아보니 무너진 본부 텐트에서 사무국원들이 우글우글 뛰어나와 이쪽을 향해 달려오는 것이 보였습니다.

'위험천만, 달마오뚝이공주!' 하고 나는 생각했습니다. '그 운명은 어찌될 것인가?!'

)) ● (((

나는 사무국에서 아무런 실마리도 얻지 못하고, 어찌해야 좋을지 몰라 요시다미나미 지역을 방황한 끝에 임시가게를 철수하는 중인 북문 앞 광장 구석에 주저앉았다. 진인사대천명이라는 말이 있다. 나는 이미 사람으로서 할 수 있는 일은 다 한 셈이었다. 볼만한 게 하나도 없는 공허한 대학축제의 막이 내리는 걸 바라보며 '이제 인사人事를 다했으니 슬슬 천명天命이 나타나면 좋겠다'는 생각을 했다.

광장은 철수 작전에 공을 들이는 학생들로 복잡했다. 귀신의 집을 운영하던 무리가 집을 해체한 목재를 나르는데 귀신 분장을 지우지 않아 백귀야행 같았다. 종합관 안뜰에서는 규방조사단의 면면이 외설 자료를 담은 상자를 들고 줄을 맞춰 질서정연하게 걸어갔다.

절망한 내가 머리를 끌어안고 있자니 타박타박 뛰어가는 발소리가 들렸다. 무심히 고개를 들고 보니, 비단잉어를 등에 업은 그녀가 처음 보는 여학생과 손을 마주 잡고 뛰어가는 게 아닌가. "오오! 설마 했는데 정말로 천명이 내려왔구나!" 하며 일어선 순간 달려오던 사무국원들에게 부딪혀 튕겨 나갔다. 나는 그 바람에 팔꿈치를 땅에 찧고는 새우처럼 몸부림치며 뒹굴었다.

그녀는 임시가게 철수로 어수선한 광장을 "도와주세요!"

라고 외치며 뛰어갔다. 그 뒤를 쫓는 것은 사무국 완장을 두른 여남은 명의 남녀였다.

임시가게를 치우던 학생들이 "달마오뚝이공주가 사무국원들에게 쫓기고 있어" "사무국이 흑막이었던 거야" "괴짜왕을 감금하고 있대" "나쁜 놈들" 등등 오해만재의 말들을 내뱉으며 사무국원들이 가는 길을 방해했다. 귀신의 집의 면면들은 "비단잉어를 멘 아가씨를 도망치게 도와줘. 도와줘!"라고 외치며, 뒤쫓아 가는 사무국원들의 면상에 우뭇가사리를 집어던졌다. 뜻하지 않은 공격을 당한 사무국원들은 "그게 아니라니까요" "이건 연극이 아니에요" "아니 이거, 연극이었어?" 등등 떠들며 이성을 잃었다. 나는 겨우 일어나서 그녀의 뒤를 쫓아갔다.

규방조사단원 한 명이 골판지 상자를 펼쳐 의도적으로 도색 자료를 떨어뜨렸다. 사무국원 여럿이 "오오! 이 젖가슴 좀 봐!" 하고 속에서부터 우러나오는 외침을 내지르며 핑크빛 보석 앞에 무릎을 꿇었다. 그러는 동안 그녀는 거리를 넓혀 드디어 북문을 지나 히가시이치조 거리로 뛰어 나가려는 참이었다. 이 상태로는 놓칠 공산이 컸다. 나는 한편으로는 귀신의 집의 면면들이 던지는 우뭇가사리를 피하고, 다른 한편으로는 핑크빛 보물들을 눈물을 머금고 포기하며 그녀를 쫓아 북문 밖으로 달려갔다.

나를 뒤따라온 건 사무국장이었다. 우리는 목적은 크게 달랐으나 쫓는 것은 같았다. 그는 대학축제가 무사히 막을 내리게 하기 위해, 나는 새로운 미래의 막을 올리기 위해. 우리는 말없이 나란히 뛰었다. 본부 구내로 들어서자 그녀와 쫓는 자 사이에 밥원리주의자의 시위대가 끼어들었다. 밥원리주의자들은 "일본인이라면 쌀을 먹어라" 하는 슬로건을 반복하여 외치며 사무국원들의 입에 주먹밥을 밀어 넣었다. "그 녀석들을 발로 차버려! 주먹밥을 먹지 마라!" 사무국장이 외쳤다.

나는 생각했다. 그녀는 〈괴팍왕〉의 최종 막을 연기하기 위해 사무국에서 탈출하여 달려가는 것이다. 어떠한 운명의 장난으로 그녀가 그 역을 맡게 되었는지는 분명하지 않다. 하지만 국장이 그녀의 커다란 꿈을 막으려 한다는 것만큼은 분명했다. 그녀의 벗은 나의 적, 그녀의 적도 나의 적, 어제의 벗은 오늘의 적.

나는 밥원리주의자를 밀쳐내려는 국장에게 말을 걸었다.

"어이, 너. 벨트가 비뚤어졌어."

"어, 그래?"

나는 벨트를 고쳐주는 시늉을 하다가 단숨에 잡아 빼고는 그의 바지를 끌어내리고 냅다 밀쳤다. 그리고 그녀 쪽으로 달려갔다. 내 등 뒤로 국장의 비통한 외침이 들려왔다. "말도 안 돼, 우린 친구잖아!"

"용서하라. 벗이여."

나는 말했다. "그녀는 모든 것에 우선한다."

)))●(((

시계탑 앞에서 밥원리주의자의 시위대를 만난 것은 행운이었습니다. 나는 빵사모 비스코티파에 속하는 몸, 그들이 볼 때 논적에 해당되는 셈인데도 그들은 그런 의견의 대립보다 〈괴팍왕〉을 무사히 완결시키는 걸 더 중시했습니다. "남은 주먹밥을 사무국원한테 나눠줄 테니, 그 틈에 도망가요."

나를 쫓아온 사무국원들이 시위대와 부딪혀 소란스러워진 틈에 노리코 씨가 내 목에서 달마오뚝이 목걸이를 빼내어 자기 목에 걸고 비단잉어도 자기 등에 매달았습니다. "이렇게 하면 다들 나를 쫓아올 거야."

"정말로 멋진 작전이에요!"

"자, 감탄하고 있을 틈이 없어. 어서 가. 다음 무대를 찾아. 나도 꼭 보러 갈게."

그렇게 말하며 그녀는 시계탑 동쪽, 공학부 건물을 향해 달려갔습니다.

나는 큰 녹나무 주변을 한 바퀴 돌며 헤맨 끝에 어림짐작으로 도서관 쪽으로 달려갔습니다. 어디에서 〈괴팍왕〉을 상연하는지 알 길이 전혀 없었습니다. 그러니 그냥 맹목적으로 달릴 수밖에 없었습니다.

황혼이 지는 대학 구내를 아무리 달려봐도 상연 장소는 오리무중이었습니다. 시간이 마구 지나가 주위는 점점 더 어두워져가고 차가운 저녁 바람이 부는데 이마에는 땀이 솟았습니다. 너무 많이 달려 옆구리가 욱신욱신 저렸고 결국에는 더 이상 달릴 수가 없었습니다. "아, 괴팍왕!" 하고 나는 울고 싶은 기분이 되었습니다.

"당신은 지금 어디에?"

))) ● (((

나는 밥원리주의자의 방벽을 힘들게 돌파하여 그녀의 뒤를 쫓았다. 그녀는 이미 공학부 건물 계곡 사이로 사라져가는 중이었다. 저녁 어스름 속에서도 등에 업은 비단잉어만은 선명하게 눈에 들어왔다. 그녀는 임시가게 해체가 진행되는 구내를 누비듯이 달렸고 나는 그 뒤를 기진맥진하여 쫓아갔다.

그녀가 저녁 어스름 속에 솟아오른 회색 건물로 뛰어 들어가는 것을 보고 나도 뛰어 들어갔다. 계단을 오르는 그녀의 경쾌한 발소리를 쫓아 나 역시 폐가 삐걱거릴 만큼 헐떡이면서 쫓아 올라갔다.

마침내 그녀를 따라잡은 것은 옥상이었다. 지은 지 삼십 년, 비바람에 삭은 콘크리트 옥상은 황량한 모습이었다. 아래로는 정말로 대단원을 맞이한 대학축제가 쪽빛 땅거미에 잠겨갔다. 서쪽 하늘 한 귀퉁이에 희미하게 남은 분홍빛을 빼고는 하늘은 전체적으로 검푸른 빛으로 맑게 빛났고 거뭇거뭇 늘어선 건물 건너편의 시계탑은 문자판을 번쩍이며 하늘을 찔렀다. 찬 바람에 땀으로 젖은 몸이 시원하게 식었다.

그녀는 옥상 중앙으로 뛰어갔다. 그녀가 달려가는 쪽으로 낯익은 고타츠가 보였다. 축지법 고타츠였다. 어째서 고타츠가 거기 와 있는지 전혀 짐작이 가지 않았다.

겨우겨우 그녀를 따라잡아 얼굴을 본 순간, 아, 그 허탈감이란 이루 다 말할 수가 없었다. "당신, 누구야?!" 나는 어둠이 내린 옥상에서 절규했고, 그녀는 "스다 노리코예요!"라고 외쳤다. 망연자실하여 바라보는 나에게, 그녀는 "잘도 여기까지 뛰어왔군요. 하지만 사람을 잘못 봤어요" 했다. 그러고는 목에 걸고 있던 달마오뚝이 목걸이를 벗어, "당신이 1등"하며 내 목에 걸었다.

축지법 고타츠에 앉아 있던 히구치 씨가 "어이, 또 만났군" 하며 느긋하게 불렀다. 하누키 씨가 "해가 지니 춥군요. 자, 고타츠에 들어와요!" 하고 자신의 옆자리를 두드리며 말했다. 고타츠 위에는 달마오뚝이와 불꽃 폭죽이 어지럽게 놓여 있었다. 나는 폭죽을 손에 들고 "왜 이런 걸?" 하고 중얼거렸다.

"이제 곧 피날레가 있으니까요. 피날레 하면 불꽃이잖아!"

나는 지금 이곳, 막다른 골목에 서 있다.

그녀는 지금 어디에 있는가.

〈괴팍왕〉 최종회의 막은 어디서 오르는가.

무엇보다도 우리의 해피엔드는 어디에 있는가. 어쩌면 그런 건 없는 게 아닐까. 나는 결국 막이 내릴 때까지 길가의 돌멩이로 남아야 하는가.

내가 찬 바람을 맞으며 망연자실해 있자, 대학축제 사무국원들이 하나둘씩 옥상으로 달려 올라왔다. 그중에는 사무국장도 있었다. 그들은 축지법 고타츠와 비단잉어를 등에 업은 노리코를 포위했다.

사무국장이 두 발로 떡 버티고 서서 히구치 씨를 내려다보았다.

"마침내 잡았어. 괴팍왕. 연극의 이름을 빌려 대학축제를 혼란에 빠트리는 테러리스트 놈. 사무국장의 이름을 걸고 〈괴팍왕〉의 마지막 막은 상연 중지다."

히구치 씨는 멍한 얼굴로 "그건 좀 어렵겠는데" 했다. "우선 첫째로 나는 괴팍왕이 아니야. 그리고 둘째로 이미 막이 오르기 직전이라구."

사무국장은 주먹을 휘둘러 올리며 말했다. "웃기지 마라! 네가 주모자라는 걸 다 안다. 내 추리로는 이렇다. 우선 축지법 고타츠에서 대본이 쓰이고, 그것이 모종의 수법으로 상연 장소에 놓인다. 축지법 고타츠가 떠난 뒤에 단원 학생들이 와서 대본을 회수하여 그 대본대로 상연한다. 그러니까 연극이 공연될 때 주모자는 그 자리에 없다. 축지법 고타츠와 함께 이동하니까 괴팍왕이 없었던 거야."

"축지법 고타츠에는 나 혼자만 있었던 게 아닌데?"

그 말을 받아 내가 외쳤다. "알았다. 그 남자였군. 빤스총 반장은 어디 있지?"

히구치 씨는 호호호 하고 귀족처럼 웃더니 남쪽 방향을 가리켰다. 나는 어두운 옥상을 남쪽 끝까지 달려갔다. 그 여세로 위태롭게 떨어질듯이 아래를 내려다보니, 이쪽보다 낮은 옥상이 내려다보였다.

거기에는 수수께끼 같은 건축물이 서 있었다. 대학 구내의 온갖 장소에서 수집한 듯한 잡동사니들, 목재, 입간판, 더러운 텐트, 담요, 엄청난 수의 자전거, 빗물받이 홈통, 알루미늄 새시, 폐액용 탱크, 비바람에 바랜 사물함, 이공학부의 쓰레기장에서 주워온 듯한 실험 장치, 수상쩍은 가전제품 등이 복잡기괴하게 조합되어 있었다. 엄청난 수의 굴뚝이 솟아 있는데, 거기서 뭉게뭉게 하얀 김이 뿜어져 나와 검푸른 밤하늘로 흘러갔다. 조명이 서치라이트처럼 오가며 굴뚝에서 뿜어내는 김을 또렷이 비췄다. 높이 내걸린 진홍색 깃발이 차가운 저녁 바람에 휘날렸다. 그 건축물이 바로 괴팍왕이 유폐된 공포의 성채, '풍운괴팍성'임에 틀림없었다.

이쪽에서 보아 반대쪽이 관객석인 모양이었다. 말하자면 우리는 무대 뒤에서 내려다보는 셈이었다. 빨간 완장을 두르고 움직이는 극단원들 속에 마지막 막의 공연을 지휘하는 괴팍왕, 즉 빤스총반장의 모습이 보였다.

"옥상에서 상연하다니! 위험천만이잖아!"

옆으로 다가온 사무국장이 발을 굴렀다. "당장 옆 옥상으로 가서 해산시켜."

내가 갈 때까지 막이 오르는 걸 지연시켜야 한다. 나는 달마오뚝이 목걸이를 휘두르며 빤스총반장에게 큰 소리로 외쳤으나 그는 연극 준비에 무아경이었다.

나는 히구치 씨에게서 빼앗은 불꽃 폭죽에 불을 붙였다.

일단 자리를 뜨려던 사무국장이 나를 향하여 "위험하니까 명중시키지는 마!" 하고 외쳤다. "알아" 하며 돌아보는 순간, 나는 옥상 가장자리의 움푹 들어간 곳에 발을 헛디뎠다. 그대로 천천히 뒤로 쓰러지는 내 몸. 왼손에는 불이 붙은 불꽃, 오른손에는 달마오뚝이 목걸이. 왼쪽 눈에는 바야흐로 사라지려 하는 장밋빛 미래, 그리고 오른쪽 눈에는 최후의 광경이 비쳤다. 입을 벌린 채 멍청히 나를 바라보는 사무국장과 노리코 씨, 고타츠에서 일어서려는 히구치 씨, 달마오뚝이로 공기놀이를 하는 하누키 씨, 뛰어가는 사무국원들. 막상 생의 마지막에 직면하면 주마등처럼 살아온 인생이 뇌리를 스쳐간다는데, 확실히 인간의 뇌라는 것은 묘한 작용을 한다. 나는 그 순간의 광경을 명료하게 기억한다. 느릿느릿, 그러나 분명하게 나는 이 세상에 이별을 고했다. 이렇게 열심히 애를 썼는데 그녀가 꿈에서조차 모를 곳에서 나는 이렇게 떨어진다. 안녕, 혐오해 마땅할 청춘이여. 안녕, 영광의 미래여.

옥상에서 떨어지는 내 손에서 불꽃이 불을 뿜었다.

내 눈에 한 점의 빨간 빛이 꼬리를 끌며 검푸른 하늘로 올라가 작렬하는 것이 보였다.

))) ● (((

한 점의 빨간 빛이 꼬리를 끌며 검푸른 하늘로 올라 작렬하는 것을 나는 보았습니다.

직감적으로 "저쪽이야!"라고 생각한 나는 공학부 건물의 계곡을 벗어나 그쪽으로 달려갔습니다. 그 불꽃이 올라가지 않았다면 나는 결국 〈괴팍왕〉의 마지막 회에 시간 맞춰 갈 수 없었겠지요. 어두운 나무들과 건물 틈새를 빠져 달려가다 문득 건물의 현관에 서 있는 거대한 마네키네코와 마주쳤습니다. 마네키네코 옆에 '〈괴팍왕〉 최종회는 옥상에서'라고 쓰인 입간판이 보였습니다. 학생들이 마네키네코의 옆을 빠져나가 줄줄이 계단을 올라갔습니다. "이쪽이야" 하고 마네키네코가 외쳤습니다.

내가 숨이 끊어질 듯이 되어 달려가니 마네키네코의 배에서 창문이 열리고 소도구 담당 여학생이 얼굴을 내밀었습니다. "미안해. 사무국에서 허둥지둥 도망치다 보니 상연 장소 가르쳐주는 걸 깜빡했어."

"이렇게 만나서 정말 다행이에요……. 제시간에 못 가는 줄 알았어요."

"무슨 소릴 하는 거야. 아직 괜찮아."

그녀는 마네키네코에서 나와 내 손을 잡더니 계단을 올라갔습니다.

"괴팍성은 옥상에 있나요?"

"응, 대학축제 기간 중에 재료를 조금씩 모아서 세웠어."

그녀는 내게 각본을 건네주고 소도구인 지팡이와 커다란

열쇠를 쥐어주었습니다. 우리는 마침내 옥상에 올라갔습니다. 수많은 사람들이 모여서 시끌벅적한 옥상에 차가운 바람이 지나갔습니다. 그 혼잡한 사람들 너머로 기분 나쁜 건물이 우뚝 솟아 있었습니다. 그것은 폐허 같기도 하고 증기기관 같기도 하고 성 같기도 했습니다. 여기저기서 하얀 김이 뿜어져 나왔습니다. 보는 사람을 압도하는 그 위용이란. 나는 마침내 괴팍왕이 유폐되어 있는 '풍운괴팍성'에 다다른 겁니다.

상공에서 낙하하는 사람이 그저 벽의 튀어나온 부분을 붙잡는 것만으로 살아난다는 것은 할리우드 영화에서나 가능한 일이다. 그렇다면 나는 어떻게 살아났는가. 그건 네 가지 행운이 겹쳤기 때문이다.

우선 첫 번째는 내가 달마오뚝이 목걸이를 갖고 있었던 것. 두 번째는 최상층 연구실의 싱가포르인 유학생이 빨래를 말리기 위해 대나무에 세탁물을 걸어서 그것을 창밖으로 내밀어놓았던 것. 세 번째는 생명을 우습게 아는 모험 청년이 줄타기를 하기 위해 설치해놓은 밧줄이 그대로 있었던 것. 네 번째는 내가 불꽃을 쏘아 올린 순간 옆 옥상에 있던 빤스총반장이 떨어지는 나를 알아차렸다는 것이다. 신의 편리주의라 할 만했다.

낙하하던 나는 오른손에 달마오뚝이 목걸이를 쥐고 있었다. 그것이 연구실 창에서 비죽이 튀어나온 빨래널이대 끝에 걸렸다. 한순간 나는 널려 있던 하얀 옷들과 셔츠들과 나란히 공중에 매달려, 부모님이 보내준 학비로 태평스레 뒹굴며 생활하는 얼간이 학생처럼 축 늘어졌다. 그러나 그런 학생도 결국에는 자신의 손으로 미래를 개척해야 한다. 손을 뻗어 내 손으로 빨래널이대를 붙잡은 동시에 내 생명을 어렵사리 이어주던 달마오뚝이 목걸이가 끊어졌다. 달마오뚝이들은 어두운 지상으로 떨어져 사라졌다.

어떻게 고정된 건지는 알 수 없었지만, 빨래널이대는 심하게 휘었다. 낑낑대며 죽어라 붙잡고 있자니 커피를 마시면서 연구실로 들어온 연구원이 형광등 불빛 속에서 한순간 말을 잃고 다음 순간에는 정신없이 빨래널이대에 달라붙었다. 그가 "누구 없어요!" 하고 외쳤다. 옥상에서 몸을 앞으로 내밀고 아래를 내려다보고 있었는지 사무국장 등등이 "손을 놓지 마!"하고 외치는 소리가 들렸다. 어차피 손을 놓을 여유 따위가 내게 있을 리 없었다.

하지만 빨래널이대는 의지할 만하지 못했다. 빈약해 보이는 연구원 한 명만으로는 얼마 가지 않을 것이었다. 빤스총반장이 반대편 옥상에서 "부러져!"하고 외치며 조명을 내 쪽으로 비췄다. 그 빛이 내 발밑을 향했다. 빤스총반장은 정신없이 뭐라고 외쳐댔다. 연구원은 연구실에서 비명을 질러댔다. 빨래널이대는 흔들렸다. 흰 옷과 셔츠가 어두운 건물 사이로 떨어졌다.

"아래에 밧줄이 있어! 봐! 보라구!"빤스총반장이 외치는 소리가 들렸다.

필사적으로 눈을 뜨고 발밑을 보니 5층 창에서 굵은 밧줄이 뻗어 나와 있었다. 그건 옆 건물 옥상에 있는 급수탱크에 고정되어 있는 것 같았다. 다행히 손을 뻗으면 어찌어찌 닿을 듯도 했다. 하지만 그러기 위해서는 빨래널이대에서 손을 놓고 일단 공중에 떠야 했다. 그런 배짱이 나에게 있다고 보느냐. 나는 분노로 일그러진 얼굴을 하곤 꼼짝달싹하지 않았다.

빨래널이대는 이제 한계에 도달한 듯 연구실 안에서 뭔가가 부러지는 격렬한 소리와 함께 연구원의 비명이 들렸다. 그와 동시에 나는 다시 낙하했다. 건물 사이로 뻗은 내 생명의 밧줄을 빤스총반장이 조명 기구로 비춰주었다. 나는 정신없이 그것에 매달렸다. 실로 기적이라고 할 만했다. 평소 육체적 단련과는 아무 인연 없이 살아온 나에게서 영화의 스턴트맨에게도 뒤지지 않을 만한 열혈 액션이 나오다니. 더구나 그 덕에 살아남기까지 하다니. 나는 굵은 밧줄에 매달려 흔들림이 멈추기를 기다렸다. '내가 어디 죽나 봐라' 하고 재삼 다짐했다. 그러고는 코알라처럼 팔과 다리로 밧줄에 달라붙어 조금씩 손발을 움직이면서 괴팍성을 향하여 나아갔다. 이쪽을 응시하는 빤스총반장의 시선이 느껴졌다.

불굴의 투지로 완전 무의미한 죽음의 심연에서 뜻밖에 되살아난 나는, 더 이상 무서울 게 없었다. 나의 개인사에서 기록을 찾아볼 수 없을 만큼 막대한 양의 아드레날린이 내 뇌를 가득 채웠다. 그녀를 이 가슴에 안고 내 손으로 해피엔딩을 만들어야지. 태어나서 뭔가를 위해 이만큼 애써본 일이 없지 않은가.

빤스총반장은 마침내 괴팍성의 무대 뒤로 기어 올라간 나에게 손을 뻗으며, "괜찮아?" 하고 어이없는 얼굴로 말했다.

"잘도 살아났군!"

빤스총반장은 망토를 두르고 있었다. 아무래도 괴팍왕 스스로 괴팍왕을 연기하려는 모양이었다. 나는 심호흡을 하고 후들후들 떨리는 다리를 겨우 억누르며 폭포처럼 떨어지는 땀을 닦았다. 곁을 보니 물이 찔끔찔끔 흐르는 홈통이 저녁 하늘을 향해 사선으로 삐쭉 솟아 있었다. 나는 그 홈통에 매달려 무대를 뒤흔들 기세로 잡아 뽑았다.

"어이, 이봐! 무대를 부수지는 마!"

빤스총반장이 외쳤다. 나는 텔레비전에서 본 봉술의 달인을 흉내 내듯 긴 홈통을 쥐고 빤스총반장의 몸을 노렸다. 내게로 달려들려던 빤스총반장은 그 자리에 멈춰 섰다. 그 뒤에서 극단원들이 침을 삼키며 우리를 지켜보았다. 저녁 어스름 속, 우뚝 솟은 괴팍성의 무대 뒤, 뭉게뭉게 흘러가는 하얀 김에 휩싸여 우리는 대치했다. "마지막 막을 방해할 생각인가."

빤스총반장이 나를 노려보았다. "그 누구도 방해하게 놔두지 않을 거야. 이 연극은 내 혼신의 작품이야."

"방해할 마음 없어."

"그럼 도대체 어쩌자는 건가."

"그 전에 물어볼 말이 있다. 결말은 어떻게 되나. 해피엔딩인가? 언해피엔딩인가?"

빤스총반장이 우물우물하기에 내가 그 가슴을 홈통으로 꾹 밀었다.

"알았어."

빤스총반장이 신음했다. "해피엔딩이야. 본 사람이면 모두 얼굴이 상기되리라는 걸, 내 보증하지."

"그럼 됐어!"

독자 제현, 무슨 근거로 당신이 그런 큰 역할을? 하고 묻는다면, "어쩌다 보니 그렇게 됐어" 하고 대답하겠다. 해피엔딩을 내 손으로. 비록 편리주의적이라 하더라도!

"내가 방해하기 위해서 왔다고 생각하나."

"그렇지 않은가?"

"아니. 극은 단호히 속행해야 해. 단."

홈통을 쥔 채로 나는 말했다.

"괴팍왕은 내가 한다."

))) ● (((

모여든 사람들 중에는 『괴팍왕 사건 해제 신서』라는 책자를 읽는 사람도 있었습니다. 임시가게에서 팔다 남은 재고를 파는 사람도 있었습니다. 무대 한쪽 편에 설치된 스크린에는 영화 서클 '미소기'의 사람들이 〈괴팍왕〉의 지난 회를 반복 상영하고 있었습니다.

드디어 스크린의 영상이 꺼지고 시끄럽게 떠들던 관객들이 물을 끼얹은 듯 조용해졌습니다. 풍운괴팍성 한가운데에 있는 두꺼운 굴뚝에서 하얀 김이 슛 하고 격렬하게 뿜어져 나왔습니다. 성의 상부를 비추던 라이트가 혼잡한 사람들 속에 선 나를 비췄습니다.

"오후 5시 〈괴팍왕〉 개막!"

소도구 담당 여학생의 커다란 목소리가 울려 퍼졌습니다. 그녀는 내 어깨에 망토를 걸쳐주었습니다.

"대단원!"

눈앞을 막아선 사람들이 일제히 돌아보고 달마오뚝이공주를 위해 길을 열어주었습니다.

대학축제 사무국과의 사투 끝에 본부에서 탈출한 달마오뚝이공주는 상처를 입었습니다. 그녀는 지팡이에 매달려 사랑하는 사람이 유폐되어 있는 괴팍성을 향해 최후의 발걸음을 내딛습니다. 한 발 또 한 발.

))) ● (((

〈괴팍왕〉 최종 막

무대 풍운괴팍성(공학부 건물 옥상)

저녁 어스름 속에 풍운괴팍성이 솟아 있다. 지팡이를 짚고 다가가는 달마오뚝이공주. 사무국장 등 추격자들이 달려와 그녀를 잡으려 한다. 사무국장이 나섰다.

사무국장 이 옥상은 위험합니다. 당장 상연을 중지하고 해산해주십시오!

관객 1 뭐야, 좀만 기다려.

관객 2 이제 곧 끝나잖아. 마지막 회쯤은 하게 놔둬!

관객들이 사무국장 일행을 저지하자 달마오뚝이공주가 다시 걷기 시작한다.

달마오뚝이공주 괴팍왕이 모습을 감춘 뒤 세계는 어둠에 갇혔다. 그러나 지금이야말로 내 여정을 끝낼 때. 대학축제 사무국장에게서 빼앗은 이 열쇠는 저주받은 두 평 남짓한 성의 문을 열고 괴팍왕을 오랜 유폐로부터 해방할 것이다. 오오, 괴팍왕, 당신 곁으로!

달마오뚝이공주, 괴팍성의 문에 다가가 열쇠를 꽂는다. 뿜어져 나오는 하얀 연기. 드디어 문이 열린다. 안에서 괴팍왕이 나타난다.

괴팍왕 오래도록 어둠 속에 유폐되어 있던 몸, 두 눈은 힘을 잃어 내 손바닥조차 제대로 보지를 못하는구나. 부디 용서하기를. 나를 구한 은인의 얼굴을 볼 수가 없구나!

달마오뚝이공주 이 목소리를 들으면 알 터.

괴팍왕 오오!

달마오뚝이공주 당신의 괴로움을 생각하면 내 가슴은 찢어질 뿐. 당신이 어둠 속에 있을 때 내 마음도 역시 어둠 속에 있었답니다.

괴팍왕 달마오뚝이공주여, 어찌하여 이곳에?

달마오뚝이공주 당신의 적을 한 명 또 한 명 찾아 돌아다니며 때로는 머리를 숙이고 때로는 다소 난폭한 짓도 하며, 비단실처럼 가는 실마리를 더듬어 마침내 이곳으로.

괴팍왕 그건 길고도 쓰라린 여정이었겠구료. 미안하오!

달마오뚝이공주 이제 그런 말은 하지 마세요!

괴팍왕 내가 믿는 길을 걸으려 한 탓에 어쩔 수 없이 당한 성과 없는 투쟁, 또 투쟁. 활이 꺾이고 화살이 바닥나 만신창이가 되고, 결국 이 불모의 캠퍼스에 나는 풀썩 무릎을 꿇었소. 당신은 기억하고 있는지, 작년 대학축제의 한쪽 구석에서 우리가 처음으로 만났던 순간을. 그야말로 신의 장난이라고 해야 할까, 하늘에서 내려온 빨간 사과가 당신과 내 머리에서 튀었지. 그 사과가 나에게 깨달음을 주었다오. 당신이야말로 바보들의 황야에서 방황하는 내 앞길을 비추는, 단 하나의 등대라고.

달마오뚝이공주 지금 이렇게 당신과 그때의 만남을 이야기하고 있는 것이 꿈만 같아요. 생각해보니 그것이 계기였어요, 지금 이렇게 이야기하는 기이함. 온 세상에 가득 찬 놀랄 만한 우연, 신의 장난.

괴팍왕 자, 갑시다. 저주받은 두 평 남짓한 어두운 성을 떠나 영광의 캠퍼스라이프를 우리 손에.

두 사람, 끌어안는다. (막이 내린다.)

))) ● (((

막이 내린 뒤에 아직 내 품속에 있던 그녀가 빨갛게 상기
된 뺨을 하고 "훌륭했어요" 하고 말했다. 기적적으로 생명
을 구한 데다 대본에서 지시하는 대로이긴 하지만 그녀를
이 가슴에 끌어안은 덕에, 나는 치사량에 가까운 행복을 맛
보았고, 새삼스레 아슬아슬 죽을 지경이었다. 감격한 나머지
그럴듯한 말은 한마디도 나오지 않았다. 그러나 나는 괴팍
왕의 대사에 내 마음을 모두 담았다. 그녀도 감격했으리라
믿었다.

검푸른 저녁 어스름 속에 갈채가 끊이지 않아, 나와 그녀
는 거듭 무대로 불려나가 인사를 했다.

드디어 빤스총반장이 모습을 나타내자 관객은 조용해졌
다. 그녀가 "원작자이면서 각본가, 역사에 남을 게릴라 연극
〈괴팍왕〉의 주모자는 바로 이분입니다!" 하고 소리 높이 선
언하자 다시 박수갈채가 터져 나왔고, 빤스총반장은 깊이깊
이 절을 했다. 그 뒤 소도구, 대도구의 면면이 등장하여 박수

를 받았다. 극단원들은 차례차례 빤스총반장에게 악수를 청했다. 소도구 담당 여학생이 "당신의 계획, 즐거웠어요"라고 했다. "해산 직전이었던 것이 거짓말 같아요."

"끝났습니다. 허둥대지 말고 차분하게 해산." 사무국원들이 입에서 입으로 외치며 관객을 내몰았다. "운동장의 특설 무대에서 피날레가 있습니다!"

사무국장이 엄숙한 얼굴을 하고는 옥상에서 내려가는 관객의 흐름을 거슬러 걸어왔다. 그는 나를 노려보고 이어 괴팍왕, 즉 빤스총반장을 노려보았다. "소란 떨어 죄송" 하며 빤스총반장이 머리를 조아렸다.

"……이러니저러니 해봤자 이젠 끝난 일이야. 사고도 일어나지 않았고."

사무국장이 말했다. "하지만 다시는 허용하지 않을 거야."

그리고 그는 나를 보았다. "네가 떨어졌을 때 이젠 끝이다 했어. 심장이 멈추는 줄 알았다구."

"이렇게 멀쩡히 살아 있잖아."

"더 이상 그런 말도 안 되는 짓은 하지 마. 마음은 이해하지만."

다망한 사무국장은 한숨을 쉬고 고개를 우두둑 돌리더니,

"그럼, 난 바빠서 이만" 했다. "지금부터 여장을 하고 노래로 피날레를 장식할 거야."

"아직도 그럴 기운이 남았어?"

"너희들도 피날레에 와. 뇌쇄적일 거야."

그는 빠른 발걸음으로 옥상에서 사라졌다.

극단원들은 '괴팍성'을 해체하는 중인데, 빤스총반장은 아직 무대 위의 성 앞에 멍청히 서 있었다. 나는 그의 어깨를 두드렸다.

"당신은 잘했어. 빤스총반장으로, 더구나 괴팍왕이라니 참 훌륭해. 역할을 빼앗아서 미안해."

"그만."

빤스총반장이 중얼거렸다. "내가 나와봤자 대단한 차이는 없었을 거야. 어차피 모두 쓸데없는 소동이었어."

"그런 말 하지 마."

"요시다 신사에 소원을 빌고 빤스총반장이 된 것도, 극단을 이끌고 이런 소동을 기획한 것도, 모두 그 사람을 만나기 위해서였어. 이만큼 평판이 나면 그녀도 어디선가 내 연극을 볼 거라고 생각했어. 만약 그녀가 이 마지막 회를 보러 왔다면, 극에 담은 내 마음을 알아차렸을 거야. 나는 몇 번이나 망상했어. 그녀가 객석에서 내 마음을 알아차리고 막이 내린 뒤에 이쪽으로 달려올 거라고. 하지만 이젠 꿈 깼어. 난 어쩌면 바보가 아닐까?"

그가 해체되어가는 성을 올려다보며 중얼거렸다.

"도대체가 너무 빙 돌았어. 계획 자체가."

"이제 와서 그런 말을 하다니."

"일기일회라는 말 알아? 그것이 우연의 스쳐 지나감이 될지, 아니면 운명의 만남이 될지, 모든 것은 자신이 하기에 달렸어. 나와 그녀가 우연히 스쳐 지나갔던 일은 운명의 만남이 되지 못한 채 허망하게 날아갔어. '생각해보니 그게 계기였어'라고. 어느 날인가 그녀와 함께 다시 생각할 특권을 나는 그만 허무하게 날려버린 거야. 그 기회를 잡을 재주도 배짱도 없었기 때문이야!"

"자, 마시자구."

나는 그를 위로했다. "난 술을 못 하지만 이참에 마시지, 뭐. 이야기하고 나면 편해지는 것도 있어."

"나는 말이지, 그런, 남자들의 연대는 지긋지긋해……. 남자는 없어도 돼. 남자는 필요 없다구." 그가 말했다.

그때 한쪽에서 이야기를 듣던 나의 그녀가 "노리코 씨!"

하고 밝은 목소리로 누군가를 불렀다.

무대에서 보니 찬 바람이 부는 스산한 옥상에 한 여성이 서 있었다. 내가 아까 그녀로 착각하여 뒤를 쫓았던 바로 그 노리코 씨였다. 노리코 씨가 비단잉어를 가슴에 끌어안고 나의 그녀 곁으로 다가왔다. "이거 돌려줄게요" 하고 노리코 씨가 내밀자 그녀는 "고맙습니다" 하고 기쁜 듯이 비단잉어를 끌어안았다. 나는 그녀가 너무나도 사랑스러워 도저히 바라보고 있을 수가 없어서 나도 모르게 고개를 돌렸다. 바로 그때 멍해진 눈으로 노리코 씨를 바라보는 빤스총반장의 얼굴이 시야에 들어왔다. "어라!" 하며 노리코 씨를 보니 그녀도 그를 똑바로 바라보고 있었다.

노리코 씨는 그의 곁으로 다가와 손을 내밀었다.

"또 만났군요" 하고 중얼거렸다.

빤스총반장은 그 손을 잡고 말이 없었다.

풍운괴팍성이 순식간에 해체되자 건너편 학교 건물 옥상이 시야에 들어왔다. 하누키 씨와 히구치 씨가 옥상 끝에서 박수를 쳐 보였다. 히구치 씨가 불꽃을 펑펑 쏘아 올렸다. 하누키 씨는 옥상 끝에서 내려뜨린 다리를 흔들며 "대단원! 대단원!"이라고 불시에 외치고 무슨 생각을 했는지는 모르지만 축지법 고타츠 위에 있던 달마오뚝이 여러 개를 밤하늘로 집어던졌다. 달마오뚝이들은 가볍게 하늘로 올라 차례차례 학교 건물 사이사이로 날아가 제각각 떨어졌다. 그중 두 개의 달마오뚝이가 빤스총반장과 노리코 씨의 머리에 맞아 툭 하고 튀었다.

솔직히 나는 눈물이 났다. 너무나도 아름답고 너무나도 부러웠기 때문이다.

"이게 무슨 일이야!"

빤스총반장은 신음했다.

"편리주의도 적당히 할 일이지!"

))) ● (((

하늘에서 내려온 달마오뚝이가 노리코 씨와 빤스총반장의 머리에서 튀었습니다. 마치 그날의 사과처럼. 그때 내 몸에 스며들어온 감동을 나는 잊을 수 없습니다. 나는 눈물을 닦았습니다.

곁에 서 있던 선배도 눈시울을 적셨습니다.

"울고 있는 거예요, 선배?"

"울긴. 눈에서 아주 조금 소금물이 나왔어."

"부끄러워할 것 없어요. 아주 좋은 결말이에요."

눈물을 참는 선배를 올려다보며 '이 사람은 참 좋은 사람이구나' 하고 나는 생각했습니다.

우리는 피날레를 보기 위해 수많은 사람들에 섞여 운동장까지 걸어갔습니다. 어둠이 낮게 깔리고 주변은 한층 더 추워졌습니다. 11월도 끝나가니 이제 곧 진짜 동장군이 비와코琵琶湖에서 산을 넘어 상경할 테죠.

차가운 저녁 어스름 속에서 대학축제는 해체되어 작디작아졌고, 그 쓸쓸한 어둠의 중심에서, 쌓아올린 장작에 불이 붙었습니다. 확 타오른 따뜻한 불이 운동장에 모여든 사람들을 비췄습니다. 찬란히 빛나는 특설 무대에서는 눈부시게 아름다운 대학축제 사무국장이 아이돌 가수의 노래를 열창 중입니다. 구경하며 손뼉을 치는 우리 옆에 히구치 씨와 하누키 씨가 축지법 고타츠를 놓고 앉아 있습니다. 빤스총반장과 노리코 씨는 극단원들과 함께 웃으며 무대를 바라보았습니다.

그때 나는 노리코 씨와 빤스총반장의 머리에 부딪친 달마오뚝이 하나를 손에 들고 있었습니다. 선배도 달마오뚝이를 하나 들고 재미있어하며 빙글빙글 돌렸습니다.

"달마오뚝이를 좋아해?"

선배가 물었습니다.

"네. 아주 둥글고 작아서요."

내가 그렇게 말하자 선배는 웃었습니다.

그동안 말로만 듣던 '대학축제'라는 것을 충분히 즐긴 나는 행복했습니다. 나는 "나무나무" 하고 중얼거리며 신에게 감사했습니다.

"설마 선배가 괴팍왕 역할일 거라고는 생각 못 했어요."

내가 그렇게 말하자 선배는 별생각 없다는 듯 "뭐, 어쩌다 보니 그렇게 됐어" 했습니다.

"정말 열연이었고, 연기도 좋았어요. 선배, 연극에 소질이 있나요?"

"아니. 그건 아냐."

"그건 그렇다 쳐도 정말 신기한 인연이네요. 선배와는 자주 만나잖아요. 이거야말로 신의 편리주의라고 해야겠지요."

"그렇군."

선배는 타오르는 불꽃을 바라보며 말했습니다.

"신도 우리도, 이놈도 저놈도 다 편리주의자야."

나쁜 감기 사랑 감기

맑은 하늘과 비 오는 하늘의 경계점을 본 적이 있는지.

억수같이 쏟아지는 빗속에 서서 물방울이 지면을 때리는 소리에 귀를 기울이는 자신의 모습을 상상해보기 바란다. 얼굴에 흘러내리는 빗물을 닦고 앞을 바라보면 몇 발자국 앞에는 따뜻한 햇볕이 내리쬐고 지면은 바싹 말라 있다. 눈앞에 맑은 하늘과 비 오는 하늘의 경계점이 있는 것이다. 그런 신기한 현상을 어린 시절에 딱 한 번 본 적이 있다.

그해 겨울 나는 그 광경이 자꾸만 머리에 떠올랐다.

한 마리 젖은 쥐가 차가운 빗속을 달린다. 그건 물론 나를 두고 하는 말이다. 나는 맑은 하늘 아래로 나가려고 한다. 하지만 바로 눈앞에 보이는 그 맑은 하늘이 마치 여름의 아지랑이처럼 저 멀리 도망치다 사라지다를 반복한다. 저쪽 햇볕 속에 서 있는 것은 내 마음속의 사람, 검은 머리의 아가씨다. 그녀 주변은 따뜻하고 평온하고 신의 호의로 가득하다. 아마도 좋은 향기도 날 것이다. 그에 비해 내 몸은 어떠한가. 내 주위는 신의 호의는커녕 서툴게 분투하는 나 자신을 한탄하는 눈물이 앞을 가리고 휘몰아치는 사랑의 폭풍우가 몸을 때린다.

그녀는 감기의 신이 발호하는 거리를 걸었고, 역시 의도하지 않는 사이에 12월의 거리의 주역이 되었다. 본인은 그 사실을 눈치채지 못했으며 지금도 모를 것이다.

그런 한편 나는 감기의 신에게 한방 먹었다. 그래서 고열과 심한 기침, 폐가 비틀리는 고통에 시달리며 생전 개는 법 없는 요 위에서 몸을 움츠리고 지내야 했다. 그녀를 뒤쫓지도 못하고 망상에 골몰할 뿐. 나는 결국 주역의 자리를 차지하지 못하고 길가의 돌멩이 신세에 감지덕지하며 외롭게 한 해를 넘길 신세였다.

그러나 모든 것은 그 생전 개지 않는 요 위에서 일어났다.

이건 그녀의 이야기이기도 하고 내 이야기이기도 하다.

운명의 편리주의에 의해, 마침내 길가의 돌멩이가 잠자리에서 일어난 것이다.

)))●(((

그해 가을, 대학축제에서의 나의 분투는 칭찬받을 만했다. 신의 편리주의에 의존했다는 걸 옆으로 제쳐놓는다면, 우선 '목숨을 걸었다' 해도 과언이 아니었으니, 교토시청 앞 광장에서 바니걸들에게 둘러싸여 시장에게 표창을 받아도 마땅한 노력을 한 셈이었다.

나는 그녀의 마음을 끌기 위해 공학부 건물 옥상에서 몸을 날렸다. 대학축제의 게릴라 연극에 뛰어들어 주역을 맡기도 했다. 더 거슬러 올라가자면 여름의 헌책시장에서는 그녀가 애독하는 그림책을 손에 넣기 위해 강적들과 불꽃비를 둘러싸고 나란히 앉아 사투를 벌였다. 봄에는 백귀야행의 밤거리를 파김치가 되어 돌아다녔다. 그만큼 사람으로서 할 일을 다 했으니 대충이라도 목표하는 바가 이루어짐이 마땅했다. 그러나 검은 머리의 아가씨를 둘러싼 성은 난공불락이었다.

애초부터 나는 결정적인 수단을 쓰는 걸 피했다. 하지만 쓸데없이 멀리 돌아가는 게 아니냐는 다수의 의견은 일단 각하하겠다. 그건 나중에 가서 생각해볼 일이다.

어쨌든 가장 알 수 없는 것은 그녀가 나를 어떻게 생각하고 있느냐는 것이었다. 과연 나를 한 남자로서, 아니, 한 사람의 대등한 인간으로서라도 생각하는 걸까.

나는 그걸 잘 알 수가 없었다.

결정적인 일격을 망설이게 되는 것도 그 때문이었다.

〉〉〉●《《〈

죄송하지만, 그때의 내 마음을 표현하기는 어렵습니다.

어쨌든 그때까지 나는 다른 재미있는 것들에 푹 빠져서 남녀가 서로 밀고 당기는 일에는 관심이 별로 없었거든요. 그런 거는 폼 나게 차려입은 어른 신사숙녀가 성대한 가면무도회의 한쪽 구석에서 벌이는 놀이일 뿐 나 같은 아이와는 인연이 멀다고 생각했습니다. 마음의 준비가 되어 있지 않은 이 몸은 상대의 마음은커녕 솜과자처럼 애매모호한 나자신의 마음을 헤아리는 것조차 쉽지 않았습니다.

하지만 분명한 것은 대학축제에서 게릴라 연극 〈괴팍왕〉의 막이 내리기 직전 뜻밖에 선배가 눈앞에 나타났을 때는 뭐랄까 안도감 같은 것을 느꼈다는 거지요. 거리에서 자주 마주쳤기 때문이기도 할 거예요. 하지만 잊히지 않는 것은 대본의 지시대로 선배에게 안겼을 때의 묘한 느낌입니다.

대학축제가 끝난 뒤에도 나는 불쑥불쑥 그때의 일이 생각나곤 했습니다. 그때마다 나는 어쩐지 멍~해지는 거예요. 물론 나는 보통 때도 정신을 갈고닦는 사람은 아니지만, 그 '멍~'은 '멍~' 중의 '멍~', '멍하게 굴기 세계선수권대회' 같은 것이 있다면 틀림없이 국가대표 자리를 차지할 정도로 본격적인 멍~이었습니다. 그런 멍~한 순간이 지나가고 나면 나는 마음이 들뜬 나머지 방에 있는 비단잉어 인형을 푹푹 치거나 꽉 눌러버리거나 했습니다. 불쌍한 건 비단잉어였습니다. 정말로 미안한 일입니다. 비단잉어에게 폭력적인 행동을 한 다음에는 언제나 몸이 녹초가 됐습니다.

그렇게 11월이 끝나고 12월에 들어섰습니다.

나는 강의를 들으러 다니는 한편, 때때로 멍~한 나날을 보내는 중이었습니다.

동쪽에 솟아오른 산들을 따뜻한 색깔로 물들였던 단풍도

차례차례 잎이 떨어지고 겨울은 한층 깊어갔습니다. 거리에
서 하얀 입김을 내뿜으며 가로수 가지 끝을 올려다보면, 교
토는 벌써 정말 구석구석까지 추운 겨울이었습니다.

))) ● (((

12월도 중순이 다 됐을 무렵, 내가 대학 중앙식당에서 온
천달걀과 된장국으로 맛있게 밥을 먹고 있는데 히구치 씨가
다가와 맞은편에 앉았습니다. 히구치 씨는 감색 유카타 위
에 옛날 형사 드라마의 등장인물이 입는 것 같은 낡아빠진
점퍼를 걸쳤습니다.

히구치 씨는 "여어, 찾았다" 하며 웃음 지었습니다. 조금
수척해 보였습니다.

"무슨 일이세요? 힘이 없어 보이네요."

"요즘 제자도 하누키 씨도 찾아오질 않아서 먹을 게 없어.
배가 너무 고파서 머리가 지끈지끈 아파."

"그럼 안 되죠!"

내가 허둥지둥 이백 엔을 빌려주자 히구치 씨는 재빨리
일어나 온천달걀과 된장국과 밥을 쟁반에 들고 왔습니다.

그러고는 굶주린 들개처럼 우걱우걱 먹었습니다.

"하누키 씨는 잘 지내세요?"

"그게 말이지. 지독한 감기에 걸려 자리보전하고 있어. 밥줄이 자리 깔고 누워버리니까, 이건 까딱하다간 나까지 굶어 죽겠는 거야."

하누키 씨는 얼마 전부터 기침이 심해 힘들어했는데 이틀 전부터는 열이 높아져서 치과 일도 쉬고 자신의 아파트에 앓아누웠답니다. 그 고고하고 아름다운 사람이 좋아하는 술도 못 마시고 이불 속에 웅크리고 누워 기침하는 모습을 떠올리니 너무나도 불쌍했습니다. 오후 강의 같은 건 문제가 아니었습니다. 비록 학점을 못 딴다 하더라도 하누키 씨의 병문안이 먼저였습니다. 하누키 씨와 히구치 씨는 나의 대학 생활에 새로운 지평을 열어준 은인이니까요.

"네가 간다면 나도 가지. 다행히 배도 채웠으니."

중앙식당을 나온 나와 히구치 씨는 낙엽이 바삭바삭 소리를 내는 대학 구내를 지나 거리로 나갔습니다. 하늘에는 구름이 무겁게 드리웠고 길에는 찬 바람이 불었습니다.

하누키 씨의 아파트로 가는 도중에 히가시오지의 슈퍼마켓에 들러 감기에 잘 듣는 과일과 요구르트를 잔뜩 샀습니다. 이 영양 풍부한 음식들이 하누키 씨의 몸에 딱 달라붙은 감기의 신을 쫓아내주겠지요. 나와 히구치 씨는 빵빵하게 부푼 비닐봉지를 들고 다카노 강을 향해 히가시쿠라마구치 거리를 걸어갔습니다.

하누키 씨가 사는 곳은 다카노 강변의 지은 지 얼마 안 되는 아파트였습니다.

우리가 인터폰을 누르자 핑크빛 파자마 위에 카디건을 걸친 하누키 씨가 문을 열어주었습니다. 자다 일어나서 흐트러진 머리가 얼굴에 흘러내렸는데 언뜻 보기에도 수척해진 모습이었습니다. 그녀는 미소를 지었지만 본토초에서 술에 젖어 걸었던 그 밤의 힘찬 모습이 아니었습니다.

"왔구나."

"히구치 씨한테서 이야기를 듣고 안절부절못하겠더라고요. 얼핏 보기에도 열이 무척 높아 보여요. 어서 이불 속에 들어가 쉬세요."

작은 방은 예쁘게 정돈되어 있었고 하얀 사각 가습기에서는 증기가 보드랍게 올라왔습니다. 내가 사 온 음식을 냉장고에 넣는 동안 하누키 씨는 물방울 무늬 이불에 들어가 얼굴만 내놓았습니다. 술이 있는 것을 보고 나는 설탕과 달걀을 넣어 달걀술을 만들기로 했습니다. "달걀술은 있지, 달걀하고 설탕은 빼고 해줘." 하누키 씨가 이불 속에서 구시렁구시렁 말했지만, 나는 "그건 안 돼요" 했습니다.

히구치 씨는 하누키 씨 옆에 정좌를 하고 앉아 그녀의 이마에 손을 올려놓았습니다. "달걀을 부쳐도 될 정도로 뜨겁잖아. 이렇게 열이 나니 이제 어떡할 거야."

"내가 뭐 좋아서 열을 내는 줄 아나."

"정신이 나태하니까 감기에 걸리지. 날 봐봐."

"히구치 군이 감기에 걸리지 않는 건 스트레스가 없든가 아니면 바보이기 때문이야."

"입 다물지 않으면 감기가 더 악화될걸. 이 입을 막아버려야지."

그러면서 히구치 씨는 열을 내리는 파란색 패드를 그녀의 입에다 붙이려고 했습니다. 그러고는 다시 빈둥빈둥.

달걀술이 완성되자 하누키 씨는 이부자리에서 일어나 앉아 먹었습니다. 하누키 씨가 "우습게 알았었는데 의외로 맛있군" 하고 말해줘서 기뻤습니다.

"히구치 군은 이걸 몽땅 이 아이한테 사게 했구나. 빈손으로 병문안을 오다니."

"어이 어이, 나한테 뭘 기대했다면, 그건 오버야."

"어쨌든 히구치 군도 병문안 같은 걸 오긴 오네. 기대하지 않던 거라 솔직히 조금 기뻐."

"어쩌다가 이 애를 만난 덕분이지."

히구치 씨가 그렇게 말하자, 하누키 씨가 나를 향해 아주 귀엽게 웃었습니다.

하누키 씨는 열 때문에 눈에 물기가 맺힌 것처럼 보여 무척 아름다웠습니다. 히구치 씨는 하누키 씨를 위해 사 온 병문안용 푸딩을 와구와구 먹어치웠습니다.

하누키 씨는 달걀술을 다 마시자 다시 이불 속으로 들어가 고열에 시달리며 꾼 꿈 이야기를 했습니다. "감기 걸렸을 땐 괴상망측한 꿈을 꾸나 봐."

얼마 안 가 나는 하누키 씨의 감기가 특별한 감기라는 걸 알게 됩니다.

〉〉〉●《《《

내 하숙집은 기타시라 강가 히가시오구라초에 있다.

한적한 주택가의 분위기를 완전히 망가뜨리는 폐허에 가

까운 목조 아파트다. 어딘지 모르게 '풍운괴팍성'을 생각나게 한다. 내 방은 2층 서쪽 끝에 있어 창을 열면 수로를 따라 심은 가로수가 손에 잡힐 것처럼 가깝다. 지금은 그 잎도 다 떨어져 수로 건너편의 텅 빈 대학 운동장이 보인다.

나는 학교를 헤매다가 매일 저녁 해가 완전히 진 뒤에 하숙으로 돌아왔다. 자갈이 깔린 집 앞쪽에 자전거를 세우고 현관에 발을 들이밀면 전등갓 아래의 전구가 제멋대로 벗어놓은 신발을 비춘다. 저녁 어스름 속에 빛나는 전구를 올려다보면 초라한 기분이 든다. 겨울로 접어들었을 때 누군가가 슬리퍼를 훔쳐가는 바람에 나무판자를 잇댄 복도를 맨발로 걸어 다녀야 했다. 그러자니 겨울 추위가 곧바로 발바닥으로 스며들었다.

같은 실험대에서 실험을 하는 동료가 감기로 쓰러졌다. 덕분에 그의 몫까지 해내느라 분주하게 지내다 보니 시간이 속절없이 흘러갔다. 그해 겨울은 악질적인 감기가 유행한다는 소문이 무성했다. 나와 그녀가 소속된 클럽도 감기의 신의 마수를 피해 갈 수 없었는지 부원들이 한 명 두 명 쓰러지기 시작했다. 그녀가 쓰러진 부원들의 하숙을 병문안 가서 기특하게도 신선죽이니 달걀술이니를 만들어준다는 이야기를 듣고 '나도 한번 멋지게 감기나 걸려볼까' 하는 마음이 들었으나, 그렇게 생각을 해서 그런지 감기의 신은 좀처럼 나를 찾아오지 않았다. 기대란 어그러지기 쉬운 법.

유행에 민감한 대학축제 사무국장이 감기로 쓰러졌다는 소리를 듣고 반쯤은 놀릴 요량으로 꿀생강즙과 드링크제를 사들고 병문안을 갔다. 그는 대학축제 관계 자료와 라쿠고 책, 기타 잡동사니에 둘러싸인 침대에 앉아 나고야에서 병문안 온다는 원거리 연애 중인 자신의 그녀를 초조한 마음으로 기다리는 중이었다. 그는 규방조사단 청년부의 권유로 얼떨결에 외설 도서 감상회에 갔다가 감기를 옮아 온 모양이었다. 외설 도서가 우리같이 멍청한 학생들의 면역력을 저하시킨다는 건 널리 알려진 사실이다. 자업자득이랄밖에.

그렇게 무미건조한 나날을 보내다가, 나는 '상사병'에 걸렸다.

상사병이란 '연모하는 마음이 상대에게 전달되지 않아 병적인 상태가 되는 것'을 말한다. 사랑은 인간이 걸리는 온갖 병에 들지 않는 병이라, 갈근탕을 먹어도 낫지 않았다. 그녀라는 성의 바깥 해자를 메우는 데만 몰두했던 요 반년 동안 오로지 영혼의 원거리 연애에만 몸부림쳤으니, 상사병에 걸리는 것도 당연했다. 갈 곳 잃은 정열이 몸 안에서 어디로 갈지 몰라 핑글핑글 소용돌이쳤다. 그래서 이렇게 열이 나는 거다. 그렇고말고.

해가 진 뒤에 하숙으로 돌아오니 머리가 멍해서 아무것도 손에 잡히지 않았다. 지독하게 나른했다. 히터를 켤 틈도 없이 나는 이불 속으로 파고들었다.

))) ● (((

가모가와 서편 이마데 강 거리의 남쪽에는 고궁의 숲이 펼쳐져 있습니다.

고궁의 청화원淸和院 정문에서 데라마치 거리로 나와 동쪽으로 들어간 한적한 시내에 우치다 내과의원이라는 작은 병원이 있었습니다. 판자로 울타리를 두른 목조 병원인데 담장 위로 푸르른 소나무가 가지를 내민 모양이 요즘 보기 드문 운치를 느끼게 했습니다. '우치다 내과의원'의 우치다 선생님은 전 궤변론부원으로, 하누키 씨와 히구치 씨는 봄에 본토초에서 그를 알게 되었습니다. 하누키 씨와 히구치 씨는 그 뒤 우치다 선생님, 그리고 역시 같은 전 궤변론부원인 아카가와 사장님과 함께 가끔 한잔하러 간다고 했습니다.

며칠이 지나도 하누키 씨의 병상이 좋아지지 않자, 히구치 씨가 병원에 데리고 가겠다고 했습니다. "큰 병원은 싫어. 병이 더 깊어질 것 같아." 하누키 씨가 응석받이처럼 말해서 나와 히구치 씨가 어디로 가야 하나 하고 망설이는데, 그녀는 "우치다 씨네 병원이 좋겠어" 했습니다.

히구치 씨가 하누키 씨를 업고 나도 함께 우치다 선생님의 병원을 찾아갔습니다.

하누키 씨의 진찰이 끝날 때까지 나와 히구치 씨는 난로를 켜놓아 따뜻한 마룻바닥 대기실에서 기다렸습니다. 그 어떤 일에도 눈 깜짝하지 않는 히구치 씨도 눈썹을 조금 찌푸리며 생각에 잠긴 얼굴이었습니다. 좁은 대기실이 사람들로 가득 찬 탓에 우리는 구석 신발장 옆에서 서로 몸을 기대고 있었습니다. 흐린 유리창을 통해 들어오는 오후의 햇빛이 마룻바닥에 희미하게 양지를 만들었습니다. 나는 좀처럼 감기에 걸리지 않는 아이였는데 그래도 몇 번쯤 아버지의 차를 타고 주치의의 병원에 간 적이 있었다는 사실이 생각났습니다. 왠지 그때도 이렇게 마룻바닥에 떨어지는 햇빛을 보고 있었던 것 같습니다.

"감기 같은 건 윤폐로潤肺露가 있으면 바로 나아."

히구치 씨가 생각났다는 듯이 말했습니다.

"윤폐로라는 게 뭐예요?"

"그건 예전에 결핵 치료에도 사용되었던 환상의 묘약이야. 비싼 한방 약재를 섞어서 물엿처럼 만든 건데 그걸 나무막대에 둘둘 말아서 핥아 먹어. 한 번 핥을 때마다 열이 내려가고 온몸의 힘이 되살아난다지 아마. 입 안에서 녹는 달콤함과 입에서 코로 전달되는 고귀하기 이를 데 없는 강한 향기 때문에 한 번 핥기만 해도 중독이 될 정도래. 맛이 이루 말할 수 없이 좋다 보니 세상 사람들이 감기도 아닌데 너무 많이 핥아서 쉴 새 없이 코피를 흘렸대."

"뭔지 몰라도 굉장한 약이네요. 정말로 그런 약이 있으면 좋을 텐데."

"지금은 못 구해. 거참 아쉽네."

드디어 하누키 씨가 나왔습니다. 약을 기다리는데 흰 옷을 입은 우치다 선생님이 창구에까지 나왔습니다. 그는 나를 보자 "이백 씨와 술 대적을 했던 아이가 아니니" 하며 웃었습니다. 본토초의 그날 밤 이후 벌써 반년이나 지났는데 아직도 나를 기억해주다니 고마운 일입니다. 우치다 씨는 좀 더 이야기를 하고 싶은 모양이었지만 대기실에 순서를 기다리는 사람이 한가득이었습니다. 그는 다시 진찰실로 돌아갔고 우리는 병원에서 나왔습니다.

히구치 씨가 하누키 씨를 등에 업고 이마데 강 거리를 걸으며 말했습니다. "병원이 굉장히 잘되네. 우치다 씨는 쉴 틈도 없는 것 같았어."

"독감이 유행한다잖아. 나도 바로 그 감기에 걸렸어."

하누키 씨는 히구치 씨의 어깨에 뺨을 올려놓고 괴로운 듯이 말했습니다. "아마 지난주에 아카가와 씨랑 한잔하다가 옮았나 봐."

"어라, 사장님도 감기야?"

"열이 나서 끙끙 앓고 있대. 아들 부부한테서 옮았다나."

"모두들 긴장이 풀렸군. 나를 봐, 나를. 절대로 감기 같은 거 안 걸리잖아."

"히구치 군은 스트레스가 없기 때문이야."

우리는 그런 말을 주거니 받거니 하며 가모가와의 둔덕을 걸어갔습니다. 하누키 씨는 히구치 씨의 등에서 콜록콜록 기침을 하며 은색으로 빛나는 가모가와를 바라보았습니다. 그러더니 "북쪽 바람아, 꼬맹이 간타로야"(일본의 남녀노소가 즐겨 부르는 추억의 동요—옮긴이) 하고 흥얼거렸습니다.

))) ● (((

추위가 더 혹독해지자 하숙에 있는 대부분의 시간을 이불 속에서 지냈다. 이불 속에서 텔레비전을 보고 이불 속에서 밥을 먹고 이불 속에서 공부하고 이불 속에서 생각에 잠기고 이불 속에서 조니를 달랬다. '생전 개지 않는 이부자리'야말로 내 혐오스런 청춘의 주 전쟁터였다. 그날도 서둘러 이불 속으로 파고들어 더러운 천장을 바라보았다. 숨을 내쉬면 하얀 입김이 나왔다. 관절이 제멋대로 흔들리는 느낌이 들더니 몸이 늘어지면서 마치 이불 속으로 녹아들어가는 것 같았다.

나는 깜빡깜빡 졸면서 부질없는 생각에 잠겼다.

나는 대학축제 때의 추억을 담아놓았던 내 마음의 보석 상자를 열고 그녀의 가는 어깨를 안았을 때의 감촉을 떠올려보았다. 그러나 그 기억을 더듬으면 더듬을수록 명료했던 그녀의 감촉은 점점 옅어져갔다. 내 팔 안에서 나를 올려다보던 그녀의 얼굴도 흐려져갔다. 모든 것이 거짓말 같았다.

그런 일이 정말로 있었던 걸까? 어쩌면 그건 나 혼자만의 망상이 아니었을까?

대학축제에서 주운 달마오뚝이가 머리맡에 놓여 있었다.

멍청히 그것을 바라보다 보니 그때 내 주위에 깔렸던 땅거미가 다시 나를 감쌌다. 나는 유난히 맑은 쪽빛 하늘 아래서 그녀를 찾아 달렸다. 올려다본 하늘이 거뭇거뭇한 학교 건물에 잘려 보인다. 이런 곳에서 무엇을 하고 있나. 어서 빨리 그녀를 쫓아가야 하는데. 하지만 나는 어디로 가야 좋을지 알 수 없었다.

대학축제 사무국장과 사무국원들이 공학부 건물로 뛰어들어가는 것이 보였다. 나는 서둘러 그 뒤를 쫓았다. 학생들이 옥상을 향해 줄줄이 계단을 올라갔다. 눈앞의 사무국원들이 구경하러 올라가는 학생들을 발로 차며 달려 올라갔다.

옥상은 관객으로 가득 차 도떼기시장 같았다. 그 혼잡 너머로 '풍운괴팍성'이 솟아 있고 난립한 굴뚝에서 하얀 김이 뭉게뭉게 뿜어져 나와 저녁 어스름 속으로 사라졌다. 연극을 보러 온 관객과 상연을 중단시키려는 사무국원들이 서로 밀거니 밀치거니 하는 사이로 주역을 맡은 그녀가 관객들의 보호를 받으며 무대로 나아가는 것이 보였다. 이미 모든 것이 늦었다. 내가 '풍운괴팍성'에 도달하기 전에 최후의 막이 올라갔다. 나는 그녀에게 달려가고 싶었지만 열광하는 관객들에게 가로막혀 오도 가도 못했다. "지나가게 해줘!" 하고 외치는 내 노력은 허망했다. 나는 있는 힘껏 팔을 뻗었다. 하지만 검은 산을 이룬 사람들의 무리가 그녀와 나 사이를 가로막았고 그녀에게 닿기는커녕 그녀가 선 무대조차 볼 수가 없었다. 그녀는 무대에 올라갔을까. 그렇다면 그녀는 나를 내팽개쳐놓고 마침내 모습을 드러낼 괴팍왕의 팔에 안기는 걸까. 저기서 그녀를 안으려는 건 누군가? 도대체 어디서 굴러먹던 개뼈다귀가? 그게 왜 내가 아니란 말인가?

나는 분한 나머지 발밑에 구르던 달마오뚝이를 주워 던졌다. 달마오뚝이는 크게 곡선을 그리며 저녁 어스름 속을 날았다. 주위에 서 있는 관객들이 비난 섞인 눈으로 나를 노려보았다. 나는 홀로 멈춰 섰다.

사랑의 바람이 요란한 소리를 내며 질투로 불타버린 가슴 위를 쓸고 지나갔다.

))) ● (((

감기의 신조차 피해 가는 내게 병문안은 새로운 일거리가 되었습니다. 그 겨울 하누키 씨를 시작으로 하여 여러 분이 감기로 쓰러지는 바람에, 이 몸은 바쁘기 이를 데 없었습니다. 대야 한 개 분량의 달걀술을 만들었다 해도 과언이 아닐 거예요.

미안해요. 과언이었습니다.

하지만 어쨌든 여러 사람의 집에 병문안을 가게 되었습니다.

하누키 씨의 용태가 조금 안정될 즈음에 노리코 씨가 같이 가자고 해서 은퇴한 대학축제 사무국장의 집에 병문안을 갔습니다. 나는 대학축제가 끝난 뒤로도 노리코 씨와 친한 친구로 지냈고 함께 오카자키의 교토시립미술관에 다녀오기도 했습니다.

그날은 은각사 파출소 앞에서 만나기로 했습니다. '철학의 길'을 따라 심어놓은 벚꽃 가로수도 겨울바람에 잎이 완전히 떨어져 나가 사탕과자같이 만개했던 봄날의 벚꽃은 상상으로라도 떠올릴 수가 없었습니다. 윙윙 부는 바람에 내 머리도 떨어져 나갈 것 같았습니다. 아이고 추워라 하면서 다이몬지 산을 올려다보며 "북쪽 바람아, 꼬맹이 간타로야" 하고 흥얼거리는데 노리코 씨와 전 빤스총반장이 다가왔습니다. 그들은 병문안용 물건들을 잔뜩 들고 있었습니다.

"여어, 그 뒤로 어떻게 지내요?" 전 빤스총반장이 활짝 핀 얼굴로 말했습니다. 그는 숙제였던 노리코 씨와의 재회를 이뤄내 빤스를 갈아입지 않는 고행에서 벗어난 몸. 하반신의 병들에게도 안녕을 고해선지 매우 기분이 좋아 보였습니다. 정말로 기쁜 일입니다.

"사무국장이 규방조사단 청년부에게서 옮았다고 화를 냈어요."

"규방조사단 청년부가 뭐죠?"

"그건, 응, 좀 거시기해서 여자한테 대놓고 말하기가 좀 그러네."

대학축제 사무국장의 집은 걸어서 오 분쯤 되는, 비와호수로 변에 선 커다란 회색 아파트였습니다. 그의 방은 병문안 온 사람들이 가져온 물건들로 발 디딜 틈이 없어 정작 사무국장 본인은 구석에 몰려 있었습니다. '대학축제 사무국장'이라는 요직을 맡을 정도의 큰 인물이 지닌 인망 덕이지요. 지진이라도 한번 일어나는 날에는 무너지는 '인망'에 생매장될 거예요. "그것 또한 흡족한 일이지." 사무국장이 이불 속에서 웅얼웅얼 말했습니다.

"이렇게 이것저것 들고 오지 말걸" 하고 빤스총반장은 쓴웃음을 지었습니다. "얼마 안 가 누울 공간도 없겠어."

"괜찮아, 괜찮아. 고마워."

사무국장은 병문안 때 들고 온 물건들로 이루어진 하얀 거탑의 꼭대기에 빤스총반장이 가져온 물건들을 살그머니 올려놓았습니다.

"정말 많은 사람들이 병문안을 와주셨군요." 내가 말했습니다.

"게이후쿠전철연구회도 왔고 궤변론부도 왔고 영화 서클 '미소기'도 왔어. 서클이란 서클에서는 모두 왔으니 일일이 기억도 못 하겠어…… 네 선배도 요전번에 왔는데."

"선배라면, 누구요?"

"그 게릴라 연극에서 괴팍왕을 연기한 바보 녀석 말이야. 그 녀석하고는 1학년 때부터 친구야."

나와 노리코 씨는 '해물죽'을 만들고, 빤스총반장은 쌓아 올린 병문안 선물들을 정리했습니다. 우리는 완성된 해물죽을 먹으면서 가을 대학축제의 소동을 회고하며 이야기를 나누었습니다. 사무국장이 무리하는 게 아닌가 걱정이었지만, 그가 "사람들하고 이야기하면 힘이 나" 했거든요. 거기서도 또 선배 이야기가 나왔습니다.

"그는 괴팍왕 역할을 하려고 필사적이었지."

빤스총반장이 말했습니다. "왜 그랬는지 모르겠어."

"그랬나요? 선배는 우연히 거길 지나치는 길이었다고 했는데……"

"잘도 둘러대는군! 그건 거의 무대 강탈이었어."

"그에게는 분명한 목표가 있어."

대학축제 사무국장이 그렇게 말하며 나를 뚫어져라 쳐다보았습니다. "넌 영 모르는구나."

))) ● (((

계속해서 사랑 바람에 시달린 나머지 사랑 감기에 걸렸나 했다. 이것으로 나도 전통 있는 '상사병'을 앓는 남자의 반열에 올랐군, 하고 한동안 흐뭇해했는데 허심탄회하게 병상을 관찰해보니 아무래도 그렇지 않은 것 같았다. 그건 단순한 감기였다. 사무국장한테서 옮은 게 분명했다.

운치 없군. 정말 운치 없어. 상사병이 아니라 단순 감기라니.

그렇게 한탄하는 사이 병세는 순식간에 악화됐다.

마치 그릇에서 물이 넘쳐나는 것처럼 콧구멍에서 콧물이 쏟아져 나왔다. 하도 기침이 심해 피를 토할 것 같았다. 몸이 말 그대로 납처럼 무거워서 이불에서 기어 나와 학교까지 가는 것도 힘들었다. 코를 너무 많이 푼 탓인지 입술 위에 종기까지 부풀어 올랐다. 크리스마스가 코앞인 이때에 너무하다면 너무한 처사였다. 신도 부처님도 없는가!

이래 봬도 자신에게 엄한 나는 이것도 수행의 일종이라고 생각하고 단호히 학교에 나갔다. 내 실험대에서는 이미 두 명의 연약한 동료가 감기로 쓰러져, 이제 나까지 쓰러지면 실험 데이터가 나올 수 없기 때문이었다. 텅 빈 학생 실험실을 둘러보니 낙오자의 수는 계속 늘어나 이미 무인 실험상태가 된 실험대도 많았다. 그렇지 않아도 낡은 기구들이 늘어선 살풍경한 학생 실험실이 더욱 황량해 보였다. 감기의 신이 학생들을 한 방씩 먹이는 광경이 눈앞에서 벌어지는 중이었다.

나는 떨리는 손으로 실험을 하다가 플라스크를 깼고 기

침을 하다가 독극물을 날렸고 꾸벅꾸벅 졸다가 버너에 턱을 태울 뻔했다. 담당 교수가 맥이 다 빠져나간 내 모습을 보다 못해 불쑥 나를 끌어 일으키더니, "자네, 됐으니까 집에 가. 가서 자" 했다. "이거 거의 실험실 폐쇄 수준이군."

마른 잎이 떨어지는 학교 구내를 걸어가자니 겨울의 추위와 감기의 오한과 사람에 대한 그리움이 내 숨통을 끊어놓기라도 할 기세로 일제 공격을 가해왔다. 빨리 이 모든 괴로움으로부터 벗어나 그리운 이부자리에 파고들자는 일념으로 자전거 페달을 밟았다.

나는 감기의 신과의 전투 준비를 위해 강변에 있는 슈퍼마켓에 들렀다. 유령 같은 발걸음으로 드링크제와 포카리스웨트와 과자빵과 어육햄버거와 휴지를 바구니에 던져 넣으며 걷자니 눈앞에 숨이 끊어질락 말락 하는 남자가 서 있었다. 그는 코카콜라 대자 병을 끌어안고 무슨 생각인지 손에는 생강 봉지를 꽉 쥔 채, '이성이 마비됐어' 하고 말하려는 듯 눈을 반쯤 감았다. 머리는 푸석푸석했고 몸은 희미하게 떨렸다. 감기에 걸린 게 분명했다.

이 남자, 어디선가 본 것 같군 했는데 그건 빤스총반장이었다. 아니지. 대학축제에서 과제를 달성하여 그 끔찍한 일

년 묵은 빤스를 화려하게 벗어던졌을 테니 '전 빤스총반장'이라고 해야겠지. 나는 말을 걸 기운도 없어 빠르게 그 옆을 지나쳤다. 그도 계속 멍하니 코카콜라 대자 병을 끌어안고 있는 것이 나를 못 알아본 모양이었다.

기다시피 하숙으로 돌아와 음식들을 냉장고에 던져 넣은 후 바로 이부자리에 쓰러졌다. 차가운 이부자리가 차차 따뜻해지면서 오한이 가라앉았다.

그녀를 병문안 오게 하고 싶었지만, 그렇다고 그녀에게 직접 "병문안 오게나" 하고 부탁할 수는 없었다. 그건 신사의 방식이 아니다. 궁리 끝에 "감기로 쓰러져 괴로워하고 있는데, 가능하다면 후배인 검은 머리 아가씨가 와주었으면 좋겠다"는 취지의 소문을 클럽 동료들에게 흘리기로 했다.

그렇게 도움을 청하는 메일을 보내고 나서 삼십 분을 넘게 기다렸는데 아무도 답메일을 보내오지 않았다. 마치 허공에 돌을 던진 것 같았다. 답이 없는 이유로는 두 가지를 생각할 수 있었다.

하나는 다들 나와 연루되는 것이 싫어 모르는 척하는 것.

또 하나는 하나같이 감기로 쓰러진 것.

"후자가 낫겠군" 하며 나는 잠이 들었다.

)) ● ● (((

    감기는 사람마다 자기 나름의 고치는 방식이 있는 법입니다.

    우선 떠오르는 건 어머니가 갈아준 사과입니다. 부드러운 사과를 숟가락으로 떠서 호믈호믈 먹을 때의 입속 감촉을 생각하면 감기 걸려 학교를 쉬고 누워 있던 조용한 오전, 괴롭지만 신나기도 했던 그 달콤한 기억이 떠오르네요. 감기에 걸리는 일이 거의 없었던 내게는 무척 소중한 추억입니다. 갈아 내린 사과를 먹은 후 달마오뚝이를 끌어안고 한잠 자면 감기는 금방 나았습니다. 사과와 달마오뚝이의 효과는 절대적이었어요. 달마오뚝이를 이부자리에 넣고 자면 감기가 낫는 '주문'을 언니가 가르쳐준 덕이었습니다.

    그날 나는 감기로 쓰러진 노리코 씨를 병문안하러 갔었습니다.

    노리코 씨는 작고 둥근 달마오뚝이를 좋아했으므로, 나는 언니의 주문을 가르쳐줄 생각으로 이부자리에 집어넣을 작은 달마오뚝이를 하나 안고 갔습니다. 대학축제 때 주운 것입니다.

노리코 씨의 집은 요시다 산 동쪽 경사면에 있는 작은 계란색 아파트였습니다. 가구라오카 거리에서 요시다 산으로 향하는 좁고 급한 경사 길을 타박타박 간신히 올라가는데 회색으로 흐린 차가운 대기 사이로 하나씩 둘씩 눈송이가 날리기 시작했습니다. 첫눈이었는지도 모릅니다.

나를 맞이한 노리코 씨는 "사무국장 집에 병문안 갔을 때 옮았나 봐" 하며 가지런한 눈썹을 찌푸렸습니다. 그렇지 않아도 호리호리해서 덧없는 인상을 주는 그녀가 이제는 마치 만지면 깨질 것처럼 연약해 보였습니다.

"오늘 〈괴팍왕〉 상영회에 가려고 했는데, 못 가겠지?"

"그건 너무 아쉽다."

빤스총반장이 주도한 〈괴팍왕〉이라는 게릴라 연극을 '미소기'라는 영화 서클이 추적하며 촬영했는데, 그걸 편집해서 음악을 곁들인 영화판 〈괴팍왕〉이 상영된다고 합니다. 노리코 씨는 전 빤스총반장과 둘이서 보러 가기로 했는데 열이 내리지 않아 속상하다고 말했습니다.

내가 영험한 달마오뚝이의 신비에 대해 말해주고 그걸 그녀의 이부자리에 넣어주는데 코카콜라 대자 병을 든 빤스총반장이 찾아왔습니다. 그런데 병문안을 온 사람이 환자보다도 더 숨이 가쁜 게, 언뜻 보기에도 심한 감기를 앓고 있는 것을 알 수 있었습니다. 그는 고열로 끙끙 앓고 있으면서도 이 추운 날 그녀의 아파트를 향해 먼 길을 더듬어 왔던 거예요. 그는 후, 후, 괴로운 듯이 숨을 내쉬며 코카콜라 대자 병을 내려놓고 슈퍼마켓 비닐봉지에서 팩에 든 생강을 꺼냈습니다.

"감기에는 이거야."

빤스총반장은 코카콜라를 냄비에 붓고 거기에 잘게 썬 생강을 넣어 부글부글 끓였습니다. 코카콜라에 포함된 비밀의 성분이 감기에 잘 듣는 데다 생강을 더하면 효능이 더 좋아진다는 거예요.

노리코 씨는 조금 난처한 얼굴이긴 했지만 꾹 참고 그걸 마셨습니다.

빤스총반장은 노리코 씨에게 생강 핫 콜라를 마시게 하더니 안심이 됐는지 책상다리를 하고 앉아 고개를 푹 숙였습니다. 그는 "빤스를 갈아입지 않던 시절에는 하반신에 병은 생겼지만 감기 같은 건 걸리지 않았는데. 이래저래 다 마찬가지야" 하고 중얼거렸습니다.

노리코 씨는 가슴에 달마오뚝이를 안고 "일부러 이렇게

와주다니, 고마워요" 했습니다.

"괜찮아, 괜찮아. 이제 내 감기도 나을 거야."

그렇게 그들이 서로를 위로하는 모습을 보고 있자니까 왠지 행복해졌습니다. 사이가 좋은 건 아름다운 일이구나!

"오늘은 〈괴팍왕〉 상영회에 갈 계획이었는데, 상영이 취소됐대."

"왜요?"

"관계자가 모두 감기의 신한테 당했어."

"감기가 그 정도로 극성인가요?"

"원흉은 대학축제 사무국장이야. 그 집에 병문안 갔던 사람들이 모두 감기를 옮아와서 주위에 퍼뜨렸어. 덕분에 캠퍼스도 한산해졌지."

빤스총반장은 내 쪽을 보더니 "당신도 주의해야 돼" 했습니다.

"저는 괜찮아요. 감기의 신은 아마 내가 싫은가 봐요."

빤스총반장과 노리코 씨는 감기 때문에 힘든지 차차 말수가 적어졌고 결국에는 열에 부웅 뜬 눈으로 서로를 마주 볼뿐이었습니다. 나는 슬슬 물러나야지 싶어 날씨는 좀 어떤가 하고 일어서서 창 쪽으로 다가갔습니다.

나뭇잎이 사각사각 창틀을 쓰다듬는 소리가 희미하게 들렸습니다.

커튼을 살짝 연 나는 숨을 삼켰습니다. 창문 아래 펼쳐진 동네와 그 너머에 솟아오른 다이몬지 산. 커다란 그릇같이 생긴 그 동네 위로 눈이 펑펑 내리는 거예요. 동네는 끊임없이 내리는 눈 속에 고요히 가라앉은 것 같았습니다. '모두들 감기에 걸려 이불을 뒤집어쓴 채 창문을 두드리는 첫눈 소리에 귀를 기울일 거야' 하고 나는 생각했습니다.

나는 부옇게 김이 어린 찬 유리에 이마를 대고 눈이 내리는 동네를 한참이나 바라보았습니다.

그나저나 도대체 무슨 일이 일어나고 있는 걸까요.

감기의 신이여, 감기의 신이여, 도대체 무슨 이유로 이런 대활약을?

))) ● (((

잠시 꾸벅꾸벅 졸다 눈을 뜨니 몸이 한 근은 더 무거워진 것 같았다. 힘들게 이불에서 빠져나와 차가운 복도를 비틀비틀 걸어 공동화장실로 가는데 열어젖혀진 복도 창문으로

눈이 날아 들어왔다. 나는 너무 추운 나머지 소리 높이 위
아랫니를 부딪치며 일을 보았다.

이부자리로 돌아와도 몸은 여전히 무거웠다. 더러운 천장
을 스크린 삼아 미래의 비전을 비추어보는 것도 여의치 않
았고 두 평 남짓한 방구석에 철학적인 질문을 던지는 일도
귀찮아졌다. 나는 이불을 머리까지 끌어올리고 몸을 둥글게
말아 내 몸을 끌어안았다. 내가 안아줄 사람도 나를 안아줄
사람도 없으니 어쩔 수 없이 자급자족해야지. 그녀 생각이
났다.

나는 꼼짝도 않고 이불 속의 어둠을 응시하며 근본적인
문제에 도전했다. 그녀를 만난 지 반년이 넘는 동안 나는 바
깥 해자를 메우는 기능에만 특화되어 '바깥 해자 메우기 영
구기관'으로 전락했다. 나의 사랑은 어쩌다 이렇게 옆길로
새게 되었나? 그 의문에 대한 대답으로 두 가지를 생각해볼
수 있다. 하나는 그녀에게 나를 어떻게 생각하는지 당당히
물어보지 못하는 혐오해 마땅한 겁쟁이라는 것. 이건 체면
에 관계되니까 일단은 부정해두자. 그렇다면 답은 남은 한
가지다. 나는 실제로는 그녀에게 반하지 않은 게 아닐까.

세상에는 대학생쯤 되면 연인이 있어야 한다는 편견이 있

다. 그러나 그건 그야말로 편견일 뿐이다. '대학생쯤 되면 연인이 있다'라는 편견에 등 떠밀린 어리석은 학생들이 이리 뛰고 저리 뛰어 신분을 번지르르 치장한 결과 누구에게나 연인이 생기는 괴현상이 발생한 것이다. 그리고 그것이 더욱더 편견을 조장한다.

허심탄회하게 나 자신을 바라봐야 한다. 나 또한 그 편견에 등 떠밀린 건 아닐까. 고고한 남자임을 내세우면서 실은 유행에 취해 사랑을 쫓아다닌 것은 아닐까. 사랑을 탐하는 아가씨는 귀엽기나 하지. 하지만 사랑, 사랑, 하며 눈을 희번덕거리는 남자들의 그 으스스함이란!

도대체 나는 그녀에 대해 무엇을 알고 있는 걸까. 눈에 못이 박힐 지경으로 바라본 뒤통수 외에 무엇 하나 아는 게 없다 해도 지나치지 않다. 그런데도 어찌하여 반했다고 하는가. 근거가 불분명하다. 그건 단지 내 마음의 공허에 그녀가 어쩌다 빨려 들어온 것에 불과한 게 아닐까.

그녀의 존재를 이용하여 내 마음의 공허를 메우려 했다. 애초부터 이토록 연약한 영혼이 문제였다. 부끄러운 줄 알아야 한다. 그녀에게 무릎 꿇고 사과해야 한다. 안이한 해결을 도모하려 들기 전에 눈을 크게 뜨고 자신의 꼬락서니를 들여다보자. 벽을 향해 달마오뚝이같이 얼굴을 붉히고 뚱하니 부풀어 있어야 한다. 그 역경을 발판으로 삼아야만 '인간적 완성'이 가능하리라.

그러다가 나는 생각에 지쳐 고열로 멍해진 눈을 들어 책꽂이를 바라보았다.

그 여름 오후, 나른한 헌책시장을 휘저으며 그녀를 찾아 방황하던 생각이 났다. 이마에 흐르는 땀의 감촉과 끊임없이 쏟아지던 매미 소리, 고목의 가지 끝에서 내리비치는 강렬한 여름 햇살…… 양탄자가 깔린 평상에 앉아 그녀와 나란히 마신 라무네의 맛…… 아니, 라무네는 그녀와 마신 게 아니었던가? 이건 내 망상일까. 지금도 그때의 목을 찌르던 차가운 라무네의 맛이 생각나고, 내 옆에서 새하얀 그림책을 끌어안고 기뻐하던 그녀의 발갛게 물든 얼굴이 생생하게 떠오르는데.

나는 양탄자에 걸터앉은 채 생각하는 사람이 되었다. 남북으로 길게 펼쳐진 승마장이 북쪽에서부터 서서히 호수에 가라앉듯 그림자에 잠겨왔다. 위를 올려다보자 갑자기 물을 듬뿍 머금은 듯한 회색 구름이 하늘을 덮었다. 소나기를 예감케 하는, 숨 막힐 듯 달콤한 냄새가 주위를 가득 메웠다.

쏴악 하고 비가 내렸고 나는 가까운 텐트로 피난했다.

나는 텐트 지붕을 두드리는 빗소리를 들으며 책꽂이를 뒤지다 다케히사 유메지의 문집에 눈길을 멈췄다. 문집을 손에 들고 팔랑팔랑 넘기는데 한 편의 시가 눈에 들어왔다.

누군가를 기다리는 몸은 괴로운 법
어쩔 수 없이 기다리는 건 더욱 괴로워
그러나 어쩔 수 없는 기다림도, 스스로 하는 기다림도 없이
홀로인 이내 몸은 어찌하리오.

비는 줄기차게 쏟아졌다.

지금은 한여름의 오후. 그런데도 지독하게 추운 건 어째서일까. 느닷없이 쏟아진 소나기 때문일까 내가 혼자 있기 때문일까.

"홀로인 이내 몸은 어찌하리오!"

드디어 비가 그치고 강력한 태양빛이 쏟아졌다. 나는 그녀를 찾아 한없이 이어지는 헌책의 산 속을 달렸다. 헌책시장이 끝나기 전에 그녀를 찾아내야지. 그리고 그녀와 같은 책에 손을 뻗어야지 하고 생각했다. 마음만 초조했다. 문득

그녀와 비슷한 사람 그림자가 보였다. 저 고양이 같은 발걸음과 빛나는 검은 머리. 하지만 그 사람 그림자는 무수히 줄지어 선 책꽂이 너머로 도망쳐 사라졌다. 끝없이 계속되는 책꽂이가 나와 그녀 사이를 막아섰다. 이 헌책시장은 어디까지 이어지는 거지. 왜 나는 이토록 그녀를 쫓고, 이토록 매번 홀로 남겨지는 걸까. 이 몸이여, 이 몸이여, 무슨 연유로 그토록 헛되이 달리는가?

마침내 해가 지고, 저녁 어스름에 가라앉은 텐트 틈새로 하나씩 둘씩 주홍빛 전등이 켜졌다. 사람 그림자는 없었다. 아무도 없는 밤의 헌책시장 한가운데에 나는 망연히 서 있었다. 그때 어두운 나무숲 건너 시모가모 신사의 참배로 위로 찬연히 빛나는 신기한 3층짜리 전차가 지나갔다. 그 차창에서 새어나오는 불빛이 소리 하나 없는 어두운 숲을 번쩍번쩍 비췄다. 그때마다 차체에 매달려 휘날리는 만국기와 연의 꼬리처럼 긴 깃발들이 보였다 안 보였다 했다.

나는 언젠가 본 기억이 있는 그 전차를 혼자서 배웅했다.

홀로.

"홀로인 이내 몸은 어찌하리오!"

나는 한 번 더, 외쳤다.

))) ● (((

아사다 엿은 에도시대의 한의사였던 아사다 소하쿠라는
사람이 고안했습니다. 아사다 소하쿠 씨는 교토의 나카니
시 신사이 선생에게 상한론傷寒論을 배우고 메이지유신 뒤에
는 동궁 전하의 시의가 된 사람입니다. 그에게서 엿 만드는
방법을 배운 호리우치라는 사람이 "좋은 약인데도 입에 달
다"는 귀여운 선전 문구를 써서 아사다 엿을 세상에 퍼뜨렸
고 그것이 현대에까지 내려온 것이라고 합니다. 아사다 엿
에게는 다이쇼시대에 맹위를 떨쳐 많은 사람의 생명을 빼앗
아 간 '스페인감기'와 용맹하게 싸웠다는 무용담도 있습니
다. 사상 최초로 독감과 싸운 작고 강한 달콤한 엿. 좋은 약
인데도 입에 달다! 이건 정말로 불평할 여지가 없습니다. 나
도 그러고 싶습니다.

이건 모두 남의 학설.

헌책방 가비서방의 주인이 쓰러져 히구치 씨와 함께 그의
병문안을 갔다가 들은 이야기였습니다.

그날 12월의 마지막 수업을 마친 나는 중앙식당에서 점심
밥을 맛있게 먹고 시계탑 앞에 가서 히구치 씨와 만났습니

다. 그러고는 버스를 타고 시조가와라마치로 갔습니다. 히구치 씨는 하누키 씨에게서 받은 회수권으로 내 차비를 내주었습니다. 하누키 씨는 이제 미열만 나는 정도로 안정되었다는 말을 전해 듣고 나는 마음을 놓았습니다.

크리스마스가 코앞으로 다가온 시조가와라마치는 빨강과 초록 장식으로 화사하였고 여기저기서 즐거운 크리스마스 캐럴이 흘러나왔습니다. 한큐 백화점에는 크리스마스를 알리는 커다란 플래카드가 걸렸습니다. 히구치 씨는 산타 복장을 한 여성으로부터 티슈를 많이 받았습니다. "만에 하나 감기에 걸리면 이게 도움이 되겠지" 하면서요.

"여기나 저기나 다 크리스마스구나!"

"그러게요. 다들 신났어요."

"우리와는 상관없는 외국의 전통이야. 하지만 신난다는 건 좋은 거지!"

"동감. 동감!"

나와 히구치 씨는 잠시 원래의 목적을 잊고 크리스마스에 취해 가게 앞에 늘어놓은 산타 상품을 만지며 놀다가 퍼뜩 정신이 들어 가던 길을 갔습니다.

시조가와라마치에서 동쪽으로 뻗은 좁은 골목길을 걸어

폐교가 된 학교 건물 옆을 빠져나가자 주변이 조용해졌습니다. 다카세 강에 걸린 작은 다리를 건너면 그곳은 백주의 기야마치. 다 같이 술을 마시며 걸었던 그날 밤과 같은 묘한 흥청거림은 없었습니다. 히구치 씨는 잡거빌딩 사이의 좁은 골목을 벗어나 격자문이 달린 목조 가옥으로 나를 안내했습니다. "실례!" 그가 격자문을 열자 할머니 집에서 나던 냄새가 났습니다. 히구치 씨는 대답도 기다리지 않고 성큼성큼 안으로 들어갔습니다.

주인은 1층 거실에서 초록색 낡은 소파에 깊이 파묻혀 멍하니 라디오를 듣는 중이었습니다. 그는 거리낌 없이 안으로 들어온 히구치 씨를 올려다보고는, "남의 집에 멋대로 들어오는 게 아냐, 자네!"라고 웅얼거렸습니다. "병문안이에요, 병문안" 하고 응수하는 히구치 씨.

주인은 목에 갈색 머플러를 둘렀고 반들반들한 대머리에는 빨간 털모자를 썼으며, 입 안에 뭔가를 넣고 우물우물하고 있었습니다. 입에 물고 있는 것은 애용하는 아사다 엿이라고 했습니다. 부인도 감기에 걸려서 2층에 누워 있다는군요. 그는 맞은편 소파에 앉으라고 한 후 한방 재료가 들어간 차를 따라 권했습니다.

주인이 라디오를 끄자 기둥에 걸린 시계의 째깍거리는 소리가 크게 들렸습니다. 이런 시내인데도 거실의 유리문 건너에는 조그마한 마당이 있고, 거기에는 마치 철사 세공같이 생기가 빠진 나무가 심겨 있었습니다. 아주 조금 남은 나뭇잎이 회색 하늘 아래서 흔들렸습니다.

"누워 있지 않아도 돼요?" 히구치 씨가 물었습니다.

"오전 내내 주구장창 누워 있었는데 따분해서 견딜 수가 있어야지."

주인이 기침을 한 번 하고 입 안의 아사다 엿을 이로 오도독 깨물었습니다.

"규방조사단 총회에 갔다가 옮았어. 도도, 그 바보 녀석. 감기 걸렸으면 얌전히 누워 있어야지, 굳이 거긴 또 왜 와서 참가자 전원에게 감기를 옮겨놓는 거야. 그 바람에 치토세하고 청년부 학생들도 다 걸렸어……."

주인은 부아가 난 듯 크흐흥 하고 코를 풀었습니다.

오래간만에 도도 씨의 이름을 들으니 보고 싶어졌습니다. 도도 씨는 로쿠지조에서 도도 비단잉어센터를 경영하면서 수완을 발휘한, 인생론 설파에 뛰어난 중년 아저씨입니다. 5월 끝자락에 술을 찾아 밤의 여행에 나섰던 내가 첫 번째로 만난 것이 도도 씨였습니다. 그와 만나지 않았다면 기야마치의 그 술집에 갈 일도 없었을 것이고, 그가 내 가슴을 만지는 일도 없었을 것이고, 하누키 씨가 나타나 나를 도와주는 일도 없었을 것이고, 히구치 씨 같은 훌륭한 분과 만나는 일도 없었을 것이며, 또한 이백 씨나 아카가와 씨 같은 유쾌한 분들과도 못 만났을 것이니, 내 세계는 고양이 이마만큼이나 좁아졌을 거예요. 도도 씨야말로 내 인생의 신나는 새 지평을 열어준 하늘이 내린 일격이었습니다.

"도도 씨도 감기예요? 병문안 가야겠네요."

"내버려둬, 그런 녀석."

가비서방의 주인이 쌀쌀맞게 말했습니다. "어차피 딸이 돌볼 텐데."

그때 바깥 격자문이 열리는 소리가 나더니 "실례합니다" 하는 정중한 소리가 들렸습니다. 가비서방의 주인이 "올라와" 하자 교토요리점 치토세야의 젊은 주인이 거실에 모습을 드러냈습니다. 옷을 겹겹으로 입어 부풀어 오른 것이 무척이나 살이 쪄 보였습니다. 그는 보자기에 싼 것을 안고 있었습니다.

"자네, 누워 있지 않아도 되나?"

가비서방의 주인이 눈살을 찌푸렸습니다.

치토세야의 주인은 머리를 긁었습니다. "그게…… 그렇긴
한데, 바쁜 때니까요. 장보러 나온 김에 들렀어요."

"무리하면 해를 못 넘겨."

치토세야의 주인은 보자기에서 커다란 호박을 꺼내 "이것
으로 영양보충을 하세요" 했습니다. 보자기에서는 작은 유
리병도 나왔습니다. 안에는 매실 장아찌가 가득했습니다.

"난 호박은 안 먹어. 아이 때 질려버렸어."

"그런 말씀 마시고, 이제 곧 동지잖아요. 호박을 먹어야지
요."

"그건 매실 장아찌인가? 매실 장아찌도 싫은데."

"그래서야 일본인 축에 못 끼지요. 『에도풍속왕래』에 해
묵은 매실 장아찌는 좋은 감기약이라고 하잖아요. 이걸 반
찬 삼아 죽이라도 드세요. 부인은 상태가 어떠신가요?"

"마누라도 누워 있어. 열이 높아."

"빨리 나아야 할 텐데요."

우리는 한방차를 마시며 이야기를 나눴습니다. 나는 그
둥근 호박이 귀여워서 무릎에 올려놓고 토닥토닥했습니다.
그러자 치토세야의 주인이 "두 개니까, 한 개는 너 줄게" 했

습니다. 나는 호박을 안고 '이걸 끓여서 하누키 씨한테 가져
가야지' 하고 생각했습니다.

"자네, 오래간만이군."

치토세야의 주인이 히구치 씨의 얼굴을 보고 말했습니다.
"우리 헌책시장에서 본 게 맞지?"

"그랬나."

"함께 불냄비를 먹었잖나?"

히구치 씨는 문득 생각이 났다는 듯이 "으음. 그건 맛있었
지" 했습니다.

"맛있다니. 죽는 줄 알았구먼."

"그랬었나? 잊었어."

치토세야의 주인은 "잊었다니, 참 내……" 하고 한동안 말
을 잃었습니다. 나는 이백 씨의 '불냄비'라는 걸 먹어본 적이
없지만 참으로 무시무시한 맛일 거라고 생각했습니다. 나는
여지없는 고양이 혀라 '불냄비'라는 말을 듣는 것만으로도
혀끝이 아릿아릿 아려왔습니다.

치토세야의 주인이 활기를 되찾고 계속했습니다.

"별난 무리가 모였었지. 그 백발 노인도 그렇고 자네도 그
렇고 게이후쿠전철연구회 학생도 그렇고…… 결국 마지막

까지 버텨낸 건 자네하고 또 한 명의."

"아, 그 젊은이 말인가?"

"그 친구가 '후쿠사이'를 받아주겠다고 나하고 약속했었는데 도중에 배신을 했지. 기가 막혀서. 그 뭐라든가 하는 그림책이 그렇게 갖고 싶었는지."

"그 친구한테는 못 당했지."

히구치 씨는 날 보더니 "그 왜, 네 선배 말이야" 했습니다.

우리는 매실 장아찌와 호박과 아사다 엿을 들고 귀로에 올랐습니다. 병문안을 왔다가 전리품을 갖고 돌아가는 욕심 많은 우리를 용서하세요. 가비서방의 주인은 현관까지 배웅을 해주었습니다. "마음 내키면 가게에도 들러."

"가게는 쉬지 않나요?"

"믿을 만한 아이가 있어서 시험 삼아 가게를 맡겼지. 아주 조그만 녀석인데 머리가 엄청 좋고 눈치도 빨라. 요즘 대학생보다 훨씬 나아."

))) ● (((

나는 수로 변에 있는 하숙에서 나와 기타시라 강이 흐르는 시내를 걸었다.

기타시라 강 교차로까지 와서 땅거미가 내리는 속에 찬연히 빛나는 편의점 불빛을 보고서야 내가 먹을 것을 사러 나왔다는 사실이 생각났다. 열 때문에 내 눈에 비치는 주변 경치가 술에 취했을 때처럼 윤곽을 잃고 흔들거렸다. 편의점 바구니에 요구르트와 음료를 던져 넣고 계산대로 향하는데 크리스마스 케이크 예약을 부르짖는 포스터가 눈에 들어왔다. 그러나 나는 이미 그런 것을 보고도 초조해하거나 허공에 대고 화를 내거나, 아니면 본마음을 숨길 기운도 없었다. 내가 바라는 건 그냥 죽지 않을 정도로 영양을 취하고 이부자리에 눕는 것뿐이었다. 의지가 너무 약하지 않느냐고 반성할 여유조차 없었다.

편의점을 뒤로하고 하숙으로 돌아온 나는 인스턴트 수프를 홀짝인 다음 이부자리로 들어갔다. 이부자리 안의 어둠을 향해 기침을 하고 "기침을 해도 혼자"라고 중얼거려보았다.

약해진 몸으로 이 생각 저 생각 옮겨 다녀봤자 제대로 된 생각이 날 리 없었다.

입학 이후 결코 올라간 적 없고 앞으로도 전혀 올라갈 기미가 없는 학업 성적. 취직 활동은 대학원에 진학하겠다는

구실을 높이 내건 채 뒤로 미룰 뿐. 융통성도 없다. 재능도 없다. 저축한 돈도 없다. 완력도 없다. 근성도 없다. 카리스마도 없다. 사랑스러워 뺨을 갖다 대고 비비고 싶어지는 새끼 돼지 같은 귀염성도 없다. 이렇게 '없다, 없다의 행렬'이 이어져서는 도저히 세상을 살아갈 수 없다.

나는 너무나도 초조한 나머지 이부자리에서 기어 나와 한동안 두 평 남짓한 방 안을 탁탁 손바닥으로 두드리며 돌아다니면서, 어디 귀중한 재능이 굴러다니지 않나 살폈다. 그러다 문득 1학년 때 '능력 있는 매는 발톱을 숨긴다'는 말을 믿고 '재능의 저금통'을 옷장 속에 숨겼던 기억이 어렴풋이 떠올랐다. "그래, 그게 있었어! 오오, 그거야!" 하고 나는 신이 났다.

옷장을 열자 그 안은 온통 옷자란 버섯투성이였다. 나는 '언제 이런 꼴이 됐지?' 하고 얼굴을 찌푸리며 미끈거리는 버섯을 밀어제쳤다. 그 속에서 꺼낸 '재능의 저금통'은 황금빛으로 빛났다. 마치 내 미래를 상징하는 것처럼. 나는 저금통을 거꾸로 들고 미친 듯이 흔들어보았지만 나온 것은 한 장의 종이였다. 거기에는 '할 수 있는 것부터 하나하나 꾸준히'라고 쓰여 있었다.

나는 그만 이부자리에 쓰러져 울음을 터뜨렸다.

))) ● (((

나는 동짓날 아침을 힘차게 맞이했습니다. 이부자리 안에서 번쩍 눈을 뜨고 유리창 너머를 바라보니 윙윙 바람이 불었습니다. 오늘은 생활협동조합에 가서 시골집에 갈 차표를 사야 합니다. 나는 벌떡 일어나서 궤변춤을 추며 기합을 넣었습니다.

빨래를 세탁기에 던져 넣고 나서 프라이팬에 달걀을 부치는데 교토 텔레비전의 뉴스에도 감기가 화제로 올랐습니다. 가까운 사람들을 줄줄이 녹아웃시켜버린 감기의 신은 공격의 손길을 늦추지 않고 불시의 습격으로 거리의 사람들을 차례차례 쓰러뜨렸나 봅니다. 뉴스는 긴급 특집으로 감기대책을 내보내는 중이었습니다.

내가 사는 모토타나카의 아파트 로비에도 '감기 주의!'라는 포스터가 붙었습니다. 1층에 사는 집주인의 가족 모두가 감기로 쓰러졌다는 말도 들렸습니다. 아파트 전체가 고요했습니다. 보통 때라면 심야에 시끌벅적하게 마작 하는 소리가 들려야 하는데 요 며칠 동안은 그 소리조차 딱 그쳤습니다. 어젯밤에는 전화로 '망년회 중지'라는 연락이 왔습니다. 오늘 밤에 클럽의 망년회가 있을 예정이었는데 부원 대부분이 감기로 쓰러진 것입니다. 이런 일은 전대미문이라고 해요. 이부자리에서 꼼짝 못 하는 사람이 너무 많아서 나도 일일이 다 병문안을 갈 수가 없었습니다. 안타깝습니다.

나는 아침밥으로 면역력을 충분히 키운 다음 외출 준비를 했습니다. 세탁기가 다 돌기를 기다려 빨래를 베란다에 널었어요. 어디서부턴지 따뜻한 바람이 불어왔는데 비가 내릴 것 같지는 않았습니다.

빨래를 다 널고 나서, 자, 나가자 하며 가스를 잠그는데 방구석에 굴러다니던 비단잉어 인형이 눈에 들어왔습니다. 그건 가을 대학축제에서 내가 생각해도 참 훌륭한 사격 솜씨를 발휘하여 손에 넣은 경품입니다.

'그래. 이걸 도도 씨에게 병문안 선물로 드려야지!' 하고 생각하니 마음이 들떴습니다.

가비서방의 주인은 "안 가도 돼" 하고 무정한 소리를 했지만 도도 비단잉어센터의 위치는 정확히 가르쳐주었습니다. 이것으로 오늘의 일정은 결정되었습니다. 도도 씨는 어찌되었건 비단잉어를 키우는 사람이므로 이렇게 큰 잉어를 보면 분명 힘이 마구마구 솟을 거예요. 그렇고말고요.

나는 비단잉어를 큰 보자기에 싸서 들고는 가슴을 쫙 펴고 밖으로 나갔습니다.

))) ● (((

생각해보면 대학에 입학한 이후로 내 생활은 궁리에 궁리만 거듭하다가 내디뎌야 할 한 걸음을 내딛지 못한 채 주저앉기로 일관한 무익한 세월이 아니었는지. 그녀라는 성의 해자를 메우겠다고 하다가 그저 피폐해지기만 한 지금도 그 상황에는 변화가 없다. 언제나 그랬듯이 뭔가를 결정하고 행동해야 할 때면 다수의 내가 일제히 나서서 서로 싸우며 길을 막는다.

이번에도 나는 이부자리에서 일어나 긴 복도를 지나 회의장으로 갔다. 내가 등단하여 '그녀와의 교제 신청'을 제안하자 회의장은 흥분의 도가니가 되었다.

"세상 풍조를 추종하는 것을 단호히 반대한다."

"그렇게 고독이 무서우냐, 이 겁쟁이야. 이를 악물어라."

"네 미래가 불안하다고 그녀에게로 도망치는 거냐."

"신중하게! 우선은 그녀의 본심을 확인해야 한다. 가능한 우회하는 방법으로!"

"너, 여자와 사귀는 게 얼마나 섬세하고도 미묘한 일인 줄 알아? 그게 재미있을 거 같아?"

"젖가슴 좀 주물러보고 싶은, 외설한 생각으로 머리가 가득 찬 건 아닌가?"

결국 나는 견디지 못하고 반론했다.

"분명 외설한 생각으로 머리가 가득 차 있긴 하지만 그렇다고 온통 그것만 있는 것은 아니다. 다른 것들도 여러 가지 있다! 좀 더 아름다운 것들 말이다!"

"그러면 묻겠다. 혹시라도 그녀와의 첫 만남이 실현됐다고 하자. 그리고 만에 하나 하루를 즐겁게 보내는 것에도 성공했다고 치자. 그날 밤 그녀가 다가온다면 너는 어떻게 대처할 셈이냐?"

"그녀는 즉석라면 같은 여자가 아니야."

"어디까지나 가정을 해서, 그녀가 그날 밤 자, 가슴을 만져줘, 하면 너는 그걸 거절할 수 있냐?"

나는 몸부림칠 수밖에 없었다.

"거절 안 해. 거절 안 한다고! 하지만······."

"봐라, 뻔하지 않느냐. 여지없는 변태 자식. 그녀에게 사과해라. 무릎 꿇고 사과해. 그리고 길에 굴러다니는 고무공이나 주무르며 자족해라!"

나는 속이 터질 것처럼 화가 났지만 반론도 못 하고, "궤변이야! 궤변이야!" 하고 외쳤다.

"명쾌하게 설명해라. 어찌하여 그녀에게 반했는가. 무엇때문에 그녀를 선택하려 하는가. 네가 바로 지금 한 걸음 내디뎌야 한다고 주장하는 거라면, 그 이유를 만인이 납득할수 있도록 논리적으로 제시해라."

매도가 일제히 날아왔다. 비겁하다느니 배신자라느니 모반이라느니 변태라느니 멍청이라느니 무모하다느니······. 단상에 선 나는 온갖 매도를 온몸으로 받아내다가 숨통이 끊어질 지경이었다.

"하지만 제군!"

나는 양손을 들고 만장의 논적들을 향해 갈라진 목소리로 외쳤다.

"그렇게 모든 걸 다 고려해야 한다면, 도대체 어떻게 남녀가 서로 교제를 시작할 수 있겠는가. 제군이 요구하는 것 같은 순수한 연애는 어차피 불가능한 일이 아니겠는가. 온갖 요소를 검토하고 자신의 의지를 남김없이 뜯어봐야 한다면 우리는 허공에 멈춰 선 화살처럼 한 걸음도 내딛지 못하지 않겠는가. 성욕이든 허영이든 유행이든 망상이든 멍청이든, 그 무슨 말을 듣더라도 다 인정하겠다. 모두 다 맞겠지. 하지만! 비록 그 끝에 기다리는 것이 실연이라는 나락이라 하더라도, 그 모든 것을 감수하고 어둠 속으로 뛰어들어야 할 순간이 있지 않겠는가. 지금 여기서 뛰어들지 않으면 미래영겁을 어두컴컴한 청춘의 한구석에서 뱅글뱅글 배회하며 보내게 되지 않겠는가. 제군이 바라는 게 그건가. 그녀에게 마음을 고백하지 못한 채 이대로 내일 홀로 죽는다 해도 후회는 없을 거라고 말할 자 있는가? 만약 있다면 한 발 앞으로!"

회의장은 물을 끼얹은 듯 조용해졌다.

나는 지칠 대로 지친 상태로 단상에서 내려와 다시 긴 복도를 걸었고, 이부자리에서 눈을 떴다. 실제로 천장을 향해 소리를 질렀는지 목이 칼칼한 데다 뜨거운 눈물 한 줄기가 흘러내렸다. 조금도 잔 느낌이 들지 않았다.

"어쨌든 지금은 이 지경이니까…… 어차피 어떻게 해볼 수도 없어……."

나는 중얼거리며 몸을 일으켰다. 다다미 위를 허위허위 기어가 텔레비전을 켰다. 뚱한 채 텔레비전을 보면서 바나나를 먹고 차를 마셨다. 희뿌옇게 밝아오는 창문을 바라보니 정말로 겨울 아침 같은 기분이었다. 운치가 있었다.

오늘이 동지인가 보았다.

))) ● (((

나는 데마치야나기 역에서 게이한전철을 타고 보자기에 싼 비단잉어와 함께 흔들리며 추쇼지마 역까지 가서 다시 우지선으로 갈아탔습니다. 로쿠지조 역까지는 세 정거장입니다. 로쿠지조 역 앞에서 커다란 보자기 꾸러미를 등에 업고 후시미 모모야마 방향으로 걸어가자 드디어 번화가가 나왔습니다.

그런데 도도 씨의 집은 좀처럼 찾을 수가 없었습니다. '도도 비단잉어센터'는 넓디넓은 저수지에 무수히 많은 잉어가 헤엄치며 춤추는 용궁 같은 곳일 텐데 왜 안 보일까. 희한한 일이었습니다. 나는 지도를 옆으로 돌려보기도 하고 거꾸로 보기도 하면서 한산한 거리를 왔다 갔다 했습니다. 그러다가 드디어 '도도 비단잉어센터'라는 자그마한 간판을 내건 민가 앞을 몇 번이나 그냥 지나쳤다는 사실을 깨달았습니다. 나중에 도도 씨에게 물어보았더니 저수지는 그 뒤에 있다고 했습니다.

민가 옆에는 작은 공장 같은 곳이 있었는데 수조나 파이프 같은 것들이 주르르 수없이 많이 놓여 있었습니다. 기계 돌아가는 소리가 윙윙 끊임없이 들렸습니다. 작업복 차림에 하얀 마스크를 하고 수조를 들여다보며 돌아다니는 남자에게 "바쁘신데 실례합니다" 하고 말을 걸었더니 그가 "네네" 하고 대답했습니다.

"말씀 좀 여쭐게요. 여기 도도 씨라는 분 안 계신가요?"

"사장님이요? 사장님은 사무소 2층에서 주무시는 중인데……."

"감기 걸리셨단 말을 듣고 병문안 왔어요."

남자는 재채기를 크게 하더니 재채기 나오는 것이 짜증스럽다는 듯이 "에에잇" 하고는, 다시 나를 향해 정중하게 절을 했습니다. "그것참 일부러 이렇게 오시다니. 이쪽으로 오세요. 자자, 이쪽으로."

사무소 안에는 커다란 배불뚝이 난로가 있고 그 위에 주전자가 올라앉아 조용히 김을 내뿜었습니다. 난로 옆 의자에 앉아 몸을 따뜻하게 녹이고 있자니 드디어 솜옷을 입은 도도 씨가 계단을 내려왔습니다. 오이같이 길쭉한 보고 싶던 얼굴이 더욱 헬쑥하니 가늘어졌습니다. 눈은 고열로 젖었고 얼굴 아랫부분은 깎지 않은 수염으로 덥수룩했습니다. 그래도 도도 씨는 내 얼굴을 보자 기쁘게 웃었습니다.

"여어, 너구나. 일부러 여기까지 와주다니."

"가비서방 주인 아저씨가 가르쳐주셨어요."

"가비서방 주인, 화났지? 나한테서 감기가 옮았으니까."

"조금요."

작업복을 입은 남자가 "사장님, 갈근탕" 하고 약을 내밀자 도도 씨는 얌전히 받아 마셨습니다. 그리고 "딸이 문병을 와주었었는데 그 녀석한테까지 옮겼어…… 정말 한심하지" 하고 한탄을 했습니다. "그 뒤로는 아무도 병문안 같은 걸 안 오는구나. 네가 나를 기억해주다니 고마운 일이야."

"도도 씨는 제 은인인걸요."

"무슨, 내가 은인이라니."

나는 차를 마시며 본토초에서 도도 씨를 만난 덕분에 여러 가지 경험을 하게 됐다는 얘길 했습니다. 도도 씨는 "그것참, 여러 가지 일들이 있었군" 하고 감탄하며 들었습니다.

도도 씨는 내가 병문안 선물로 가져온 천으로 만든 비단잉어를 건네주자 그 커다란 걸 안고 눈물을 흘렸습니다. "그날 밤이 그립구나. 지금 생각해보니 그렇게 신나는 때는 없었어" 하고 그 밤의 추억을 이야기했습니다.

"너와 이야기를 하는 게 갈근탕 마시는 것보다 몸에 좋아. 이렇게 기분이 좋아진 건 오래간만이야."

"얼마나 힘드셨어요."

"열은 내려가지 않지, 기침은 심하지…… 묘한 꿈만 꾸니까 잠을 잔 것 같지도 않아."

"어떤 꿈인데요?"

"아주 지독한 꿈이야. 올봄에 회오리바람에 당한 이야기를 했었잖아. 그 꿈을 몇 번이나 반복해서 꾸는 거야. 저녁 해가 비치는데 내가 하늘을 올려다보고 한 마리 한 마리 잉어의 이름을 외쳐대. 그런데도 잉어들은 회오리바람에 빨려 들어 날아가버려. 그런 꿈을 반복해서 꾸니까, 정말 미칠 지경이야."

"정말 힘드시겠어요."

"그건 그렇고, 난 다른 사람들한테 감기를 옮겨서 또다시 폐를 끼치고 말았어⋯⋯."

도도 씨는 쓸쓸히 중얼거리며 난로 쪽으로 손을 내밀었습니다. 그 쓸쓸한 모습을 바라보는 동안, 내 뇌리에 감기의 신이 사람들 사이를 춤추며 돌아다니는 광경이 선명하게 떠올랐습니다.

도도 씨에게서 여행을 떠난 감기의 신은 나오코 씨 부부에게로, 그 부부에게서 아카가와 사장님에게로, 아카가와 사장님에게서 우치다 씨와 하누키 씨에게로. 다른 편으로는 도도 씨로부터 규방조사단원들에게로, 교토요리점 치토세야의 주인에게로, 규방조사단 청년부원 모두에게로, 그리고 대학축제 사무국장에게로. 대학축제 사무국장은 빤스총반장과 노리코 씨, 게이후쿠전철연구회, 영화 서클 '미소기', 궤변론부 등 수많은 사람들에게 감기를 옮겼습니다. 그 수십 명에 이르는 사람이 또 제각각 자기가 아는 이들에게 감기를 옮겼을 테니, 대학 전체에 감기가 만연하는 데는 시간이 얼마 걸리지 않았겠지요. 수천 명의 사람이 앓게 된 감기는 그들이 출입하는 아르바이트 장소와 놀러갔던 곳으로 퍼져나가 마침내 교토 거리 전체가.

나는 거기서 문득 생각이 나서 "도도 씨는 어쩌다 감기에 걸린 거예요?" 하고 물었습니다.

도도 씨는 쓴웃음을 지었습니다.

"실은 있지. 예의 그 버릇이 또 도졌어. 이백 씨는 굉장
해…… 그…… 춘화를 손에 넣었다니 말이야. 보여주겠다기에
갔지. 그때 이백 씨가 기침을 했어. 분명 그때 옮은 걸 거야."

이백 씨!

우리 사이에 둘러쳐진 인연의 실, 종횡으로 내달아 그것
을 빠져나가는 감기의 신. 그 신기한 정경의 한가운데에 오
도카니 앉아 있던 건 이백 씨였던 거예요.

나는 그 장엄함에 압도되어 도도 씨 앞에서 한숨을 내쉬
었습니다.

하지만 이렇게 모든 사람이 사이좋게 감기에 걸렸는데 도
대체 왜 나만 혼자 멀쩡한 걸까요? 어쩐지 식구들이 다 잠든
한밤중에 홀로 잠자리에서 눈을 뜬 아이와 같은 기분이 들
었습니다.

나는 나도 모르게 "홀로인 이내 몸은 어찌하리오" 하고 중
얼거렸습니다.

"괜찮니?"

도도 씨가 걱정스러운 듯이 말했습니다.

)　)　)　●　(　(　(

　나는 이부자리에서 자고 깨고를 반복하며 일 년 중 가장 짧다는 동지의 낮을 보냈다.

　후배가 코맹맹이 소리로 그날 밤 예정되었던 클럽 망년회가 취소되었다는 소식을 전해왔다. "왜 아무도 병문안 오지 않는 거야" 하며 내가 화를 내자, 후배는 "그럴 때가 아니에요" 하고 무시하듯 말하더니 거리가 감기 때문에 얼마나 고요해졌는지 아느냐고 했다. "텔레비전 좀 보세요."

　나는 요 위에 앉아 이불을 어깨에 걸치고 교토방송을 보았다.

　맹위를 떨치던 크리스마스 무드를 대신하여 감기의 신이 거리를 장악한 상태였다. 심혈을 기울인 감기 특집이 이어지는 가운데 나한테는 이미 도움이 되지 않는 감기 예방 대책도 이것저것 소개되었다. 크리스마스이브를 눈앞에 두고 흥청거려야 할 거리를 감기의 신이 유린하는 중이었다. 나도 모르게 쾌재를 외쳤다. 홀로 외로이 감기를 앓느라 괴로운 몸을 앞에 놓고 크리스마스이브라니. 감기의 신이여, 신난다고 거리로 나가려는 괘씸한 족속은 한 명도 남김없이 걷어차서 도로 집 안으로 넣어주길.

"그렇긴 해도 참 대단하네. 마치 스페인감기 같군."

거리가 텅 빈 것처럼 쓸쓸해진 모습에 나도 어이가 없었다.

텔레비전에서는 마스크를 쓴 리포터가 시조가와라마치 교차로에 서서 과장된 목소리로 "보십시오, 이 한산한 거리를!" 하고 외쳐댔다. 지나다니는 사람이 거의 없었다. 차도 아주 조금밖에 눈에 띄지 않았다. 지나가는 시영버스는 영락없는 텅 빈 상자였다. 크리스마스를 맞아 화려하게 장식된 거리는 있어야 할 인기척이 없는 바람에 쓸쓸하다 못해 으스스할 지경이었다. 마치 유령의 거리 같았다.

리포터는 세계대전 후에 살아남은 사람을 찾듯이 거리를 헤매다 한 통행인을 발견하고는 말을 걸었다. 카메라에 잡힌 것은 가와라마치 거리를 성큼성큼 걸어가는 검은 머리의 아가씨였다. 나는 조건반사적으로 이부자리를 걷어차고 기어 나와 말 그대로 텔레비전에 착 달라붙었다.

"마스크도 하지 않고 매우 활기차시네요. 감기 예방의 비결은 뭐죠?" 하는 리포터.

"특별히는 없어요……. 굳이 말하자면 감기의 신이 날 버렸나 봐요."

"왜 그렇게 슬픈 얼굴로 말씀하시는 거죠?"

"외롭게시리 동료들을 내게서 떨어뜨려놨으니까요……."

카메라를 향한 검은 머리 아가씨의 이야기 속에 쓸쓸한 마음이 그대로 묻어났다.

))) ● (((

나는 게이한전철을 타고 돌아왔습니다. 승객은 아주 적었습니다.

전철에 흔들리며 생각했습니다.

요즘 한동안 선배의 모습을 못 봤습니다. 선배의 신변에 무슨 일이 있는 건 아닐까요. 우리는 며칠에 한 번은 우연히 만나는 사이입니다. 이렇게 오랫동안 못 만난 건 드문 일입니다. 나는 걱정이 되었습니다. 선배도 어쩌면 감기에 걸려 고열에 시달리며 홀로 누워 있는 걸까요? 그렇다면 큰일입니다. 빤스총반장과 대학축제 사무국장, 히구치 씨와 치토세 씨가 가르쳐준 것처럼 선배는 내가 모르는 곳에서 종횡무진 활약을 한 사람이니까요. 감기에 걸려 하숙방에 틀어박혀 있어야 한다면 얼마나 갑갑할까요. 선배는 무척 친절한,

사랑이 흘러넘치는 사람입니다. 그러니까 나에게 그림책을 가져다주기 위해 싸우기도 했고 연극의 상대 역할을 해주는 등 최선을 다해 이것저것 편의를 봐주었던 겁니다. '반드시 은혜를 갚아야 하고말고!' 나는 마음속으로 결심했습니다.

나는 가비서방에 들르려고 게이한 역에서 내렸습니다. 계단을 올라가 시조대교의 동쪽으로 나오니 거리는 이상할 정도로 조용했습니다. 평소에는 셀 수 없이 많은 사람들이 왕래하는 시조대교건만 사람 그림자를 찾아보기가 힘들었습니다. 번쩍번쩍 빛나던 햇살이 수그러지기에 다리 난간에서 북쪽을 바라보니 가모가와의 끝, 북쪽 하늘에 불온한 검은 구름이 뭉게뭉게 피어오르고 있었습니다. 제멋대로 불어대는 미적지근 으스스한 바람이 뺨을 쓰다듬었습니다.

가와라마치의 넓은 거리도 텅 비어 바람소리만 들렸습니다. 처마를 나란히 하고 늘어선 가게는 크리스마스 장식을 달아 저마다 반짝였건만 찾아오는 손님은 거의 없었습니다. 비틀비틀 걸어가는 사람들은 모두 커다란 마스크를 했습니다.

시조가와라마치의 길모퉁이에서 교토방송의 길거리 인터뷰가 있었는데 나에게도 말을 걸어왔습니다. 리포터도 감기기운이 있는 것 같아서 헤어질 때 내가 "몸조심하세요" 하자, 그녀도 "당신도 조심하세요" 했습니다. 우리는 말없이 거리를 바라봤습니다. 마치 세상의 종말이 왔을 때 시조가와라마치 거리의 모습이 이렇지 않겠나 싶었습니다.

점포에서 흘러나오는 크리스마스 캐럴은 때때로 불어오는 강한 바람소리에 묻혀버렸습니다. 바람은 빌딩 틈새를 빠져나와 마치 그 속에 숨어 있는 거대한 괴수가 울부짖기라도 하는 듯 큰 소리를 냈습니다. 도대체 이 바람은 어디서 불어오는 걸까요. 나는 크리스마스를 엉망진창으로 만든 바람 속을 걸어 마침내 가비서방에 도착했습니다.

유리문을 밀고 안으로 들어서니 헌책방 안은 그곳에 쌓인 책들이 바깥세상의 소리를 다 흡수한 듯이 고요했습니다. 난방이 훈훈해서 마음이 놓였습니다. 출입구 부근에 장정이 아름다운 전집 상자들이 겹겹이 쌓여 마치 탑처럼 솟아 있었습니다.

맨 안쪽의 계산대에 앉아 있는 건 글쎄 헌책시장에서 만났던 그 자그마한 체구의 아름다운 소년이었습니다. 아이는 계산대에 턱을 괸 채 화라도 난 듯 푸우 하고 뺨을 부풀리고는 그 위에 펼쳐놓은 커다란 옛날 책을 노려보았습니다.

"안녕." 내가 말을 걸었습니다.

아이는 흥 하고 코웃음을 치며 얼굴을 들다 나를 보자 금방 얼굴이 밝아졌습니다. "어라, 라타타탐 누나잖아. 와아, 오래간만이네."

"헌책시장 이후로 처음이지? 여기서 만날 줄은 몰랐어."

"이 헌책방에 제자로 들어왔어. 겨울방학에는 매일 오기로 약속했어."

"주인아저씨가 기특한 아이라고 하시던데."

"아무렴. 난 천재거든."

"지금 읽고 있는 건 뭐야?"

"이건 말이지, 『상한론』이라는 중국의 의학서야."

그러더니 『상한론』을 치우고 포트에서 차를 따라주었습니다. 나는 고맙다는 표시로 아사다 엿을 한 개 주었습니다. 아이는 아사다 엿을 맛있게 핥으며 "난 감기 걸리지 않았어. 감기도 안 걸렸는데 감기약을 먹으면 몸에 독이 돼. 지나치게 먹으면 코피가 나와" 하고 중얼거렸습니다. "지금 엄청난 감기가 유행 중이야. 누나는 괜찮아?"

"감기의 신이 나를 싫어하거든."

"다들 이부자리에서 빠져나오지를 못해. 감기의 신이 얌전해질 때까지 거리는 꼼짝도 하지 않을 거야. 어쩐지 신나지 않아? 감기에 지지 않은 건 누나하고 나 정도야."

소년은 『상한론』을 쓰다듬으며 자랑스러운 얼굴을 했습니다. "여차하면 난 '감기약 먹고 낫지 않는 감기 약'을 먹을 거야."

"그게 뭔데?"

"감기약을 먹어도 낫지 않는 감기를 그 자리에서 고치는 약이야."

그러고는 옆에서 작은 병을 꺼냈습니다. 병에는 맑은 갈색의 액체가 들었고 달마오뚝이 모양으로 부푼 몸체에 고풍스런 글자로 '윤폐로'라고 쓴 라벨이 붙어 있었습니다. "이건 다이쇼시대에 팔렸던 감기약이야. 지금은 구할 수 없지만 우리 아버지는 한방약을 잘 아셔서 직접 연구해서 만들었어. 나도 직접 만들 수 있어."

"그렇게 잘 들어?"

"마치 마법 같아. 누나가 갖고 싶다면 특별히 한 병 줄게."

그래서 나는 생각했습니다. 만약 선배가 감기로 고통스러워하고 있다면 이 감기약으로 선배가 지금까지 내게 해준 수많은 일들에 대한 보답을 해야겠다고.

나는 소년한테서 받은 약을 소중히 가방에 챙겨 넣었습니

다. 내가 다시 무거운 유리문을 밀고 가와라마치로 나서는
데 아이가 따라 나와 배웅을 했습니다. 쓸쓸한 거리로 나오
자 바람에 휴지 조각이 미끄러져 날았습니다. 번쩍번쩍 빛
나는 깃발 같은 것이 구름 틈새로 겨우 비치는 햇빛을 받으
며 가와라마치 빌딩 사이를 춤추듯 날아갔습니다. 나와 소
년은 헌책방 처마 끝에 서서 잠시 그것을 쳐다보았습니다.

"누나는 아마 감기에 걸리지 않을 거야. 신이 누나를 보호
할 테니까."

소년이 말했습니다. "그 감기약은 소중한 사람들을 위해
쓰면 돼."

"고마워."

"그럼 다시 내점해주십시오."

아이가 갑자기 어른 말투로 작별인사를 했습니다.

나는 일단 집으로 돌아가기 위해 시영버스를 탔습니다.
커다란 마스크를 한 운전수 아저씨 말고는 승객이 한 명도
없었습니다. 버스가 한산한 거리를 빠져나갔습니다.

평소에는 젊은이들로 우글거리는 데마치야나기 역 앞도
조용했습니다. 아파트까지 걸어가는 동안에도 주위가 쥐 죽
은 듯 고요해서 전봇대 꼭대기에 부는 바람소리만 윙윙 들

렸습니다. 너무나 조용해서 무서워질 정도였습니다.

아파트에 도착했는데 하누키 씨가 안에서 나오는 거예요. 그녀는 목에 커다란 머플러를 감고 손에 커다란 비닐봉지를 들고 있었습니다.

"아아, 지금 오는구나."

그녀는 얼굴이 밝았습니다. "어디 좀 같이 가자고 왔는데."

목소리는 갈라졌지만 힘찬 모습이라서 안심이 됐습니다. 하누키 씨의 머리는 바람 때문에 엉망진창이 되어 있었습니다. 그녀는 내 옆에 서자 분연한 얼굴로 주변을 돌아보았습니다.

"왜 이렇게 고요한 거야?"

"엄청난 감기가 돌고 있대요."

"내가 누워 있는 동안에 세계가 멸망했나 했어."

"그런데 하누키 씨, 어딜 가자고요?"

내가 묻자 그녀는 "놀라지 마" 하고 아름다운 눈썹을 찌푸렸습니다.

"히구치 군이 감기에 걸렸어."

))) ● (((

　나는 홀로 외로이 병의 고통을 견디며 이부자리 속에서
잠 못 이루고 뒤척였다. 마음을 약하게 만드는 불안이 덮쳐
올 때마다, "할 수 있는 것부터 하나하나 꾸준히……" 하고
중얼거렸다. 너무나 여러 번 중얼거렸더니 결국에는 그 말
이 머릿속에서 끝없이 계속해서 울려댔다.

　할 수 있는 것부터 하나하나 꾸준히.

　하나하나 꾸준히.

　하나하나 꾸준히. 하나하나 꾸준히.

　정신을 차리니 나는 구두 뒤축을 울리며 돌이 깔린 밤의
본토초 거리를 걷는 중이었다. 요리점과 바의 불빛이 돌을
깐 보도를 가운데 두고 마치 어둠 속에 떠오른 환각처럼 이
어졌다. 어디를 가고 있는지 알 수 없었다. 시끌벅적 오가는
취객들 사이를 빠져나가 한 걸음 한 걸음 계속 걸어갔다. 그
때 내 눈앞에 사과가 떨어졌다. '이게 웬 사과지!' 하는데 그
건 달마오뚝이였다.

　나는 드디어 휙 몸을 돌려 어떤 바로 들어갔다. 평소의 나
라면 그렇게 못 했을 것이다. 하지만 그건 꿈속이었으므로

아무런 망설임도 없었다. 바에 혼자 앉아 가짜 전기부랑을 마시고 있자니 길고 가는 복도처럼 생긴 가게의 안쪽에서 환성이 터져 나왔다.

그러더니 유카타 차림의 괴상한 남자가 둥실둥실 천장을 타고 카운터 위까지 왔다. 굵은 엽궐련을 입에 물고 뭉실뭉실 연기를 내뿜는다. 아무리 꿈속이라고는 하지만 그런 기괴한 행동을 하는 작자는 내가 아는 한 딱 한 사람밖에 없었다. 나는 "여어, 히구치 씨" 하고 올려다보며 말을 건넸다.

히구치 씨는 천장 구석에서 몸을 빙그르르 돌려 공중에 책상다리를 하고 앉더니 "어이구, 너구나. 여기서 만나는군" 했다. "대학축제 이후로 처음이네. 너도 감기 걸렸지?"

히구치 씨는 내 옆 의자에 조용히 착지했다. "부끄러운 일이야. 나도 결국 감기에 걸리고 말았어" 하고 분하다는 듯이 말했다.

"감기 환자치고는 활기차 보이네."

"그건 그거, 이건 이거야."

"무슨 소리야."

나는 그렇게 말한 다음 물었다. "당신은 어떻게 날 수가 있지? 나는 날고 싶어도 못 나는데."

"비결을 알아야지. 내 제자가 될 테야?"

"당신 제자는 싫어. 왠지 끔찍할 거 같아."

"자아, 그러지 말고 따라와. 하누키 씨가 병문안 올 때까지는 혼자 누워 있어야 하고 특별히 할 일도 없어. 게다가 너도 '히구치식 비행술'을 익혀두면 여차할 때 도움이 될 거야." 히구치 씨가 말했다.

"여차할 때라는 게 어떨 때인데?"

"자아, 자아, 그렇게 따지지 말고 그냥 따라와봐."

히구치 씨는 텐구처럼 껄껄껄 웃으며 나를 바에서 데리고 나왔다.

))) ● (((

히구치 씨는 시모가모 이즈미가와마치의 '시모가모 유수장'이라는 연립주택에 살고 있었습니다.

그곳은 참으로 고색창연했습니다. 기운 지붕에 설치된 에어컨 실외기는 당장이라도 굴러떨어질 듯이 위험해 보였습니다. 창에서 공중으로 비죽이 치솟은 빨래건조대에 널어놓은 옷이 깃발처럼 나부꼈고 나란히 늘어선 유리창은 바람에

덜컹덜컹 울려댔습니다. 스모 선수가 돌격하면 집 전체가 무너져 내릴 형세였습니다.

나와 하누키 씨가 병문안을 간 건 오후 3시쯤이었는데 온 하늘이 갑자기 흐려지면서 주변이 해 질 녘같이 어두워졌습니다. 강한 바람이 윙윙 부니까 바로 서쪽에 붙은 다다스 숲이 으스스하게 수런거렸습니다. 그 바람은 어두운 숲 저 깊은 곳에서 불어오는 것 같았습니다.

2층으로 올라갈 때 강한 바람이 지진처럼 유수장을 흔들어대 우리는 깜짝 놀라 서로의 손을 꼭 잡았습니다. 먼지가 가득 쌓인 어슴푸레한 복도를 걸어가 맨 끝에 있는 히구치 씨의 방 앞에 이르니 잡동사니가 발 디딜 틈 없을 정도로 쌓였습니다. "지저분해라" 하며 하누키 씨가 잡동사니를 밀어치웠습니다.

나와 하누키 씨가 방에 들어가 보니 히구치 씨는 이불을 몸에 둘둘 만 채 입술을 꼭 다물고 있었습니다. 그는 "묘한 꿈을 꿨어" 하고 천장을 향해 중얼거린 다음 "내가 감기에 걸리다니!" 하고 분하다는 듯이 외쳤습니다.

나는 치토세야의 주인 아저씨한테서 받은 호박을 히구치 씨의 베갯머리에 놓고 나서 싱크대에 있는 전열기로 달걀술을 만들기 시작했습니다. 하누키 씨는 그의 이마에 열을 식히는 패드를 붙이며 "결국 히구치 군도 감기에 걸리고 말았군" 하고 언젠가의 복수를 하는 것이었습니다.

이부자리에서 겨우 몸을 일으킨 히구치 씨에게 나는 달걀술을 건네주었습니다.

"어쩌다 감기에 걸리셨어요. 히구치 씨 같은 분이."

"실은 이백 씨 병문안을 가려고 했거든."

히구치 씨는 후후 달걀술을 불어가며 말했습니다.

"그런데 이백 씨의 집 가까이 가자 감기의 신이 사정없이 나를 덮치는 거야. 어쩔 수 없이 이백 씨를 만나려던 목적도 못 이룬 채 패주해야 했어. 이건 어설픈 감기가 아니야. 지금 주변에 만연한 감기는 이백감기야."

"이백 씨는 어디 계시는데요?"

"다다스 숲 깊숙한 곳. 감기가 거기서부터 스멀스멀 퍼져나오는 거야."

"근원을 단절시키지 않으면 안 되겠군."

"하지만 이백 씨에게 듣는 약은 없고, 있어도 누가 갖다주느냐가 문제야."

그래서 나는 가비서방에서 일을 도와주고 있는 소년에게

서 받은 병을 꺼냈습니다. 히구치 씨는 갑자기 얼굴을 빛내며 그 호박색 병을 받아 들어 전등에 비춰보더니, "아!" 하고 감탄의 소리를 질렀습니다.

"이거야말로 공전의 묘약 '윤폐로'! 내가 열렬히 원하던 구국의 물품으로서 초고성능 거북 새끼 수세미와 쌍벽을 이루는 물건이지. 그 옛날 이백 씨는 스페인감기에 걸렸을 때 이 약을 먹고 살아났어…… 너, 이거 어디서 났지?"

"헌책방 아이한테서 받았어요."

"잘했어. 잘했어."

히구치 씨는 뚜껑을 열어 나무젓가락을 꽂더니 한 번 돌린 다음 다시 뚜껑을 닫고 나에게 주었습니다. 그리고 젓가락에 묻은 윤폐로를 쩝쩝 빨더니 얼굴이 환해졌습니다. "맛있어. 정말 맛있어."

"이것을 먹으면 이백 씨가 나을까요?"

그때 마치 커다란 야수 같은 검은 돌풍이 유수장을 때렸습니다. 당장이라도 유리창이 부서질 것 같은 큰 소리가 났습니다. 우리는 무의식중에 몸을 웅크렸습니다.

하누키 씨가 일어나 커튼을 열더니 소리를 질렀습니다.

창문으로 내다보니 서 있는 집들의 지붕 저 건너로 거뭇

거뭇한 거대한 나무 막대기가 하늘을 찌를 듯이 서 있었습니다. 그것은 미카게 거리 부근을 천천히 움직여 가모가와를 향해 갔습니다. 윤곽이 몽롱하여 잘 알 수는 없었지만 간판과 마른 잎과 전단과 빈 깡통 등이 하늘로 날아올랐습니다. 뭔가가 부서지는 커다란 소리도 울려왔습니다.

"저거, 회오리바람이잖아."

하누키 씨가 중얼거렸습니다. "태어나서 처음 본다. 땡잡았네!"

"저건 이백 씨의 기침이야. 세균으로 가득 차 있어. 말기로군."

히구치 씨가 윤폐로를 핥으며 나를 보았습니다.

"이백 씨는 감기로 죽어가고 있어. 그의 몸에 든 감기의 신이 차례차례 자기 부하를 만들어내서는 이백감기를 온 도시에 퍼뜨리는 중이야. 이백 씨를 구하러 간 사람들은 차례차례 감기로 쓰러졌어. 이대로 두다간 교토가 감기로 멸망할 거야. 네가 이 윤폐로를 이백 씨에게 갖다줘."

나는 윤폐로를 쥐고 일어섰습니다.

"네, 그럴게요."

))) ● (((

터무니없이 강한 이백감기와 맞서기 위해서는 준비에 빈 틈이 없어야 합니다.

나는 근처 공중목욕탕에 갔습니다. 바람에 날리는 노렌 옆에는 '오늘은 유자탕'이라고 쓴 종이가 붙어 있었습니다. 공중목욕탕에도 사람 그림자가 없었습니다. 커다란 욕조에 는 그물로 싼 둥근 유자가 둥실둥실 떠다녔습니다. 유자의 시큼한 냄새로 가득한 커다란 욕조에 몸을 담구니 몸이 따 끈따끈해졌습니다. 나는 신이 나에게 부여한 임무를 상기하 고 천장을 향해 중얼거렸습니다. "좋았어!"

시모가모 유수장으로 돌아오니 하누키 씨가 나를 걱정하 여 배낭에 이것저것 넣어주었습니다. 만에 하나를 대비하여 감기에 듣는 건 뭐든 다 가져가라는 거예요. 꿀, 생강탕, 달 걀과 술, 코카콜라와 생강, 치토세야의 주인에게서 받은 매 실 장아찌, 호박 삶은 것, 커다란 유자, 사과, 갈근탕. 그리고 작은 병에 든 윤폐로는 가장 중요한 것이니만큼 천으로 싸 서 배에 묶었습니다. 그때의 나로 말하자면 걸어 다니는 감 기약이었습니다.

나는 하누키 씨와 히구치 씨의 배웅을 뒤로하고 시모가모 신사의 참배로를 향해 출발했습니다.

하늘에는 어두운 구름이 무겁게 드리웠고 그 아래로 마치 태풍이라도 올 것처럼 어둡고 뜨뜻미지근한 바람이 불었습니다. 조금 전에 회오리바람이 지나갔는지 거리는 여기저기 나뒹구는 쓰레기와 자전거로 말이 아니었습니다.

시모가모 신사 입구에 서서 텅 빈 다다스 숲 깊은 곳으로 이어지는 참배로를 바라보았습니다. '마풍魔風'이라고 해야 할까요. 으스스한 바람은 그 어슴푸레한 깊은 곳에서부터 불어왔습니다. 바람에 날린 모래 먼지가 얼굴에 달라붙었습니다. 울창한 고목이 크게 흔들리면서 무시무시한 소리가 숲속에 울려 퍼졌습니다. 나는 그 바람의 안내를 받기라도 하듯 아무도 없는 긴 참배로로 들어서서 한 걸음 두 걸음 북쪽으로 나아갔습니다.

길게 뻗은 참배로를 걷는 동안 나는 이백 씨와 처음 만난 그 본토초의 밤을 생각했습니다. 이백 씨와 가짜 전기부랑을 신나게 마시던 밤의 일을. 그때 뱃속에서부터 올라오던 행복한 느낌을. 이백 씨는 아주 무서운 고리대금업자라는 소문이 있지만 나에게는 마치 할아버지처럼 상냥한 분이었습니다.

참배로 왼쪽으로는 여름에 헌책시장이 열렸던 승마장이
남북으로 뻗어 있었습니다.

그쪽에서 무서운 소리를 내는 거대한 뭔가가 움직였습니
다. 회오리바람이었습니다. 나는 참배로 오른쪽으로 도망쳐
나무에 달라붙었습니다. 모래먼지와 낙엽이 눈을 뜰 수 없
을 정도로 춤을 췄고 내가 매달린 큰 나무도 광포한 바람에
흔들흔들했습니다. 회오리바람은 승마장의 진흙을 나뭇가
지에 튕기면서 스윽스윽 남쪽으로 나아갔습니다. 바람소리
와 나뭇가지 꺾이는 소리가 한데 섞여서 온 숲에 울려 퍼졌
습니다. 그건 마치 다다스 숲이 지르는 비명 같았습니다.

회오리바람이 지나간 뒤에 진흙투성이가 된 얼굴을 닦고
가늘게 뜬 눈으로 참배로 끝을 뚫어져라 보았습니다. 윙 하
고 다시 바람이 불더니 찢어진 만국기와 기다란 일곱 색깔
깃발이 내 옆으로 날아갔습니다. 그것은 이백 씨가 사는 3층
짜리 전차에 붙어 있던 것들이었습니다. 그러고 보니 주위
의 참배로와 나뭇가지에 그런 장식물들이 여러 개 걸려 있
었습니다.

참배로를 따라 계속 걸어가자니 승마장 북쪽 끝에서 주홍

색 빛이 명멸하는 것이 보였습니다.

어두운 숲 일각이 마법처럼 빛나다가 어두워지다가 했습니다. 자세히 보니 그것은 멈춰 선 이백 씨의 3층짜리 전차였습니다. 먼눈으로 봐도 그토록 화려했던 장식이 다 찢겨 날아간 전차는 몰골이 말이 아니었습니다. 옥상의 대나무 숲도 황폐해졌고 차창은 말짱한 것이 하나도 없이 다 깨졌습니다.

폐허가 된 전차는 숨을 쉬는 것처럼 밝아졌다 어두워졌다 했습니다. 섬뜩할 정도로 눈부시게 빛나나 싶다가도 엄청나게 거센 바람이 차 안에서 불어 나오면 바로 힘을 잃은 듯 어두워졌습니다. 그건 병에 걸려 자리보전하고 있는 이백 씨의 고통스러운 숨결 같았습니다.

"아아, 이백 할아버지! 조금만 기다리세요!"

나는 배낭을 고쳐 메고 정면에서 불어오는 바람을 마주하고 걸어갔습니다.

))) ● (((

나는 우아하게 본토초의 상공을 비상했다.

애초에 대학생 텐구인 히구치 씨의 가르침은 더 이상 그럴 수 없으리만큼 애매했다. 그는 아는 사람이 운영하는 헌책방으로 나를 끌고 들어가더니 멋대로 옥상의 빨래건조대까지 올라가 하늘을 가리키며 나에게 말했다.

"땅에 발을 대지 않고 사는 거야. 그럼 날 수 있어."

정말 날 우습게 아는군, 그런 생각을 했지만 일단 시키는 대로 땅에 발을 대지 않는 장래의 비전을 그려보았다.

"어느 날 우리 집 뒷산을 팠더니 석유가 나와 엄청난 부자가 돼서 대학을 중퇴하고 그 후 죽을 때까지 신나게 산다."

그런 꿈을 그리자마자 몸이 순식간에 가벼워지면서 부웅하고 건조대 위로 떠올랐다. 히구치 씨는 건조대에서 한동안 손을 흔들어주다가 마침내 시야에서 사라졌다.

나는 기야마치와 본토초 사이에 선 집들을 지붕에서 지붕으로 가볍게 뛰어 돌아다녔다. 그물망처럼 집들을 뒤덮은 전선줄만 주의하면 어디로든 날아갈 수 있었다. 이번엔 빌딩의 옥상을 발로 차고 높이 뛰어올라 천천히 몸을 돌려 눈밑의 야경을 내려다보았다. 밤거리의 불빛은 마치 보석처럼 번쩍번쩍 빛났다. 시조가라스마 지역 오피스빌딩의 빛, 멀리서 단 하나 고독하니 촛불처럼 빛나는 도쿄타워의 빛, 기온의 붉은 빛, 그리고 산조기야마치에서 남쪽으로 그물처럼 펼쳐진 환락가의 빛.

나는 빌딩의 옥상으로 내려와 그 가장자리에 걸터앉아 다리를 풀럭풀럭 흔들었다. 하늘에는 커다란 달이 떴고 아래로는 본토초가 남북으로 뻗어 화려하게 빛났다.

그렇게 멍하니 앉아 '그녀는 지금쯤 어디서 무엇을 하고 있을까'를 생각하는데 본토초의 가로등 위로 뭔가가 찬연하게 빛을 내며 조용조용 나아가는 것이 보였다. 그것은 전차 같았는데 지붕에는 작은 연못과 대숲이 있었다. 이백 씨의 3층짜리 전차였다.

그 기괴한 본토초의 밤이 생각났다.

길고 허무한 밤의 여로 끝에 나는 그 전차 지붕에 있는 오래된 연못 옆에서 그녀가 도도와 이야기 나누는 것을 들었다. 도도는 회오리바람에 잉어가 모두 날아갔다는 허황된 이야기로 그녀를 농락하려 했다. 나는 그런 비열한으로부터 순진한 그녀를 구해내려고 풀숲에서 일어섰는데, 그때 하늘에서 날아온 뭔가에 머리를 맞아 어찌 해보지도 못하고 쓰러졌다. 생각만 해도 한심스럽다.

그러다가 갑자기 '그 옥상에서 기다리고 있으면 이백 씨와 술 마시기 대적을 하기 위해 그녀가 모습을 나타낼 것'이 라는 생각이 들었다. 나는 3층 전차를 향해 밤하늘로 훌쩍 몸을 던졌다.

공중을 돈 순간 갑자기 내 머리에 떠오른 건 '만약 정말 로 그녀가 거기 나타나면 어떻게 할 건가' 하는 생각이었다. 요전번에 뇌 중앙의회에서 쏟아져 나왔던 분분한 의견은 내 연설로 잠재워버렸다. 눈을 질끈 감고 영광의 미래를 향 해 도약할 수밖에 없었다. 눈 아래 있는 3층 전차가 나에게 로 다가왔다. 밝은 주홍빛으로 가득 찬 실내에서는 찬연히 빛나는 샹들리에가 전차의 진행에 맞춰 흔들렸다. 여유롭게 의자에 앉은 이백 씨의 뒷모습이 보였다. '하지만' 하고 나는 착지점을 어디로 할 것인가를 생각하며 망설였다. 만약 그 녀가 그 사랑스러운 얼굴을 찌푸리고 '무슨 말을 하는 거야, 이 자식' 하는 표정을 지으면 어쩌나. 내 자긍심이 그 굴욕 을 견딜 수 있을까. 그 순간 나는 모든 희망을 잃고 발가벗 겨지는 것이 아닐까.

리얼한 고민이 몰아닥쳤다. 더 이상 날 수 없었다.

현실의 무게를 견디지 못하고 추락한 곳은 옥상의 오래된 연못이었다. 오래된 연못, 내가 뛰어드는 풍덩 소리("오래된

연못, 개구리 뛰어드는 퐁당 소리"라는 일본의 유명한 단시가 있다―옮
긴이). 물에 빠진 내 시야의 한쪽 구석에서 선명한 홍백색의
비단잉어가 몸을 뒤집었다.

〉〉〉●《《《

폭풍이 쓸고 지나간 1층 서재는 엉망진창, 그 찬란했던 분
위기는 이미 사라졌습니다. 책꽂이와 쓰러진 책상 사이에
망가진 우키요에와 책들이 마구 흩어져 있었습니다. 나선
계단 위에서 불어 내리는 끔찍한 바람이 그것들을 구겨놓았
습니다. 나는 나선 계단을 기듯이 올라가 2층 연회장에 다다
랐습니다.

연회장 구석에 이백 씨가 이부자리를 깔고 누웠고, 이불
을 두르듯이 말아놓은 끈에는 함석 랜턴이 줄지어 매달려
있었습니다. 이백 씨가 몸을 둥글게 말고 신음할 때마다 그
랜턴들이 일시에 밝게 빛났습니다. 그것이 내가 본 명멸하
는 빛의 정체였습니다.

랜턴 빛에 비친 연회장은 황폐하기 이를 데 없었습니다.
큰 벽시계가 바닥에 떨어졌고 그 밑에 깔린 축음기는 부서

졌습니다. 청자 항아리와 너구리 모양의 장식품도 엉망으로 깨져 바닥에 어지러이 흩어졌습니다. 유리창은 모조리 깨졌고 나무판을 댄 벽을 장식했던 다양한 탈과 그림들도 남김없이 다 날아가버렸습니다. 무참히 부서진 유화가 나선 계단 입구에 걸려 있었습니다. 그 잔해의 한가운데에 홀로 누워 있는 이백 씨. 나는 너무나 불쌍한 마음에 울음이 터질 지경이었습니다. 이백 씨가 누워 있는 이부자리로 달려가 이불째 안듯이 하고 외쳤습니다. "이백 할아버지! 이백 할아버지!" 이불 안에서 눈을 꼭 감고 있던 이백 씨가 내 목소리를 듣고 눈을 떴습니다. 그 얼굴은 무서우리만치 창백했고 입술은 부들부들 떨렸지만 눈은 형형히 빛났습니다.

"너구나." 이백 씨가 겨우 중얼거렸습니다. "나는 이제 죽을 거야."

"아니에요. 안심하세요."

나는 이백 씨의 흐트러진 백발을 가지런히 해주고 불타듯이 뜨거운 이마에 손을 댔습니다.

그 순간 랜턴이 한바탕 밝게 빛났습니다. 이백 씨가 몸부림을 치나 싶더니 크게 기침을 한 것입니다. 그의 이마에 손을 대고 있던 나는 그 순간 일어난 거친 바람에 나선 계단이 있는 곳까지 날아갔습니다. 광포한 바람이 멈추자 랜턴의 불빛이 꺼지고 이백 씨의 주위가 다시 어두워졌습니다. 나선 계단의 난간에 매달려서 내가 숨을 고르고 있는데 랜턴이 또다시 빛났습니다. "이백 할아버지, 약을 가져왔어요" 하고 내가 말했습니다.

"아냐, 됐어. 내버려둬."

이백 씨는 비통한 목소리로 말했습니다. "너까지 감기 걸릴라."

"아니요. 저는 괜찮아요."

나는 그 뒤로도 여러 번 바람에 날렸지만, 연회장 구석과 이백 씨 사이를 오가며 이백 씨의 시중을 들었습니다. 내가 나무젓가락에 돌돌 만 윤폐로를 들고 가자, 이백 씨는 그리운 님을 만난 듯 눈을 가늘게 뜨고 랜턴 불빛에 호박색으로 빛나는 그 약을 핥았습니다. "이거야! 이거야!" 하고 이백 씨는 기쁜 듯 중얼거렸습니다. 나는 열을 내려주는 패드를 배낭에서 꺼내 이백 씨의 뜨거운 이마에 붙였습니다. 또 이백 씨가 기침을 하는 틈을 타서 사과를 갈아 먹였습니다.

다다스 숲의 수런수런하는 소리와 이백 씨의 숨소리만이 들리는 괴롭고 긴 시간이 지나갔습니다.

))) ● (((

이백 씨의 전차 3층에 있는 오래되고 운치 있는 연못에 빠졌던 내가 수면 위로 얼굴을 내밀자 갑자기 장소가 냄새 나는 저수지로 바뀌었다. 강렬한 저녁 해가 번쩍번쩍 눈부시게 빛났다. 조금 전까지 밤의 본토초에 있던 나는 얼굴을 찌푸렸다. 꿈이라고는 하지만 장면이 너무 정신없이 바뀌는 게 아닌가. 게다가 광포한 바람까지 윙윙거리며 주위를 마구 헤집어놓는 건 또 뭔가. 내가 빠진 저수지의 물이 격렬히 요동을 쳤고 그 바람에 불쌍한 비단잉어들이 허우적댔다.

나는 저수지 기슭에 턱을 댄 채 혀에 달라붙은 수초를 뱉었다. 그때 펜스 한쪽 구석에서 젊은이와 옥신각신하는 중년 남자가 보였다. 그는 팔을 붙잡는 젊은이를 필사적으로 뿌리치고 비통한 얼굴로 이쪽을 향해 달려왔다.

그건 비단잉어센터의 주인, 도도였다.

석양에 붉게 물든 그는 숱이 많지도 않은 머리카락을 광포한 바람에 마구 휘날리며 하늘에 호소하듯 양팔을 벌리고 외쳤다. "그만둬." "유코를 돌려줘." "지로키치를 돌려줘."

나는 도도가 미쳐 날뛰는 모습을 저수지에 몸을 담근 채 구경했다.

마침내 그는 울음을 터뜨리더니 그대로 반대쪽으로 달려가려다 불현듯 저수지 위로 얼굴을 내밀고 있던 나를 알아차렸다. 그는 턱이 빠져라 입을 딱 벌리고 놀란 표정을 짓더니 다시 달려가면서 나를 향해 크게 손을 흔들었다. 그리고 눈을 홉뜨고 하늘을 올려다보면서 "도망가, 도망가" 하고 외쳤다.

돌아보니 눈앞에 하늘을 찌르는 회오리바람이 시커멓게 치솟아 있었다. 저수지의 물과 번쩍번쩍 비늘을 빛내는 잉어들이 하늘로 빨려 올라갔다.

"도망칠 틈도 없음!"

난 미련 없이 각오를 다지고, 눈을 감고 정신을 통일했다.

드디어 나는 잉어들의 뒤를 쫓아 용감하게 하늘을 향해 날아올랐다.

))) ● (((

어느덧 이백 씨의 격렬한 기침도 가라앉았습니다.

나는 바람에 몹시 시달린 나머지 그만 지쳐 떨어져 꾸벅

꾸벅 졸았습니다.

어느 정도 졸았을까요. 문득 정신을 차리니 내 어깨에 부드러운 담요가 걸쳐져 있었습니다. 바닥에 떨어진 커다란 벽시계가 재깍재깍 5시를 가리켰습니다. 얼굴을 드니 이백 씨가 형체를 알아볼 수 없게 망가진 선반에서 깨지지 않은 가짜 전기부랑 병을 찾아낸 참이었습니다. 이백 씨는 눈을 뜬 나를 보더니, "고마운 일이야. 네가 오지 않았다면 나는 살아날 수 없었을 거야" 했습니다. 그리고 깨진 청자 접시 위에서 유화 액자로 불을 지피고 냄비를 올려 가짜 전기부랑을 데워주었습니다.

"자아, 이걸 마시고 몸을 덥혀둬."

나는 이불 속으로 들어간 이백 씨 곁에서 담요를 둘러쓰고 앉아 유자즙을 넣은 가짜 전기부랑을 마셨습니다. 배 속이 스멀스멀 따뜻해지면서 기운이 돌아왔습니다. 주위의 사물이 조금씩 선명하게 보이기 시작했습니다. 이백 씨가 이불 속에서 얼굴을 내밀고 나를 보았습니다.

"감기에 걸리면 마음이 약해지니 탈이야."

"이렇게나 열이 있으니까요."

"쓸쓸한 겨울밤에 홀로 누워 있으면 의지할 데 없이 불안해져. 어쨌든 내겐 아무도 없거든……. 난 혼자야. 열에 들떠 잠 못 드는 밤에 눈을 뜨면 마치 어린 시절로 돌아간 것 같아. 먼 옛날 잠자리에서 홀로 눈을 떴을 때는 엄마를 불렀지. 그런데 지금은 아무도 없어……."

"제가 있어요."

나는 그렇게 속삭이다 문득 선배가 생각났습니다. 선배도 홀로 이불 속에 누워 있을까요. 혼자서 이 일 년 중의 가장 긴 밤을 보내고 있을까요.

"감기에 걸리면, 밤이 길어."

"오늘은 동지예요. 일 년 중에 밤이 가장 긴 날이에요."

"그래도 말이야, 아무리 밤이 길더라도 새벽은 오고야 말겠지."

"그럼요."

이백 씨가 나를 보고 빙그레 웃었습니다.

그리고 무슨 말인가를 웅얼웅얼했는데, 나는 그의 입가에 귀를 갖다 댔습니다.

"밤은 짧아, 걸어 아가씨야."

이백 씨가 말했습니다.

내가 그의 얼굴을 보고 웃은 순간 이불 주위에 줄지어 놓여 있던 랜턴들이 일제히 번쩍번쩍 빛났습니다. 이백 씨가 갑자기 크게 숨을 들이마시고 '저쪽으로 가' 하는 듯 손을 흔들었습니다. 순식간의 일이었는지라 나는 기껏해야 몇 발자국 뒤로 물러섰을 뿐입니다.

이백 씨가 기침을 하자 지금까지 본 적이 없는 강한 바람이 불었습니다.

나중에 이백 씨의 쾌유를 축하하는 술자리에서 들은 얘긴데, 이백 씨는 그때 마침내 몸 안에 자리 잡고 있던 감기의 신을 내쫓을 수 있었다고 합니다. 이백 씨의 입에서 폭풍이 되어 튀어나온 감기의 신은 연회장에서 최후의 대광란을 벌인 뒤에 창밖으로 뛰어나갔습니다. 그러고는 거대한 회오리바람이 되어 밤의 기운을 빙글빙글 휘저으며 다다스 숲을 흔들었습니다. 시커먼 회오리바람 속에서 번쩍번쩍 빛을 낸 건 이백 씨의 이불을 싸고 있던 랜턴이었습니다. 끈으로 연결된 랜턴은 공중에서 기차처럼 빛나며 춤을 추었습니다. 밖에 서서 올려다보았다면 정말 신기했을 거예요. 하지만 나는 올려다볼 수 없었습니다.

왜냐하면 나는 그 회오리바람 속에서 함께 돌고 있었기 때문입니다.

뱅글뱅글 어지럽게 돌자니까 뭐가 뭔지 전혀 알 수가 없었습니다.

감기의 신이 이백 씨의 곁에서 떠난 건 참으로 기쁜 일이지만, 그 참에 내가 그만 하늘 높이 날아올랐던 것입니다.

))) ● (((

저수지에서 회오리바람에 빨려 들어간 나는 계속해서 올라가는 중이었다.

마치 나선형의 미끄럼틀을 타고 하늘을 향해 거꾸로 미끄러져 올라가는 느낌이었다. 굉장한 속도로 자꾸자꾸 올라갔다. 나는 꼼짝 못 하고 그대로 빨려 올라갔다. 꽤 높은 데까지 왔을 텐데 어두워서 아무것도 보이지 않으니 답답하기만 했다. '어디까지 올라가는 걸까.'

나는 위를 올려다보았다. 반짝반짝 주황색으로 빛나는 빛의 행렬이 캄캄한 어둠 속을 흘러가는 게 보였다. 기차처럼 끈으로 연결된 랜턴이었다. 저것도 어디선가 빨려 들어왔겠지. 아름다운 습득물이라고 생각했다. 더욱 집중하여 보니 그 랜턴 기차 끝에 작은 몸집의 여성이 매달려 있었다. 그녀는 랜턴에 달라붙어 눈을 감고 있었다. 그 또한 아름다운 습득물이라고 생각한 순간 그것이 그녀라는 것을 알아챘다.

그때 내 뇌리에 떠오른 건 '또 어쩌다 지나가던 길이었어'라는 말 한마디뿐이었다.

"어차피 꿈이야" 하고 훼방 놓고 싶은 후진 사람은 개한테나 먹혀버려라. 꿈이든 현실이든 그건 본질적인 문제가 아니었다. 내 재능의 보물 상자는 확실히 바닥을 드러낸 듯했다. 하지만 아직 나에게는 전무후무한 재능 하나가 남아 있었다. 망상과 현실을 뒤죽박죽으로 섞어버리는 재능!

이 위기의 상황에서 그녀를 구할 수만 있다면 내 인생에 영광의 새 지평을 열 수가 있을 텐데. 틀림없이 그럴 것이다. 불이 붙은 내 망상을 어디서 멈춰 세워야 좋을지 모르는 채, 나는 그녀와의 첫 만남에서부터 노벨상 수상에 이르기까지의 내 인생의 미래에 있을 장면들을 하나하나 주마등처럼 머리에 떠올렸다. 땅에 발이 닿지 않는 화려한 미래에 펼쳐질 인생의 여러 컷들이 내 뇌의 깊은 계곡을 메워갔다. 헬륨을 불어넣은 듯 몸이 가벼워졌다.

나는 히구치식 비행술을 구사하여 거대한 독수리처럼 비상했다.

내가 랜턴 행렬의 끝에 도착하여 줄을 잡아당기자 그녀가 희미하게 눈을 떴다.

　굉음과 폭풍 때문에 말을 주고받을 수는 없었다.

　그녀는 웃음 지었고 소리가 되지 않는 소리로 "또 만나네요" 했다. 나도 소리가 되지 않는 소리로 "어쩌다 지나가는 길이었거든" 하고 대답했다.

　나는 랜턴을 잡아당겨 그녀에게로 손을 뻗었다. 그녀는 내 손을 되잡아주었다.

　포효하는 회오리바람의 손아귀에서 벗어나기 위해 소용돌이치는 대기의 격류를 헤치고 어둠 속을 나아갔다. 순간 갑자기 우리를 가둬놓고 있던 어둠이 끊기고 시계가 열렸다. 휘몰아치는 폭풍에서 해방되어 정신을 차리니 우리는 맑은 하늘을 미끄러지듯이 날고 있었다.

　굳게 손을 마주 잡은 우리가 본 것은 눈 아래로 펼쳐진 교토 시내였다.

　교토 시내를 둘러싼 산에 안개가 희미하게 끼었다.

　대학축제가 있었던 대학의 교정, 헌책시장이 열렸던 다다스 숲, 긴 밤을 걸었던 본토초, 오피스가와 가모가와와 절과 신사, 고궁이 있는 숲, 요시다 산, 다이몬지 산, 그리고 운명의 실로 맺어진 수많은 사람들이 사는 아파트와 맨션과 민가의 지붕. 그것들은 남색 아침 안개 속에 가라앉은 채 조용히 새벽을 기다리고 있었다. 우리는 온몸이 얼어붙을 듯 무섭게 찬 공기를 가르며 동 트기 전의 거리를 향해 내려갔다.

갑자기 그녀가 내게 얼굴을 갖다 대고 "나무나무!"라고 외쳤다.

그녀의 빛나는 눈동자에 다이몬지 산 너머 뇨이가다케 방면에서 쏟아지는 강렬한 아침 햇살이 비쳤다. 햇살이 새하얀 그녀의 뺨을 아름답게 비추었다.

쪽빛 아침 이슬에 가라앉은 거리 위로 새로운 아침이 마치 도미노처럼 퍼져나가는 것이 보였다.

))) ● (((

이부자리에서 눈을 뜬 나는 엎드린 채 몽롱한 머리를 움직였다.

교토 시 상공 수백 미터에서 맛본 행복감은 썰물 빠지듯 사라져갔다.

나는 다시 현실로 되밀려와 베개에 입을 갖다 대고 "우우우"하고 신음했다. 그토록 선명한 꿈이었는데, 그녀의 손을 잡았던 느낌이 이토록 생생한데. 이건 도저히 꿈이라고 할 수 없는 건데.

고개를 돌려 옆을 보니, 아니, 그녀가 오도카니 정좌를 하고 내 손을 잡고 있는 게 아닌가. 창으로 비쳐 들어오는 하얀 아침 햇살이 그녀의 검은 머리를 비췄다. 그녀는 조금 젖은 아름다운 눈동자로 뚫어져라 나를 바라보았다. 마치 나를 걱정했다고 말하는 듯했다.

"괜찮아요?" 그녀가 말했다.

그때 기억났다. 내가 그녀에게 진심으로 반한 건 밤새 본토초를 걷고 난 그 새벽, 오래된 연못가에 쓰러져 하늘에 침을 뱉으려던 나를 그녀가 위에서 들여다본 그 순간이었다. 그 후로 반년, 생각하면 멀리도 왔다.

나는 성욕에 휩쓸렸다, 나는 세상의 풍조에 저항할 수 없었다, 나는 홀로 지내는 외로움을 견디지 못했다. 다양한 생각이 머릿속에 오갔으나 그것들은 결국 덧없이 사라져버리고, 그저 살짝 젖어 빛나는 그녀의 눈동자와 그 작게 속삭이는 목소리와 아름다운 뺨의 인상만이 남았다.

"왜 선배가 그런 곳에?"

"……어쩌다 지나는 길이었거든. 그런데 넌 어째서 이런 곳에?"

"선배가 데려와주었잖아요."

그랬나?

나는 쭉 이부자리에서 두서없이 종잡을 수 없는 꿈을 꿨을 뿐인데.

"매우 뛰어난 착지였어요."

그녀가 손을 뻗어 내 이마에 손바닥을 댔다. 아직 열이 내리지 않았는데 그녀의 찬 손바닥이 내 이마를 식혀주었다. 손이 찬 사람은 마음이 따뜻하다고들 한다.

그녀는 작은 달마오뚝이 모양의 병을 꺼내 보였다. 그러고는 싱크대에서 찾아 온 나무젓가락으로 그 병 안의 물엿 같은 것을 빙글빙글 말아 올렸다. 나는 그녀가 시키는 대로 그 맛있는 물엿을 핥아 먹었다. 그녀는 미소 띤 얼굴로 나를 바라보며 이백 씨와 지낸 긴 밤의 일을 들려주었다.

"이백 씨의 감기가 나으면 둘이서 함께 가서 축하해주자."

불현듯 내가 그런 말을 꺼내다니, 아직 열이 높았기 때문일까, 아니면 향기 진한 물엿을 먹고 머리로 피가 몰려 코피가 터지려 했기 때문일까.

"함께요?"

"함께."

나는 덧붙였다. "그런 김에 재미있는 헌책방까지 가르쳐줄게."

그녀는 쿡쿡 웃으며 "같이 갈게요" 하고 고개를 끄덕였다. 그리고 잠시 멍한 표정을 지었다. 너무나 멍~했기 때문에 '멍하게 굴기 세계선수권대회'가 열리면 곧바로 국가대표 선수가 될 수 있을 거라고 생각했다.

그녀는 "열이 좀 있나 봐요" 하며 웃었다. "나도 감기 걸린 건가."

))) ● (((

그녀는 그다음 날 고향으로 떠났다.

나는 그녀에게서 받은 감기약 '윤페로'를 복용한 덕분에 감기의 신의 마수로부터 겨우 벗어날 수 있었다. 이부자리에서 체력을 비축하는 동안 크리스마스가 지나고 바쁜 연말이 다가왔다.

그사이 기승을 떨던 악질적인 유행성 감기는 조금씩 수그러들었다.

한발 빨리 회복한 대학축제 사무국장이 귀향하기 전에 병문안을 왔다.

홀로 누워 있던 나는 몰랐는데 빤스총반장과 궤변론부 사람들도 차례차례 쓰러졌다고 했다. "그건 네가 옮겼잖아" 하고 내가 말하자, 사무국장은 "우린 한배를 탄 운명이야" 했다. 내가 그녀와 둘이서 나들이할 약속을 했다고 하자 사무국장은 "잘했어" 하며 내 노력을 칭찬했다. 그러나 "그런데 그다음이 힘들어. 여자와 사귄다는 건 말이야……" 하고 이상한 말을 남겼다.

나도 고향에 갔다.

새해가 되어 교토로 돌아오니 하숙집 우편함에 작은 초대장이 들어 있었다. 그건 이백 씨의 쾌유를 축하하는 파티의 초대장이었다. 파티 준비는 히구치 씨가 하고 모든 비용은 이백 씨가 부담하며 관계자 전원은 무료로 맛있는 음식을 맘껏 즐길 수 있고 가짜 전기부랑 역시 맘껏 마실 수 있다고.

나는 하루 종일 전화 수화기를 들었다 놓았다 한 끝에 겨우 그녀에게 전화를 걸었다.

))) ● (((

그날 나는 하숙을 나와 이마데 강 거리에 있는 커피숍 '진 진당進進堂'으로 향했다.

이백 씨의 쾌유 축하 파티는 오후 6시부터 다다스 숲에서 열릴 예정이었다. 나는 오후 4시에 그녀와 만나 커피를 마시기로 했다. 늦지 않기 위해 오후 2시에 하숙을 나와야 했다. 그리고 그 때문에 오전 7시에 일어나야 했다. 옷을 빨아 말리는 데 몇 시간, 샤워를 하고 머리를 말리는 데 한 시간, 이를 닦는 데 오 분, 머리를 가지런히 하는 데 삼십 분, 그리고 그녀와 나눌 대화를 예행연습하는 데 몇 시간이 필요했다. 다망하기 이를 데 없었다.

수로 변을 따라 걸어가는데 대학 운동장에서는 새해 일찍부터 열성적인 운동부원들이 큰 소리로 구호를 외치며 달리고 있었다. 늘 보아왔던 교토 시내의 익숙한 풍경이건만, 표백된 듯 하얀 겨울 햇살이 내리비쳐서 그런지 시원스런 새해 분위기가 느껴졌다.

그러나 내 발걸음은 무거웠다. 납을 먹은 것처럼 위가 무거웠다. 그녀가 오지 않았을 경우를 생각하면 마음이 무거웠고 그녀가 왔을 경우를 생각하면 더더욱 마음이 무거웠다. 나는 담배를 피우며 우왕좌왕 불필요하게 먼 길을 돌았다.

어떻게 대처해야 좋을지 몰랐다. 세상의 남녀가 단둘이서 만날 때 그들은 무슨 말을 할까. 설마 쭉 노려보기만 하지는 않을 테고. 그렇다고 인생과 사랑에 대해 열띤 논쟁을 펼칠 리도 없었다. 어쩌면 거기에는 내가 감당 못할 섬세 미묘한 밀고 당기기가 있지 않을까. 한편으로는 조금 멋 부린 조크로 상대를 웃기면서도 그저 그런 수다스런 남자로 전락하지 않고 의연한 태도로 그녀를 뇌쇄시킨다. 그런 건 불가능하지 않을까. 나는 명랑유쾌하고 재치 있는 남자가 아니므로 별볼일없는 이야기를 하며 커피나 축낼 것이다. 그러는 게 즐거울까. 나는 그녀를 바라보는 것만으로 즐겁다 쳐도, 그녀도 그것만으로 즐거울까. 그녀의 귀중한 시간을 악귀처럼 먹어버리기만 한다면 그녀에게 미안한 일이다. 실로 미안하기 짝이 없는 일이다. 역시 얌전히 성의 해자를 메우던 시절이 마음 편하고 즐거웠는지도 모르겠다. 아아, 정말 난감하다. 해자를 메우던 시절이 그립다. 그 영광의 나날로 돌아가고 싶다.

나는 수로 변의 벤치에 앉아 가지만 앙상하게 남은 가로수를 바라보았다.

그녀는 지금쯤 외출 준비를 하고 있을까.

))) ● (((

그날 부끄러운 일이지만, 나는 가슴이 뛰어서 오전 6시에 일어났습니다.

선배가 전화를 해서 이백 씨의 쾌유 축하 파티에 가기 전에 같이 커피를 한 잔 마시자고 했습니다. 이건 어쩌면 세상에서 말하는 그 '데이트'라는 게 아닐까요? 그렇습니다. 그리고 나는 그런 행사에 초대받아본 적이 없었습니다. 그러니 그건 내 인생의 일대사였습니다.

청소를 하다가 생각을 하다가 하는 사이에 어느새 시간이 지나갔습니다. 나는 나갈 준비를 하면서 선배와 무슨 이야기를 나눌지 생각해보았습니다.

나는 선배에게 여러 가지 물어보고 싶은 것이 많이 있었습니다. 선배는 그 봄의 본토초의 밤을 어떻게 보냈어요? 또 여름에 헌책시장에서 먹은 불냄비의 맛은 어땠어요? 그리고 가을에 대학축제에서는 괴팍왕을 연기하기 위해 어떤 모험을 했나요? 내가 모르는 데서 선배는 어떤 시간을 가졌지요? 나는 그것을 무척 알고 싶었습니다.

기운차게 맨션을 나오자 차갑고 시원스런 햇살이 내리비쳤습니다. 이백감기도 기세가 누그러져 12월에는 그토록 쓸쓸했던 거리가 다시 시끌시끌해졌습니다.

나는 괜스레 마구 신이 나서 커피숍 '진진당'을 향해 걸어갔습니다.

))) ● (((

나는 결국 단단히 마음을 다잡고 커피숍 '진진당'으로 향했다.

이쪽에서 초대한 이상 여기서 도망칠 수는 없다.

내가 무거운 문을 열고 어둑한 가게 안으로 들어선 건 오후 3시였다. 아직 한 시간의 여유가 있었다. 나는 숨이 턱에 차서 창가에 자리를 차지하고 앉아 커피를 마시며 무슨 말을 해야 하나 고심했다. 있는 대로 머리를 쥐어짠 끝에 좋은 생각이 떠올랐다.

나는 여러 가지로 그녀에게 묻고 싶은 것이 있었다.

그녀는 그 봄의 본토초에서 어떤 밤을 지냈을까. 또 여름에 헌책시장에서 어떤 책과 만났을까. 그리고 가을의 대학 축제에서는 어쩌다 그런 대연극의 주역을 맡았을까.

그녀가 그 얘길 해준다면 나는 내 추억을 이야기할 수 있을 것이다.

조금 기분이 가벼워진 나는 유리창 너머로 이마데 강가를 바라보았다. 눈부신 오후의 햇살을 받아 주위가 반짝반짝 빛나 보였다. 나는 그렇게 멍하니 있었다.

드디어 문을 여는 소리가 나고 그녀가 모습을 드러냈다. 나는 고개를 숙였다.

그녀도 까딱하고 고개를 숙였다.

이 기념할 만한 순간부터 나는 바깥 해자를 메우는 일을 마치고 한층 더 어려운 과제에 도전한다.

독자 제현, 용서하기 바란다.

그리고 다시 만날 날까지 잘 있기를.

안녕히, 바깥 해자를 메우던 나날이여—.

마무리에 이르러 한마디만 남기련다.

인사人事를 다하고 천명天命을 기다려라(진인사대천명).

))) ● (((

나는 이마데 강가를 걸으며 가로수가 다시 초록을 되찾을
날을 생각했습니다.

드디어 봄이 오면 나는 2학년이 됩니다. 그동안 얼마나 신
기하고 재미있는 일 년이었나요. 마침내 다가올 이 년째의
학창시절에 대한 기대로 가슴이 부풀었습니다. 그것도 선배
를 비롯하여 이 일 년간 만난 수많은 분들 덕분이지요. 감사
의 마음으로 배가 가득 부풀어 올랐습니다.

마침내 나는 커피숍 '진진당'까지 왔습니다.

긴장하면서 커피숍의 유리문을 밀어 열자 별세계처럼 따
뜻하고 부드러운 공기가 나를 맞았습니다. 어둑한 가게 안
은 검게 빛나는 긴 테이블을 가운데 두고 사람들이 앉아 있
었는데, 그들이 이야기하는 소리, 숟가락으로 커피를 젓는
소리, 책장 넘기는 소리로 가득했습니다.

선배는 이마데 강 거리가 보이는 자리에 앉아 있었습니
다.

창으로 들어오는 겨울 햇살이 마치 봄날 같은 분위기를
만들고 있었습니다. 선배는 그 햇살 속에서 턱을 괴고 앉아

어쩐지 낮잠 자는 고양이처럼 멍한 표정을 짓고 있었습니다. 그 모습을 본 순간 배 밑바닥에서부터 따뜻해지는 느낌이 들었습니다. 마치 공기처럼 가볍고 작은 고양이를 배 위에 올려놓고 초원에 누운 기분이랄까요.

선배가 나를 알아보고 웃으며 고개를 숙였습니다.

나도 고개를 숙였습니다.

이리하여 선배 곁으로 걸어가면서 나는 작게 중얼거렸습니다.

이렇게 만난 것도 어떤 인연.

역자 후기

　모리미 도미히코는 서른을 앞둔 젊은 작가다. 그는 여자
들에게 인기 없는 남자들이 펼치는 망상을 그린 『태양의
탑』으로 일본판타지노벨대상을 수상하고 데뷔했다. 그리고
이 작품 『밤은 짧아 걸어 아가씨야』로 야마모토슈고로상을
수상하고 나오키상 후보에 올랐으며, 2007년 《다빈치》 올해
의 책 1위, 서점대상 2위를 하는 등 일거에 인기 소설가의
대열에 합류했다.

　저자는 어려서부터 소설가가 되기를 바라며 글쓰기를 해
왔는데, 그의 아버지는 그에게 의사가 되라면서 소설은 취
미로 할 것을 권했다고 한다. 그래도 그는 어머니를 독자 삼

아 꾸준히 글을 썼고, 현재 일본에서 인기도 높고 작품성도 인정받는 소설가가 되었다.

『밤은 짧아 걸어 아가씨야』는 천진난만한 여대생과 그녀를 짝사랑하는 선배의 이야기를 그린 로맨스판타지다. 서클 여자 후배를 사모하나 그 마음을 전하지 못하고 계속해서 그녀의 주위를 서성이는 '선배'. 사모하는 후배에게 좀처럼 정면으로 대시하지 못하면서도 스스로에게 그 이유를 댄다. "우리 주위를 보면, 국면 타개를 위해 조바심치며 먹구름에 싸인 성으로 돌격하다가, 결국은 옥쇄하고 마는 바보들이 일일이 셀 수 없을 정도로 많다. 그들은 만용은 있어도 용기는 없는 남자들이다. '용기'란 이성과 신념을 지니고 자신을 바로잡아 착실히 성 둘레의 해자를 메워가는 지리한 작업을 참아내는 기백이다. 본체 공략은 그 뒤다."

그는 그녀가 자신의 존재에 익숙해지도록 계속해서 그녀의 시야 안에서 알짱대면서 끊임없이 우연한 만남을 만드는 자신의 전략을 자랑스러워한다.

그러나 문제는 그녀가 그의 이러한 행위 속에 가려진 애타는 마음에 대해 전혀 눈치가 없다는 점이다. 이렇게 빈번

하게 '우연히' 마주치고 그때마다 "뭐, 어쩌다 지나가던 길이었어"라는 대사를 목에서 피가 날 정도로 반복하는데도 그녀는 천진난만하게 웃으며 "아! 선배, 또 만났네요!" 하고 그냥 지나가버리는 것이다.

이 애만 끓이는 남자 선배와 눈치 없는 천진한 여자 후배가 일본의 고도古都 교토 동쪽, 테라스가 딸린 수많은 레스토랑과 일본식 여관이 줄지어 있는 가모가와 강, 그 강 서쪽에 위치한, 주점과 요리점과 고급요정들이 빼곡히 차 있는 본토초 지역, 북동쪽에 위치한 고색창연한 시모가모 신사, 그리고 그 경내에 지금도 요괴들이 출몰할 것처럼 나무가 울창하게 서 있는 다다스 숲을 배경으로, 봄에서 시작하여 여름 가을 겨울에 이르기까지 다들 한몫하며 맹활약하는 기인들과 얽히고설키며 사랑의 길을 구불구불 새겨나간다.

이야기의 줄기는 짝사랑이지만 그 줄기 위에 자라난 이파리는 아무 거침없이 전개되는 몽환적 판타지라, 사랑 이야기가 판타지 속에 묻히다가 어느 순간 다시 전면에 등장하기를 반복하는데, 그 대비가 시종일관 읽는 이를 미소 짓게 만든다. 여자 후배가 대학생활의 낭만을 신나게 즐기는 동안 그녀를 짝사랑하며 뒤쫓는 선배는 화려하게 그녀 앞에 자신의 존재를 드러내기는커녕 실패와 수난의 나락으로 떨어지기만 한다. 길가에서 팬티와 바지가 벗겨지는 봉변을 당하고, 하늘에서 떨어지는 비단잉어를 맞아 기절하고, 세상에서 가장 뜨거운 장소에서 세상에서 가장 매운 음식을 먹으며 버텨야 하는 수난까지 당한다. 그에 반해 여자 후배는 봄의 밤거리, 여름의 헌책시장, 가을의 대학축제, 감기로 모두가 드러누워버린 겨울의 스산한 거리를 가끔은 "두 발 보행 로봇" 스텝까지 밟아가며 신이 나서 돌아다닌다. 3층 전차를 타고 다니는 고리대금업자 이백 옹이 이르길 "밤은 짧아, 걸어 아가씨야"라 했으니, 이 아가씨, 참 지치지도 않고 세상을 활보한다.

저자는 한 인터뷰에서, 소설에 나오는 여러 가지 기발한 아이디어들은 힘들게 고안해낸 것이 아니라 늘 머릿속에서 넘쳐나 그걸 모두 소설에 이용하려 들면 소설이 끝도 없이 길어질 것 같다고 말한 바 있다. 또한 자신이 살고 있는 교토라는 도시와 대학생활, 어려서부터의 독서력이 그에게 소설의 소재를 제공한다고 밝혔다. 예를 들어, 첫 번째 이야기에 나오는 부자 이백 씨가 타고 다니는 3층 전차는 만화 『도라에몽』에서 아이디어를 얻었고, 두 번째 이야기에 등장하는『라타타탐』은 실제로 어려서 읽은 그림동화였으며, 세 번째 이야기의 '축지법 고타츠'는 대학축제 때 고타츠를 둘러싸고 즐기던 친구들을 보고 아이디어를 얻었다고 한다.

이렇게 판타지 소설다운 소재의 신선함과 기발함도 돋보이지만 그 이상으로 이 작품을 재미있게 만드는 것은 탄탄한 구성과 독특한 작풍이라고 할 수 있다. 작품에 등장하는 기인들과 정신없이 돌아가는 기상천외한 사건들 사이에서 처음에는 천리만리 멀리 떨어져 있던 두 사람 사이의 거리가 차츰차츰 좁혀 들어가 드디어 대미에서는 조용한 찻집에서 두 주인공이 얼굴을 마주 대고 가까이 앉기에 이른다. 이 치밀하게 구성된 역삼각형 구조로 인해 읽는 이는 뒤로 가면 갈수록 더 가까워지는 두 변 사이에서 몰입의 진동수가 높아져 더 깊이 소설 속에 빨려 들어가는 것이다. 아, 이 구도가 너무도 사랑스럽고 즐겁다.

또한 작가는 짝사랑하는 남자의 심리묘사, 주변 배경의 묘사는 아주 세밀하고 사실적으로 처리하면서도 작중에서 벌어지는 인물들의 활약과 사건들은 현실을 과감히 벗어나게 함으로써 진부할 수 있는 주제를 전혀 새로운 느낌으로 다가오게 만들었다. 이 사실주의와 판타지의 마술적인 조화야말로 작가가 추구하는 미학의 핵심이자 이 작품이 주는 재미의 밑거름이 아닐까!

끝으로 야마모토슈고로상 선고위원인 기타무라 가오루의 말을 인용해본다.

"『밤은 짧아 걸어 아가씨야』라는 이 이상하기 짝이 없는 작품을 앞에 두고 이것저것 단어를 늘어놓는 것이 공허해진다. 그냥 '읽어봐'라고 말하고 싶어진다. 무책임한 의무의 방기가 아니다. 손끝에 닿는 기묘한 감촉, 혹은 이 혀끝의 촉감을 직접 맛보게 하고 싶은 것이다. 설명하기보다 오히려 내 쪽에서 "어때? 어때?" 하고 빙긋이 웃으며 물어보고 싶어진다."

작가의 다음 작품을 두근두근하는 마음으로 기다릴 수많은 독자들의 기대에 찬 눈빛이 눈에 보이는 듯하다.

2008년 8월

서혜영

옮긴이 서혜영

서강대 국어국문학과를 졸업하고 한양대 일어일문학과 박사과정을 수료했다. 옮긴 책으로『펭귄 하이웨이』『하자키 목련 빌라의 살인』『진달래 고서점의 사체』『고양이섬 민박집의 대소동』『도쿄밴드 왜건』『반상의 해바라기』『거울 속 외딴 성』『사랑 없는 세계』『열심히 하지 않습니다』『내 몸의 지도를 그리자』『달의 영휴』『떠나보내는 길 위에서』『태양은 움직이지 않는다』『기억술사1』『어쩌면 좋아』『어두운 범람』『수화로 말해요』『명탐정 홈즈걸』(전 3권) 등이 있다.

**밤은 짧아
걸어 아가씨야**

초판 1쇄　　2008년 8월 20일
개정판 1쇄　　2017년 8월 18일
개정2판 1쇄　　2022년 8월 9일
개정2판 2쇄　　2024년 6월 20일

지은이 모리미 도미히코
펴낸이 박진숙 | **펴낸곳** 작가정신
편집 황민지 | **디자인** 이현희 | **마케팅** 김영란 | **재무** 이기은
인쇄 및 제본 영림인쇄

주소 (10881) 경기도 파주시 광인사길 143 2층
대표전화 031-955-6230 | **팩스** 031-955-6294
이메일 editor@jakka.co.kr | **블로그** blog.naver.com/jakkapub
페이스북 facebook.com/jakkajungsin | **인스타그램** instagram.com/jakkajungsin
출판 등록 제406-2012-000021호

ISBN 979-11-6026-290-2 03830